너를 찾아서

너를 찾아서

박산호

장편소설

더라인북스

목차

프롤로그

은색 벤츠 한 대가 달려와 낡은 목조 별장 앞에서 멈췄다. 반짝거리는 벤츠와 대조적으로 집은 지저분했다. 지붕 여기저기가 삭아 문드러지고, 왼쪽에 하나 있는 창문은 먼지와 때가 잔뜩 끼어 있었다. 단층 목조 가옥인 별장을 둥그렇게 둘러싸고 있는 나무 울타리도 여기저기 페인트칠이 벗겨져서 관리를 게을리한 흔적이 역력했다. 운전석 문이 열리고 선글라스를 쓴 남자가 내려서 성큼성큼 걸어가 울타리 문을 열었다. 170센티미터가 조금 넘어 보이는 키에 어깨가 넓고 몸이 다부져 보였다. 남자는 청바지와 흰색 라운드 반팔 티에 윤기가 반지르르한 검은 가죽 재킷을 걸쳤다. 평소에 운동깨나 한 듯 걸음걸이에 기운이 넘쳤다.

울타리를 연 후 손에 묻은 시커먼 먼지를 탈탈 털고 선글라스를 벗은 사내의 얼굴은 40대 중후반으로 보였다. 세월의 흐름이 느껴지지 않는 단정한 이목구비는 대번에 사람들의 시선을 끌 만큼 근사했다. 하지만 찬찬히 들여다보면 어딘지 모르게 비열하면서 냉혹한 인상이 풍겼다. 그는 뺨을 후려칠 기세로 불어오는 세찬 바람에 어깨를 움찔하더니 다시 차 안으로 들어가 별장 안의 너른 마당으로 들어갔다. 마당은 널찍하기만 했지 잔디도 없고, 포석을 깔지도 않은 흙바닥이라 휑하기 그지없었다.

차를 현관에서 좀 떨어진 한쪽 구석에 세운 후 그 남자와 조수석에서 한 여자가 내렸다. 그녀는 나이가 많아 봐야 스물 대여섯으로 보였다. 검은 가죽 앵클 부츠를 신고 초록색 체크 무늬 플레어 스커트에 검은색 오리털 파카를 입었다. 키가 작고 아담한 체구에 풍성한 검은 머리가 등까지 흘러내렸다. 히터를 세게 틀어 놓았던 차에서 내리자 추운지 작은 몸을 덜덜 떨었다. 남자는 말없이 차 트렁크를 열어서 여행가방 두 개와 음식을 가득 담은 피크닉 바구니 하나를 들고 별장으로 들어갔다. 여자는 잠시 현관 앞에 서서 황량한 마당을 둘러봤다.

“빨리 들어와. 그러다 감기 걸린다.”

남자의 퉁명스러운 목소리가 들리자 여자는 꿈에서 깨

어난 것처럼 정신을 차렸다. 남자는 들어오자마자 보일러를 켜고 가방을 바닥에 내려놓은 후 바구니를 부엌으로 가져가서 식탁 위에 올려놨다. 실내는 1자로 길게 뻗은 구조로 왼쪽은 싱크대와 가스레인지와 냉장고가 있는 부엌이고, 한가운데는 검고 긴 가죽 소파와 유리 테이블이 있는 거실이고, 커튼으로 공간을 분리한 침실과 화장실 겸 욕실이 있었다.

"커피 마시고 싶다."

여자가 말했다. 오랫동안 난방을 하지 않아서 안에 있어도 밖에 있는 것처럼 썰렁해 파카를 벗지 못하고 있었다.

"커피 좋지. 한잔 마셔 볼까."

남자는 하얀색 전기 포트에 싱크대의 수돗물을 받아서 스위치를 누르고 싱크대 위에 있는 찬장 문을 열어서 노란색 커피 믹스 두 개와 머그잔 두 개를 꺼냈다.

"겨울엔 뭐니 뭐니 해도 믹스 커피가 최고지."

그는 싱긋 웃으며 부글부글 끓어오른 물을 머그잔에 붓고 믹스 커피 껍질로 대충 휘저은 후 여자에게 한 잔 갖다 줬다. 소파에 앉아 있던 그녀는 뜨거운 커피를 후후 불면서 천천히 마시다가 잔을 테이블에 내려놓고 파카를 벗었다. 파카 안에 흰색 앙골라 스웨터를 입고 있었다.

따뜻한 커피를 마시자 여자의 창백한 얼굴에 조금씩 화색이 돌아왔다. 남자도 소파에 털썩 앉더니 여자의 윤기 흐르는 긴 머리를 쓰다듬기 시작했다. 여자는 묵묵히 커피만 마셨다. 남자가 느닷없이 여자의 스웨터 속으로 손을 쓱 집어넣었다. 여전히 아무 반응이 없었다.

남자는 여자가 들고 있던 커피 잔을 잡아서 탁자에 내려놓고 그녀의 턱을 잡아 자신을 정면으로 보게 했다.

"여기에 따라오겠다고 고집을 부린 건 너야. 그래 놓고 이렇게 뚱한 표정으로 있는 건 반칙이지."

"뚱한 거 아닌데."

"뭐가 아니야? 오는 내내 말도 잘 안 하고. 휴게소에서도 물 한 잔 안 마시고. 평소 너답지 않아."

"평소 나다운 게 뭔데?"

"잘 웃고, 잘 먹고. 씩씩하고, 무엇보다 섹시하지."

남자는 껄껄 웃더니 여자를 거칠게 껴안고 그녀의 입술에 자신의 입술을 갖다 댔다. 여자가 잠시 망설이다 키스에 응하자 스커트를 걷어 올리고 팬티를 벗겨서 방구석으로 던져 버렸다.

"침대로 가. 소파는 딱딱하고 불편해."

"그래?"

남자가 여자를 번쩍 안고 가서 커튼을 젖혔다. 눈처럼

흰 침대보에 베개 두 개를 나란히 올려놓은 침대가 나타났다. 그는 그녀를 던지듯 내려놓고 바지를 훌훌 벗기 시작했다. 그녀는 무심한 눈빛으로 그 모습을 바라보다가 자신의 속으로 거침없이 들어오는 그의 등을 껴안고 힘껏 매달렸다. 정사가 끝나자 그가 숨을 몰아쉬면서 몸을 떼서 옆에 누웠다. 그 순간에 말없이 일어나려는 여자를 남자가 뒤에서 끌어안았다.

"왜 벌써 일어나?"

"배고파서 라면이라도 끓이려고."

"그래, 그래야 너답지."

여자는 피식 웃더니 남자가 벗어 놓은 흰색 라운드티를 입고 싱크대로 걸어갔다. 남자는 벌거벗은 채로 일어나서 소파로 걸어가 아까 거기에 던져 놓은 가죽 재킷의 주머니를 뒤져 담배 한 갑을 꺼냈다. 섹스가 끝나고 피우는 담배 맛이야말로 기똥차지. 담배는 손에 잡혔는데 라이터가 보이지 않았다. 이상한데. 분명 아침에 라이터도 챙겼는데. 특별히 아끼는 물건이라 어디 두고 오지 않았을 텐데.

남자가 싱크대에서 냄비에 물을 받고 있는 여자에게 소리쳤다.

"내 라이터 못 봤어?"

"아니, 옷에 없어?"

"옷엔 없어."

"여기는 성냥도 없는데."

"이가 없으면 잇몸으로 때우지, 뭐."

그는 입에 담배를 문 채, 물을 받은 냄비를 가스레인지에 올리고 있는 여자에게 다가와 뒤에서 껴안으며 말했다.

여자가 돌아서서 그를 똑바로 보며 물었다.

"나 사랑해?"

"널 사랑하느냐고?"

"응. 대답해."

"새삼스럽게 뭘 그런 걸 물어. 내가 그런 거 질색하는 거 알면서."

"그래도 알고 싶어. 사랑해?"

"그런 부질없는 말에 집착하지 마. 말이란 입 밖으로 뱉는 순간 허공으로 흩어져 버려. 세상 허무한 게 말이라고. 내가 널 싫어하면 이렇게 옆에 둘 것 같아? 너도 내 성격 알잖아. 그거론 부족하단 거야?"

다시 가스레인지로 돌아서는 여자의 눈에 소리 없이 눈물이 맺혔다.

"그래. 당신 성격이야 내가 잘 알지."

"이구, 예쁜 것. 난 이렇게 말 잘 듣는 여자가 좋더라."

남자는 여자의 엉덩이를 한 번 두드렸다. 그리고 왼팔로 여자를 안고 담배를 입에 문 채 옆으로 다가와 가스레인지를 켜고 담배를 갖다 댔다. 순간 펑 소리가 나며 어마어마하게 큰 불길이 치솟아 두 사람의 상반신을 집어삼켰다. 거센 불길이 활활 타오르는 지옥 같은 고통에 몸부림치는 두 사람은 어찌 보면 꼭 끌어안고 있는 것 같기도 했고, 또 어찌 보면 서로 밀어내려고 하는 것처럼 보이기도 했다.

1부

선우 이야기

1장

거울 앞에 섰다. 깊고 진한 네이비블루 컬러의 톰 포드 수트. 새하얀 와이셔츠에 로열 블루 넥타이를 매고, 베스트 위에 쓰리 버튼 재킷을 입었다. 잘 벼린 칼처럼 각이 맞아 날렵하게 떨어지는 수트가 공기처럼 가벼우면서도 갑옷처럼 안전하게 전신을 감싸 줬다. 입주 가정부인 박 여사의 살림은 흠잡을 데 없지만 특히 옷을 다루는 솜씨가 일품이다. 어지간한 세탁소에 맡기는 것보다 훨씬 더 깨끗하게 셔츠를 빨아서 각 맞춰 다려 놓고, 수트와 셔츠를 색깔별로 일사분란하게 정리해 둔다. 왠지 심란해질 때 옷장 속에 나란히 걸려 있는 색색 셔츠들을 보고 있으면 마음이 차분해진다.

새 학기 첫 강의 하는 날. 이 정도면 학생들에게 적절한 첫인상을 심어 줄 수 있겠지. 작년에 내 강의를 들은 학생들도 있지만 올해 들어온 신입생들과 적당한 거리를 두려면 이렇게 갖춰 입는 편이 효과가 좋다는 걸 다년간의 경험으로 알았다. 나이에 비해 어려 보이는 외모에 다가가기 쉬워 보이는 인상까지 풍겼다간 감수성이 여린 학생들의 관심을 끌게 될지도 모른다. 그런 불편한 일은 맹세코 사절이다. 하지만 동안이란 말은 남들이 인사치레로 하는 빈말일지도 모르지. 거울에 비친 내 얼굴은 서른넷이라는 나이를 더하지도 빼지고 않고 정직하게 드러내는 것 같은데.

우물처럼 깊으면서 그늘 진 눈. 오뚝한 코. 날렵한 턱선. 희다 못해 파리한 피부. 거울을 보고 있으려니 불현듯 그 사람이 떠올라 입맛이 썼다.

"이노무 자식 참, 깎아 놓은 밤톨처럼 자알 생겼구나. 씨 도둑질은 못 한다더니 어찌 그리 네 아비를 닮았냐. 그래도 너는 발정 난 개처럼 살진 말거라."

나를 볼 때마다 매번 토씨 하나 다르지 않게 말하던 할머니. 그럴 때 그 시선은 언제나 내가 아닌 당신의 딸을 향해 있던 할머니. 손주를 물고 빠는 할머니란 통념은 나에게는 해당되지 않는다. 느닷없이 나란 눈엣가시가 생기는 바람에 외동딸의 팔자를 망쳤다고 생각한 노인네는 곁에 가면 항상 찬바람이 불었다. 그러니 할머니라고 그립고 말 것도 없다. 나를 생기지 말았어야 할 놈이라고 생각하는 사람을 연민할 만큼 내 그릇은 크지 않다.

거울에 비친 내 얼굴이 싫다. 아니, 이 얼굴에 문득 비치는 그가 싫다. 그의 흔적은 싫으면서 그가 남긴 돈은 잘도 쓰고 있구나, 싶어 그만 고개를 돌려 버렸다. 작년에 운좋게 대학 교수로 임용돼서 한국으로 돌아왔지만 교수 월급만으로 널찍하다 못해 휑한 서울의 단독주택에서 입주 가정부를 두고 살아가기란 결코 만만하지 않다.

마르지 않는 샘처럼 1년에 두 번씩 여러 출판사에서 들어오는 그의 인세가 없었더라면 인생에서 내가 만끽하는 몇 안 되는 사치를 부릴 여유 따위는 없었으리라. 예를 들어 계절이 바뀔 때마다 한 벌씩 사들이는 톰 포드 수트 같은 것.

다시 한 번 옷매무새를 살펴본 후 프랑스 '파이에' 지팡이를 들었다. 오래 전 그 사고를 당하고 재활이 끝난 후 맞춘 것으로 검정색 물소 뿔을 세공한 손잡이가 우아하다. 오랜 세월 쓰면서 길들여 손에 착 달라붙는 익숙하고 편한 느낌도 그만이고. 오늘따라 다리가 기분 나쁘게 쑤시는 걸 보니 비라도 오려는 걸까. 일기 예보에 비 소식은 없었는데. 창밖으로 보는 하늘은 어쩐지 울고 싶도록 투명하다.

평소 몰고 다니는 볼보가 정기점검 때문에 정비소에 들어가 있어서 어쩔 수 없이 길가로 나가 택시를 잡았다. 첫 강의는 오전 11시. 차로 30분이면 너끈히 도착할 거리니 조금 막혀도 괜찮겠지. 잠시 눈을 감았다고 생각했는데 갑자기 콩을 볶는 것 같은 시끄러운 소리에 정신이 번쩍 들었다. 굵은 빗줄기가 차창을 사정없이 두들기고 있었다. 어쩐지 아침부터 다리가 쑤시는 게 심상치 않더라니.

택시를 탄 순간부터 내가 눈을 감고 있자 운전에만 집중하던 내 또래로 보이는 기사가 입을 열었다.

“갑자기 비가 오네요. 소나기 같은데. 우산은 챙기셨어요?”

“아, 비가 올 줄 몰랐어요. 조금 맞죠, 뭐.”

“오늘 아침 뉴스에 비 소식이 있긴 했어요. 금방 그칠 것 같진 않지만 얼른 뛰어가시면 되죠. 교문 앞에 세워 드리면 될까요?”

중얼거리던 기사의 시선이 무심코 내 무릎 옆에 세워 둔 지팡이로 간 순간 아차, 싶은 표정이 떠올랐다. 나는 못 본 척 창문으로 고개를 돌렸다.

어쩔 수 없다. 소나기가 아니라 태풍이 몰아친다고 해도 기사 말처럼 뛰어갈 순 없다. 빗속에 지팡이를 짚고 고장 난 로봇처럼 이리 비틀 저리 비틀 뛰어가 볼까? 그 모습을 상상하자 헛웃음이 날 뻔했지만 입술을 사정없이 깨물었다. 사고가 난 지 15년. 이 정도는 웃어넘길 수 있는 내공이랄까, 초연할 수 있는 마음의 근육이 길러졌다. 열린 차 문으로 빗물이 들이닥치는데도 기사는 빨리 내리라고 재촉하지 않았다. 말없는 배려가 고마워 거스름돈은 됐다고 말하고, 지팡이를 짚지 않은 손으로 차 문을 닫았다. 비는 택시기사와 달리 내 사정 따위 봐주지 않고 인정사정없이 쏟아졌다.

왼손에 브리프케이스를 들고, 오른손에 지팡이를 짚고 한 발 한 발 걷기 시작했다. 교문에서 오늘 강의가 있는 인문학부 건물까지 걸어서 15분. 불행 중 다행으로 그곳에 내 연구실이 있다. 수건으로 대충 닦으면 물에 빠진 생쥐 꼴은 면한 채 강의실로 들어갈 수 있겠지. 나는 쏟아지는 비를 철철 맞으면서 교정을 가로지르며 걸었다. 비가 와서 사람들이 하나도 없는 게 그나마 다행이랄까.

그새 여기저기 제법 깊이 팬 물웅덩이들을 피해 천천히 걸어가고 있는데 뒤에서 목소리가 들렸다.

“저기, 괜찮으시면 우산 같이 쓰실래요?”

멍하니 걷다가 그 소리에 놀라 고개를 돌리는데 어느새 머리 위에 우산이 씌워져 있었다. 흐린 회색 하늘에 느닷없이 올라온 새빨간 우산 덕분에 주위가 환해졌다. 그 밑에 한 여자가 서 있었다. 소녀와 아가씨의 경계에 선 것처럼 풋풋한 분위기. 부드럽게 웨이브가 진 긴 머리에 갸름한 얼굴. 순간 현기증이 일어서 그만 지팡이를 놓치고 말았다.

"앗!"

여자는 침착하게 허리를 숙여서 지팡이를 주워 내게 돌려줬다.

"제가 갑자기 말을 걸어서 놀라셨나 봐요. 죄송해요."

"아닙니다."

나는 덜덜 떨리는 손으로 지팡이를 받으며 애써 정신을 가다듬었다. 하지만 심장이 고삐 풀린 망아지처럼 펄쩍펄쩍 뛰고, 느닷없이 뒤통수를 한 대 맞은 것처럼 멍해져서 아무 말도 할 수 없었다. '고맙습니다, 정말 친절하시네요.' 이런 말을 해야 하는데. 상대는 뭐 이런 무례한 인간이 있나, 싶겠지만 도무지 입이 떨어지지 않았다.

"강의실 가는데 갑자기 소나기가 쏟아지더라고요. 그런데 앞에서 하염없이 비를 맞고 가셔서. 어느 건물로 가세요? 전 인문학부로 가는데."

여자는 옆에서 허수아비처럼 휘적휘적 걸어가는 내 정신까지 두 배로 챙긴 듯 또박또박 말했다. 블랙진에 흰 스웨터를 입고 그 위에 새빨간 코트를 입은 그녀. 스니커즈를 신었는데도 키가 178센티미터인 내가 허리를 숙이지 않아도 될 정도로 우산을 높이 들고 있는 걸로 봐서 키가 상당히 크다. 쌍까풀이 없는 큰 눈은 맑았고, 살짝 동그란 코끝이 귀염성 있다.

나는 가까스로 정신을 수습해서 대답했다.

"저도 같은 건물로 갑니다. 우산 감사해요. 마침 난감해하던 참인데…."

그녀는 쌩긋 웃었다.

"아, 같은 건물이군요. 전 올해 입학해서 어디가 어딘지 잘 모르는데 길을 알려 주시겠어요?"

그녀의 눈빛은 여느 여자들과 달랐다. 처음 내 얼굴을 보고 흔들린 눈빛이 내 지팡이를 보는 순간 급속도로 차가워지거나 아니면 그보다 더 끔찍하게 동정심이 떠오르던 여자들의 눈빛과 사뭇 달랐다. 한없이 투명한 그녀의 눈빛에선 그 어떤 감정도 읽히지 않았다.

"저기 운동장 스탠드와 마주보고 있는 건물이에요. 이대로 쭉 가면 됩니다."

"그렇군요. 생각보다 가깝네요."

그걸 끝으로 대화는 끊어졌다. 떠듬떠듬 어색한 대화를 나눴더라도 빗소리에 묻혀 버렸을 것이다. 순식간에 주위가 어두워지면서 앞이 보이지 않을 정도로 빗발이 거세졌다. 크고 빨간 우산 속에 우리 둘만 있는 것 같은 기분이 들었다. 나는 축축한 흙 속을 푹푹 파고드는 지팡이를 치켜 들었다가 다시 내리꽂으면서 금방이라도 와르르 쏟아질 것 같은 정신을 간신히 부여잡고 있었다.

"다 왔네요. 우산 감사했습니다."

건물 입구에 도착하자마자 서둘러 인사했다. 그녀에게서 한시라도 빨리 벗어나고 싶은 마음과 조금이라도 더 같이 있고 싶은 마음이 쉴 새 없이 시소를 타고 있었다. 그녀는 또 쌩긋 웃었다. 웃으니 코에 세로로 주름이 잡혔다. 저 귀여운 주름을 손가락으로 쓸어 보고 싶다고 멍하니 생각하다 흠칫 놀랐다.

"네. 그럼 감기 조심하세요."

그녀는 우산을 몇 번 턴 후에 강의실을 향해 뚜벅뚜벅 걸어갔다.

연구실로 들어가자 책상 앞에 앉아 있던 조교 성철이 깜짝 놀라 일어났다.

"교수님! 괜찮으세요? 무슨 비를 이렇게 맞으셨어요?"

"어. 갑자기 소나기가 내리는 바람에. 혹시 여기에 드라이기 같은 거 있을까?"

"네. 교수님이 갖다 놓으셨던 게 하나 있는 것 같아요. 제가 찾아볼게요. 우선 차 한잔 드릴까요?"

"그래 줄래? 좀 으슬으슬하네."

성철은 짙은 눈썹을 사정없이 찌푸리면서 얼른 수건부터 가져왔다. 나보다 키는 작지만 어깨가 넓고 체격이 듬

직한 성철은 작년부터 내 조교로 일하고 있다. 산적 같은 외모와 달리 섬세하고 다정한 성격에 성실한 학생. 학비를 대기 위해 하루에 알바를 세 개나 뛰는 모습을 우연히 본 게 작년 봄. 그런 사정을 배려해서 내가 조교로 뽑은 걸 알고 때로 과하게 충성하려 들어서 조금 난처할 때도 있지만, 기본적으로 선량하고 경우가 바른 청년이라 잘해 주고 싶다.

성철이 찾아 준 드라이기로 젖은 머리와 옷을 대강 말리고, 출석부와 교재를 챙겨서 강의실로 갔다. 문을 여는 순간 와글와글 시끄럽던 강의실이 순식간에 조용해졌다. "와, 대박 미남!" 이런 말이 들렸다. 여기저기서 소리 죽여 키득거리는 소리가 들렸다. 나는 못 들은 척 교탁으로 걸어갔다. 익숙한 시선, 진부한 평가, 시시한 리액션. 뭣 모르던 20대 때는 이런 말을 들으면 얼굴이 붉어지는 한편 우쭐하기도 했지만 나이는 그냥 먹는 게 아니다.

나는 교탁 앞에 서서 출석부와 교재를 내려놓고 말했다.

"19세기 영시 읽기 수업을 시작해 보겠습니다. 내가 학점 주는 데 인색하다는 걸 모르고 온 사람도 많겠지만, 어려운 수업을 신청한 여러분의 패기를 높이 살게요. 먼저 얼굴도 익힐 겸 출석부터 불러 보죠."

자신의 이름이 불릴 때마다 손을 살짝 드는 학생도 있었고, 고개를 꾸벅 숙이는 학생도 있었다. 영문과라 대다수가 여학생이고 가뭄에 콩 나듯 몇 안 되는 남학생이 중간중간 끼어 있었다.

"김지아."

내가 이름을 부르자 끝에서 두 번째 줄에서 누군가 손을 들었다. 뒤쪽이라 얼굴이 잘 보이지 않아서 다시 한 번 불렀다.

"김지아 학생?"

그러면서 출석부에서 고개를 들었다가 숨이 멎을 뻔했다. 아까 우산을 씌워 준 그녀였다. 긴 머리에 하얀 스웨터와 빨간 코트. 그녀도 나를 보고 놀란 기색이었지만 이내 싱긋 미소를 지었다. 나는 거기 화답해 미소를 지을 수 없었다. 아까 좁은 우산 속에서 옆모습만 보며 걸어갈 때와 달리 이렇게 정면으로 보니 더는 아니라고 부인할 수 없었다. 나는 마음속으로 부르짖었다.

'네가 왜 거기 있어, 아랑?'

2장

글렌피딕 18년산을 잔에 따라 들고 창가로 갔다. 커튼을 열고 창밖을 보자 내 방과 마주보고 있는 앞집의 2층 방이 보였다. 불 꺼진 그 방 창문을 보면서 위스키를 한 모금 마셨다. 하루 내내 나도 의식하지 못하고 있었던 마음속 떨림이 조금씩 가라앉았다. 한 모금 한 모금 마실수록 서서히 취기가 오르면서 배 속이 따뜻해졌다.

차를 한 잔 마실까 하다가 책을 찾으러 들어간 서재에서 이 병이 보여 들고 왔는데. 결과적으로 완벽한 선택이었다. 배 속에서 머릿속까지 순식간에 솟구치는 열기에 머리가 핑 돌았다. 생각해 보니 하루 종일 빈속이었다. 하긴 뭘 먹을 정신이 없었지.

아까 지아란 여학생을 보니 다시 아랑이 생각났다. 아랑은 지금 어디 있을까. 나보다 열 살 많으니 지금은 마흔 넷이겠구나. 말랐지만 강단 있어 보이던 그 모습은 여전할까. 내게만 보여 주던 그 알 수 없는 미소도 그대로일까? 아직도 어딘가에서 나직한 목소리로 그 노래를 부르며 창문을 닦고 있을까? 오늘따라 아랑이 더 사무치게 보고 싶다.

*

아랑을 처음 본 건 내가 열다섯이 되던 해였다. 여름에서 가을로 계절이 넘어가던 어느 오후. 학원 수업이 끝난 후 자전거를 타고 우리 집이 있는 길목으로 들어섰다. 집 앞에 이삿짐 트럭이 한 대 있었다. 정확히 말하면 우리 집이 아니라 앞집 앞에 주차된 트럭에서 인부들이 짐을 내리고 있었다. 학교 갈 땐 없었는데 그 사이에 이사를 온 모양이었다. 짐은 얼추 다 내리고 슬슬 마무리하는 분위기였지만 집주인이 보이지 않았다. 보통 이사할 때 식구 한두 명은 인부들 옆에서 이런저런 지시를 내리는 거 아닌가? 식구가 단출한 모양이었다. 무심히 자전거를 끌고 가는데 근처에 서서 수다를 떠는 아줌마들의 이야기가 얼핏 들렸다.

"어머, 여기 오늘 이사 왔나 봐."

"응. 아까 보니까 트럭 한 대가 와서 짐을 내리더라고. 집이 이렇게 큰데 달랑 작은 트럭 한 대인 거 보니까 짐이 별로 없나 봐. 보니까 주로 아기 짐이더라고."

"아기 짐?"

"아, 왜 있잖아. 아기 침대랑 유모차랑 뭐 그런 거. 원래 아이들 어릴 땐 그런 짐이 많잖아."

"그렇지. 아, 나도 갓난아기 살 냄새 맡아 본 지 참 오래됐다. 베이비파우더 향이 그립네. 그건 그렇고 이사 온 사람들은 봤어?"

"응. 근데 그게 좀 이상하더라. 이삿짐 트럭이 오고 바로 택시 한 대가 와서 섰는데 젊은 새댁 하나가 갓난아기를 안고 내리는 거야. 그게 다야."

"에이, 누가 또 왔겠지. 아니면 신랑 퇴근이 늦어서 여자만 먼저 왔거나."

"그럴지도 모르지. 아까 시장 가는 길에 얼핏 본 거니까. 그런데 어쩐지 그 새댁 느낌이 쓸쓸하더라고. 좀 청승맞아 보인다고 해야 하나."

"뭐, 남의 집 사정이야 차차 알게 되겠지. 그나저나 오늘은 저 앞집 사는 작가님 봤어?"

"그럼. 이 동네 최고 미남이잖아! 볼 때마다 후광이 비치는 것 같다니까."

"맞아, 맞아. 영화배우 뺨치게 생겼지."

"그래도 인물만 훤하면 뭐 해? 어찌나 바람을 피워 댔는지 그 집 마누라가 목을 맸다며?"

"말은 지병으로 세상을 떴다고 하지만 그때 그런 소문이 돌긴 했지. 하나 있는 아들이 아직 어리던데 걔만 불쌍하지, 뭐."

남의 집 이야기에 신이 난 사람들 때문에 집을 코앞에 두고도 자전거의 핸들을 잡은 채 우두커니 서 있을 수밖에 없었다. 어느새 해가 뉘엿뉘엿 지면서 소슬한 바람이 불어오기 시작했다. 아직 낮에는 볕이 뜨거워 반팔만 입고 다니는 사람들의 팔뚝에 소름이 오소소 돋아났다. 세상에서 제일 재미있는 남 이야기에 정신이 팔려 있던 사람들은 마치 한바탕 꿈을 꾸다 깨어난 것처럼 어딘가 허전한 얼굴로 흩어졌다.

새댁과 갓난아기 둘이라. 남이야 둘이 살건 열이 살건 관심 없지만 쓸쓸해 보인다는 말이 어쩐지 마음에 걸렸다. 자전거를 끌고 우리 집 앞에 멈춰 섰을 때 앞집 대문이 열리더니 한 여자가 나왔다. 아까 들은 문제의 새댁인 모양이었다. 희고 긴 면바지에 데님 셔츠를 입고 흰색 카디건을 걸치고 있었다. 긴 머리는 하나로 단정하게 묶었고, 높고 흰 이마 아래로 보이는 눈이 크고 맑았다.

무심코 눈이 마주친 순간 그녀는 의아한 표정으로 날 보다가 싱긋 웃었다. 나는 반사적으로 고개를 꾸벅했다. 왜 그런지 모르겠지만 순식간에 얼굴이 달아올랐다. 귀까지 벌게지는 걸 느끼면서 허겁지겁 자전거를 들고 대문을 열고 들어가 버렸다. 그 사람이 내게 말을 걸려고 했던 것 같은데. 이사 왔으니 앞으로 잘 부탁한다는 그런 뻔한 말이었을까? 나를 무례한 아이라고 생각했을까? 무척 젊어 보이던데 나이는 몇 살일까? 그런데 왜 이런 게 궁금하지?

며칠 후 생각지도 않게 그 사람의 이야기를 또 들었다. 학교 갔다 오자 식탁에 시루떡이 한 접시 놓여 있었다. 아비도 그렇고, 나도 그렇고 둘 다 떡을 싫어한다. 습작생으로 아비에게 글쓰기를 배우겠다고 우리 집에 들어왔다가 어쩌다 보니 살림까지 맡게 된 선아 누나는 그런 내 기호를 잘 알아서 간식으로 빵이나 과일을 준비하지 떡을 놔둔 적은 없었는데. 마침 부엌에 들어온 선아 누나가 말했다.

"아, 그거. 앞집에서 이사 왔다고 돌린 떡이야. 한번 먹어 봐."

"나 떡 안 먹는 거 알잖아."

"그렇다고 먹을 걸 버리니? 나라도 먹어야겠다."

선아 누나는 식탁 앞에 앉아 떡을 한 입 떼어 질겅질겅 씹으면서 묻지도 않은 앞집 이야기를 시작했다. 내가 주위에 있을 때는 저렇게 듣거나 말거나 개의치 않고 수다를 떨어 댄다. 지금 생각해 보면 누나도 외로웠던 걸까? 그래서 그렇게 폭포수를 쏟아 내듯 이야기를 쏟아 냈는지도 모른다. 아무리 떠들어 봤자 대꾸 한 마디 하지 않는 무뚝뚝한 10대 남자아이라도.

“떡 가지고 온 여자가 새댁 같은데 분위기가 은근 야릇해. 남자들이 보면 매력 있다고 할지 모르겠지만 어쩐지 처연해 보인다고 해야 하나. 뭔가 사연이 있어 보여. 갓난아기가 하나 있던데 남편은 안 보이더라. 나이는 나보다 많아야 몇 살 위겠던데. 벌써 이혼했나. 아무튼 혼자서 갓난애를 키우려면 고생 많겠어.”

누나는 그러면서 쉴 새 없이 떡을 입으로 가져가고 있었다. 그렇게 먹어 대는데도 살이 안 찌는 누나. 항상 쉴 새 없이 바지런해서 그런가. 키가 160센티미터도 안 되는 선아 누나는 야무지고 단단한 차돌 같은 느낌을 주는 사람이었다. 거기다 예쁘장한 얼굴엔 특유의 생기가 흘러 넘쳐서 나와 같이 걸어갈 때 힐끔힐끔 쳐다보는 남자들도 제법 많았다. 그럴 때마다 누나는 상대가 민망해져서 고개를 돌릴 때까지 빤히 쳐다보는 대담한 구석이 있었다.

누나가 저녁으로 차려 준 카레라이스를 먹고 2층에 있는 내 방으로 올라와 숙제를 재빨리 해치웠다. 학교 공부는 시시하다. 아니, 학교가 시시하다. 아니, 세상 모든 게 다 시시하다. 하지만 네 밥값은 하고 다니라는 아비의 말을 무시할 순 없다. 초등학교 때부터 1등을 놓쳐 본 적이 없는 내가 지난 학기에 반에서 40등까지 내려가자 걱정한 담임이 아비에게 전화를 한 모양이었다. 그날 아비는 서재로 날 불러서 다짜고짜 뺨을 후려치기 시작했다. 그렇게 쉬지 않고 싸대기를 날리면서 말했다.

"내 집에서 내 밥 먹으면서 이딴 성적을 받아 와? 머리가 미련한 놈도 아니고. 반항이냐? 그런 알량한 반항을 하려거든 내 집에서 썩 나가. 사춘기? 설마 그딴 거라고 말하고 싶은 건 아니겠지? 호강에 밥 말아 먹을 새끼. 내가 네 나이 때는 혼자서 신문 돌리고, 중국집 배달 다니면서 학교 다녔어."

내게 무슨 일이 있었냐고 물어볼 생각은 절대 하지 않는 사람. 물론 그 질문에 솔직하게 공부가, 학교가, 세상이 시시해서 그랬다고 대답하면 싸다구를 후려치는 선에서 끝나는 게 아니라 거실 한쪽 구석에 세워 둔 야구 방망이를 들고 왔겠지. 그래도 어쩌면 한 번은 물어봐 주지 않을까 기대했던 내가 바보였다. 15년간 살아왔으면 이제 포기할 때도 됐잖아….

서재를 나오자 문 밖에서 안절부절못하고 서 있던 선아 누나가 벌써 부어오르기 시작한 내 뺨에 얼음 수건을 대려는 걸 뿌리치고 방으로 올라왔다. 어쩔 수 없다. 항복이다. 집을 나가서 내가 할 수 있는 건 하나도 없다는 것 정도는 아는 나이가 또 열다섯 살이니까. 차곡차곡 모아 놓은 비상금이 있지만 그 정도론 가출해서 일주일도 버티지 못할 것도 안다.

그날 이후로 다시 지겹게 1등을 하는 원래 자리로 돌아갔다. 사실 전교 1등이란 지위에 오르면 아무리 시시한 학교라도 편히 다닐 수 있다. 학교란 세계에서 1등은 일종의 프리패스와 같다. 교사들은 안심하고, 아이들은 나를 건드리지 않는다. 무엇보다 혼자 내 맘대로 있을 수 있다. 공부한다는 핑계로 책만 들고 있으면.

얼마 전 돌아온 생일에 아비는 원하는 걸 사라고 카드를 줬다. 나는 쉬는 시간에 같은 반에서 오디오광으로 소문난 놈을 복도로 불러내 세상에서 제일 비싼 헤드폰이 뭐냐고 물었다. 평소 말도 안 섞고 지내던 사이에 갑자기 불려 나와 놀란 그 자식은 곧바로 '뱅앤올룹슨'이라고 대답했다. 그날 그 자식의 이름을 처음 알았다. 명수라고 했다. 박명수.

주말에 시내에 있는 백화점의 오디오 매장에 가서 뱅앤올룹슨 흰색 헤드폰을 샀다. 아비는 영수증에 찍힌 금액을 보더니 피식 웃었다.

"자식, 나를 닮아 안목은 있네. 그래, 남자는 스케일이지. 뭔가를 손에 넣고자 할 땐 항상 최고를 노려야 해. 한번 진짜를 맛보면 두 번 다시 가짜 따위는 눈에 들어오지 않거든."

허세 넘치는 아비의 개똥철학을 듣는 둥 마는 둥 내 방으로 돌아왔다. 난 그저 아비의 돈을 탕진하고 싶었을 뿐이니까.

그 헤드폰을 끼고 침대에 누워 조지 윈스턴의 캐논 변주곡을 들었다. 조지 윈스턴 특유의 단정하고 오밀조밀한 사운드에 푹 잠겨 있다 보니 불도 켜지 않은 어두운 방이 어느새 환해지고 있었다. 침대에서 일어나 창가로 가자 까만 밤하늘에 동그란 달이 올라와 있었다. 500원짜리 동전만 한 달을 보다 무심코 고개를 돌리니 앞집 창문에 며칠 전에 본 그 여자가 보였다.

여자는 서서 아기를 안고 어르고 있었다. 헤드폰을 끼고 있어서 안 들렸지만 아기가 우는 것 같았다. 그는 아기를 안고 방 안을 천천히 왔다 갔다 하면서 뭐라 말하고 있었다. 대체 뭐라고 하는 걸까. 궁금해진 나는 헤드폰을 벗었다. 그렇다고 그 사람이 하는 말이 들리진 않겠지만. 그렇게 한참을 달래도 아이가 울음을 그치지 않는지 창가에 있는 의자에 앉아서 입고 있던 셔츠의 단추를 끄르기 시작했다. 앗, 뭐지? 싶었지만 고개를 돌릴 수 없었다.

그 여자가 셔츠 단추를 끄르고 꺼낸 하얀 젖가슴을 아이의 입에 댔다. 아이는 잠시 버둥거리면서 뻗대다 젖꼭지를 물고 금방 눈을 감았다. 젖을 쪽쪽 빠는 아이를 보며 그 사람이 웃었다. 순간 그 얼굴에 환하게 불이 켜진 것 같았다. 지난번 집 앞에서 봤을 때와 영 딴판이었다. 소녀 같은 얼굴이었다. 그는 아기를 안고 부드럽게 등을 토닥이면서 계속 입을 놀리고 있었다. 자장가를 불러 주는 모양이었다.

아기를 안은 여자는 행복하면서도 사나워 보였다. 누구든 저 아기를 건드리면 맹수로 변할 것 같은 독기가 비쳤다. 가슴에서 쿵 소리가 나면서 심장이 밑으로 쑥 떨어지는 것 같았다. 어쩐지 저 얼굴이 자꾸 보고 싶어질 것 같아서….

3장

며칠째 지겹게 내리던 비가 그치고 아무렇지 않은 표정으로 해가 고개를 내밀었다. 비 때문에 계속 쑤시던 다리를 이런 날은 조금이라도 걷게 해 줘야 한다. 나는 청바지와 흰색 셔츠 위에 갈색 스웨터를 입고, 지팡이를 짚고 나왔다. 주말엔 박 여사도 쉴 수 있도록 동네 브런치 카페에서 아침을 해결한다. 집을 나와 몇 발짝 걸었을 때 뒤에서 대문이 열리는 소리가 들렸다. 무심코 고개를 돌렸다가 멈칫 서 버렸다.

앞집 대문 앞에 지아와 한 중년 여자가 서 있었다. 지아도 나를 보고 놀란 표정이었다. 우리는 잠시 멍하니 서로를 바라봤다. 마침내 그 침묵을 깬 사람은 옆에 있던 여자였다.

"아는 분이니, 지아야?"

"아, 우리 과 교수님이셔, 엄마. 안녕하세요, 교수님?"

장승처럼 이러고 가만히 서 있는 건 예의가 아닌 것 같아 다가가서 가볍게 인사했다.

"지아라고 했지? 안녕하세요, 어머님?"

"네. 교수님, 여기 사세요?"

"응. 지아 학생도 여기 사나 봐?"

그러자 엄마라는 사람이 끼어 들었다. 160센티미터가 조금 넘어 보이는 키에 말랐지만 평소에 운동을 열심히 하는지 탄탄한 체격에 짧은 커트 머리가 잘 어울리는 중성적인 이미지였다. 대학생 딸을 둔 엄마라고 하기엔 놀랄 정도로 젊어 보이는 데다 가만히 있어도 흘러나오는 에너지가 대단했다. 그 환한 미소를 보고 있자니 나까지 덩달아 기분이 좋아지는 것 같았다.

"안녕하세요? 우리 지아가 다니는 학교 교수님이셨군요? 저흰 여기로 이사 온 지 얼마 안 됐어요. 제가 통증치료 클리닉을 운영하고 있는데 거기서 가까운 곳에 살고 싶어서 찾다 보니 마침 딱 좋은 집이 나왔더라고요. 교수님이 앞집에 사신다니 이거 참 기분 좋은 우연인데요."

아무리 학부모와 교수라고 해도 초면에 이런 이야기를 나눠야 하는 건 불편하고 어색하기 마련인데, 그녀는 자연스럽게 대화를 이끌어 가고 있다. 통증 치료 클리닉에서 환자들을 매일 보다 보니 사람을 다루는 데 노련해진 걸까. 아니면 관록일 수도 있겠고.

"그렇군요. 앞집에 이사 오신 것도 모르고 있어서 죄송한 마음이 드네요. 아무튼 반갑습니다."

"저도요, 교수님. 그렇지 않아도 앞집에 인사 한번 드리러 가야지 하면서도 정리하느라 바빠서 정신이 없었어요. 교수님, 우리 지아 좀 잘 부탁드려요. 덩치만 컸지 아직 애랍니다."

그녀는 들고 있던 검은색 핸드백을 뒤지더니 명함 한 장을 내밀었다.

"제가 운영하는 클리닉이에요. 불편하신 데 있으시면 언제든 한번 들러 주세요. 제가 이래 봬도 이쪽 일을 오래 해서 실력이 꽤 좋답니다. 클리닉은 여기서 가까워요. 5분 정도 걸으면 나오거든요."

어느새 내가 들고 있는 지팡이를 본 것일까? 하지만 아무 내색도 하지 않고 자연스럽게 자신의 영업장을 소개하는 태도가 불쾌하지 않았다.

"그러시군요. 동네 이웃도 됐는데 언제 한번 들르겠습니다."

"네. 꼭 오세요. 그럼 또 뵙겠습니다."

지아는 옆에서 우리가 하는 대화를 듣고 있다가 고개를 까닥 숙여 인사하더니 엄마의 팔짱을 끼고 걸어갔다. 오늘은 무릎까지 오는 데님 스커트에 흰색 니트 셔츠와 버

버리 코트를 입고 있었다. 다시 본 지아는 아랑과 놀랄 만큼 닮았지만 다른 점도 있었다. 키가 아랑보다 조금 더 컸고, 코끝이 동그래서 그런지 분위기가 훨씬 더 부드러워 보였다. 하지만 아랑처럼 보는 사람의 마음을 뒤흔들어 놓는 묘한 분위기가 있었다.

지아를 처음 교정에서 그리고 강의실에서 다시 봤을 땐 아랑이 돌아온 줄 알았다. 아랑이 그렇게 어릴 리가 없다는 사실을 안다. 그러면서도 종종 그런 생각을 하다가 무심코 연우를 떠올렸다. 혹시 연우가 지아가 아닐까 하는. 하지만 오늘 지아를 보자 그건 내 착각이었음을 깨달았다. 내 기억에 희미하게 남아 있는 꼬마 연우는 큰 눈에 쌍까풀이 진하고, 이목구비가 전체적으로 동글동글하게 생긴 아이였다. 거기다 오늘 본 지아 모녀는 꽤 닮아서 누구든 보면 모녀 사이란 걸 알 수 있었다. 어이없는 착각이었구나, 싶으면서도 느닷없이 또 설렜다.

'웬즈데이'라는 이름의 브런치 카페에 들어서자 주말 데이트를 하러 온 연인들, 아침 차리기 귀찮은 부부와 아이들이 와서 브런치를 먹으며 이야기를 나누고 있었다. 조용하진 않았지만 무시하고 책을 읽을 수 있을 정도의 소음 속에서 에그 샌드위치와 아메리카노 세트를 주문한 다음, 미리 챙겨 온 영시 선집을 펼쳤다. 얼마 후 점원이 샌드위치 세트를 갖다 줬을 때 내내 같은 페이지를 보고 있다는 걸 깨달았다. 나는 한숨을 쉬며 뜨겁고 진한 커피를 한 모금 마셨다. 오늘따라 커피 맛이 썼다.

독서는 포기하고 무늬 없는 검은 표지의 노트와 파커 만년필을 꺼낸 뒤 노트를 펼쳤다. 노트와 만년필을 가지고 다니는 건 15년 전 교통사고를 당한 후 생긴 습관이다. 미국 유학 간 지 두 달 만에 당한 그 사고는 사실 지금도 기억이 잘 나지 않는다.

미국에 도착한 지 얼마 안 돼서 모든 게 생소하고 낯설었다. 그럴 때는 언제나 책 속으로 도망쳤고, 그 토요일도 마찬가지였다. 그런데 주말에도 좁은 기숙사 방에만 틀어박혀 있는 내가 불쌍했던지 중국에서 유학 온 룸메이트 토미가 같이 바람 쐬러 나가자고 권했다.

시내에 토요일마다 열리는 플리 마켓에 가서 여러 나라의 길거리 음식도 먹고, 신기한 물건들 구경도 하고, 예쁜 아가씨들 눈요기도 할 겸 나가자고. 한국 가게도 있는데 거기서 떡볶이도 판다고 토미는 꽤나 끈질기게 졸랐다. 떡볶이는 좋아하지 않았고, 토미는 귀찮았지만, 무례할 정도로 비사교적인 나를 룸메이트라고 챙겨 주는 다정한 마음까지 거부할 순 없었다. 캠퍼스 밖으로 나와서 본 4월의 도시는 화려했고, 주말을 즐기러 시내로 나온 사람들로 거리가 북적였다.

유학생인 우리는 모르고 있었지만 근처 차이나타운에서 무슨 축제가 열리고 있었던 모양이었다. 토미와 같이 길을 건너려고 신호등 앞에 서 있는데 갑자기 사람들이 떼거리로 몰려왔다. 길 건너편에서 붉은 용 가면을 든 가장행렬이 걸어가고 있었다. 그걸 놓치지 않으려고 신호등이 초록불로 바뀌자마자 다들 우르르 몰려가는 사이에 누군가 나를 밀었다.

그 후의 기억은 없다. 내가 도로에 넘어지는 순간 끼익 소리가 들렸던 것도 같고. 이어서 비단을 찢는 것처럼 날카로운 여자의 비명 소리와 함께 내 몸이 허공으로 붕 날아갔던 것 같다. 누군가 스위치를 내려 버린 것처럼 사방이 갑자기 어두워졌다. 마침내 정신을 차렸을 때는 병원 침대였다. 내 침대 옆의 보조 침대에 토미가 몸을 웅송그리고 자다가 내 기척을 알아차리고 벌떡 일어났다.

"간호사! 의사! 여기 누구 좀 와 줘요!"

나는 닷새 만에 깨어났다고 했다. 그날 자기가 나를 억지로 끌고 나가는 바람에 사고를 당했다고 자책하던 토미가 매일 와서 간호했다는 이야기를 나중에 간호사에게 들었다. 나를 문병 온 사람은 토미 하나였다. 나는 일가친척 하나 없는 고아니까. 그나마 가족 비슷한 박 변호사님이 한국에서 찾아온 건 사고가 나고 일주일 후였다.

그 사고로 오른쪽 다리를 영원히 절게 됐고, 부분적인 기억 상실증을 앓았다. 미국에 오기 1년 전 기억이 면도칼로 도려낸 것처럼 사라져 버렸다. 그래서 아비가 세상을 떠난 것도 잊었다. 아랑이 연기처럼 사라져 버린 사실도….

내 사고 소식을 듣자마자 최대한 빨리 비행기 표를 구해서 달려온 박 변호사님은 아비의 대학 친구였다. 아비에게 친구가 있다는 사실 자체가 놀랍지만 아무리 형편없는 인간이라도 친구 하나 정도는 있을 수도 있겠지. 내가 아저씨라고 부르는 박재영 변호사는 내가 어렸을 때부터 집에 자주 놀러 왔다. 올 때마다 나를 진심으로 예뻐했고, 삼촌처럼 잘 놀아 줘서 내가 아저씨를 많이 따랐다.

언젠가 용기를 내서 어쩌다 아비와 친구가 됐느냐고 물어본 적이 있었다. 그는 서글픈 표정으로 날 물끄러미 보더니 말했다. 그 친구가 인간적인 결점이 많지만 매력도 많은 사람이라고. 그리고 아비가 저지른 그 모든 악행을 잊고 싶을 정도로 문학적 재능이 뛰어나다는 말도 덧붙였다. 그렇게 대답하며 나를 바라보는 아저씨의 표정이 너무 슬퍼 보여서 더 이상 묻지 않았다.

아저씨는 아비가 살아 있을 때 인세와 저작권 수입과 관련된 자잘한 소송들을 도맡아서 처리해 줬고, 아비가 세상을 떠난 후 유산 상속 문제도 해결해 줬다. 내가 유학을 떠나고 나서 텅 빈 한국의 본가도 맡아서 관리해 줬고, 정기적으로 들어오는 인세와 2차 저작물들의 계약도 대신 처리해 주고 있다.

내게는 아비보다 더 아버지 같은 아저씨가 당시에도 구원의 손길을 뻗어서 입학한 지 얼마 안 되는 대학교를 휴학하고, 병원에서 치료와 재활 훈련을 받을 수 있도록 주선했다. 다행히 유학이 결정됐을 때 유학생 보험도 미리 들어 뒀고, 사고 낸 트럭 기사의 보험 회사가 내 병원비와 재활 치료비를 다 댔다. 유능한 변호사인 아저씨는 내 청춘을 날려 버린 그 사고에 대한 재정적 보상만큼은 확실하게 받아 내겠다고 이를 갈았고, 그 약속을 철저하게 지켰다.

돈 문제는 그렇다 쳐도 그 사고에서 완전히, 그러니까 지팡이를 짚고 걸을 수 있게 되고, 어제 일마저도 깜박하는 일 없이 어느 정도 정상적으로 일상생활을 영위할 수 있게 되기까지 꼬박 1년이 걸렸다.

그때 다시 학교로 돌아갔다. 나는 원래 스포츠를 즐기거나 몸을 쓰며 즐거워하는 인간은 아니었고, 공을 가지고 남들과 몸을 부대끼며 하는 운동은 질색했다. 그보다는 자전거를 타거나 수영을 하고, 때로는 운동화 끈을 단단히 묶고 달리면서 비 오듯 땀을 흘려 에너지를 분출하는 편이었다. 그런데 다시는 그렇게 땅바닥을 박차면서 뛸 수 없고, 다시는 원하는 대로 몸을 자유롭게 움직일 수 없는 현실을 각오는 했어도 받아들이기란 역시 쉽지 않았다.

기억을 잃어버린 건 더 끔찍했다. 사고 후 재활 치료와 함께 정신과 치료를 받는 과정에서 우울증 상담도 받았지만 언제나 뭔가 굉장히 중요한 걸 잊고 있는 것 같은 찜찜한 기분이 늘 그림자처럼 따라다녔다. 의사는 잃어버린 기억이 영원히 돌아오지 않을 수 있고, 그러다 또 어느 날 불현듯 돌아올 수도 있다고 했다. 중요한 건 과거가 아니라 이제부터라는, 듣기만 해도 하품이 나는 말을 위로랍시고 하는 걸 못 들은 척 넘겼다.

그때부터 노트와 펜을 가지고 다니기 시작했다. 과거의 기억이 모래알처럼 손가락 사이로 빠져나가는 건 잡을 수 없다 쳐도, 현재까지 머릿속에 구멍이 난 것처럼 기억을 줄줄 흘리고 다닐 수는 없으니까. 거기다 몸이 좋지 않을 때는 바로 어제 일도 기억나지 않는 일이 몇 번 생기자 두려워졌다. 이 세상에 내가, 나란 인간이 존재한다는 사실을 아무도 모르는 상황에서 나까지 나를 잊어버릴까 봐 겁이 났다.

퇴원하고 학교 근처에 작은 아파트를 하나 얻어서 살

기 시작했을 때 일지처럼 그날 있었던 일을 적었다. 몇 시에 일어났고, 무슨 강의를 들었고, 저녁으로 뭘 먹었고, 산책으로 얼마 동안 어딜 걸었는지. 그렇게 안간힘을 쓰는데도 자꾸 어제와 오늘이 헷갈릴 때마다 공황 발작이 일어날 것 같았다. 그럴 때 노트를 펴서 처음부터 다시 읽다 보면 가빴던 숨이 잦아들기 시작했다. 기억은 믿을 수 없지만 기록은 믿을 수 있다. 그렇게 꼬박꼬박 적어 온 노트에 의지해 살아 왔다.

4장

어느덧 습관이 되어 버렸다. 아니, 일종의 의식이 되어 버렸다고 해야 할까. 학원 다녀와서 저녁을 먹고 내 방에서 책을 읽거나 음악을 듣다가 9시가 되면 창가에 서서 그 사람을 바라보는 것. 아랑은 시계처럼 정확하게 9시가 되면 아기를 안고 2층 방으로 올라와 재웠다. 기저귀는 안 젖었는지 확인한 후 젖을 먹이고, 배가 어느 정도 찬 것 같으면 아이를 안고 노래를 불렀다. 대체 그게 무슨 노래인지 궁금해서 미칠 것 같았다. '잘 자라, 우리 아가' 같은 모차르트 자장가일까. 아니면 '엄마가 섬그늘에'처럼 약간은 우울한 멜로디의 자장가일까. 아니면 전혀 뜻밖의 노래일까.

아랑은 아기가 잠들면 아기 침대에 눕히고 이불을 덮어 준 후 한참 옆에 머물렀다. 아기는 잠이 얕은지 눕히면 금방 또 깨서 울음을 터트리는 것 같았다. 그래서 아이의 잠이 깊어질 때까지 옆에서 마른 빨래를 개키거나, 바느질을 하거나, 책을 읽었다. 그 시간이 제일 좋았다. 마치 아기에게 빼앗겼던 아랑의 관심이 내게 다시 돌아온 것 같은 희한한 착각에 빠졌다.

나는 굶주린 사람이 음식에 탐닉하는 것처럼 아랑의 얼굴을 빨아들이듯 바라봤다. 아기를 안고 있을 때 보이던 따뜻하면서도 언제 어떤 상황에서든 이 아이를 지키겠다는 맹수 같은 표정은 사라지고 때로는 불안하고, 때로는 서글프고, 때로는 알 수 없는 오묘한 표정이 떠올랐다. 쓰다듬어 보고 싶었다. 수없이 많은 표정이 섞인 복잡하고 오묘한 그 얼굴을.

그 사람의 이름이 아랑이란 사실은 선아 누나를 통해서 알았다. 아랑이 인사차 떡을 돌리러 찾아왔을 때 안면을 튼 후로, 선아 누나는 가끔 앞집에 놀러 가는 눈치였다. 스무 살인 자기보다 잘해야 두세 살 위일 거라고 생각했던 아랑은 스물다섯 살이라고 했다. 아기와 단둘이 사는 건 확실했고, 남편이 없는 것도 확실하다고 했다.

다만 미혼모인지, 아니면 이혼을 했는지는 매사 직진하는 성격의 선아 누나도 차마 물어보지 못한 모양이었다. 누나는 가끔 가서 하소연도 하고 수다도 떨 수 있는 언니 같은 사람이 가까이에 생겨서 좋아하는 눈치였다. 그래서 저녁을 먹는 내 옆에 앉아 미주알고주알 떠들어 대는 선아 누나의 수다 속에서 아랑이란 이름을 건질 수 있었다.

나는 책을 읽는 아랑을 보며 나직하게 불러 봤다.

"아랑. 아랑. 아랑."

아랑은 좋은 엄마였다. 나의 엄마는 베스트셀러 작가의 아내라는 위치답게 남들 앞에서는 교양 있고 우아한 척 내 머리를 쓰다듬다가도 남들이 안 보는 곳에서는 조금 전까지 쓰다듬던 내 뒤통수를 갈기면서 호로 새끼라고 욕설을 퍼붓는 사람이었다. 치맛자락을 잡아서 팽 하고 코를 풀어 주고, 맨손으로 죽죽 찢은 김치를 밥숟가락에 올려 주는 그 손으로 느닷없이 뺨을 후려치기도 했고. 너 때문에 산다고 말하다가도 너 때문에 죽겠다고 말하기도 했다. 오늘은 아무 이유 없이 숨이 막힐 정도로 꼭 안아 주며 사랑한다고, 너는 세상에서 가장 소중한 보물이라고 속삭였다가, 그 다음 날은 어제처럼 안아 주길 기대하며 다가오는 나를 이유 없이 홱 밀어내기도 했다. 요컨대 엄마 역시 불안한 인간이었다.

그러나 아랑은 남들의 호기심에 찬 시선이나 자신의 흔들리는 마음에 상관없이 언제나 아기에게 충실했다. 자다가도 아이가 밤중에 울음을 터트리면 몇 번이고 바로 달려와 안아들고 어르며 뭐가 문제인지 살폈다. 배가 고프진 않은지, 기저귀가 젖진 않았는지 살폈다. 그렇게 깊고 깜깜한 밤에 몇 번이고 잠을 설치다 보면 피곤해서 짜증을

낼 만도 하건만 단 한 번도 힘들다고 우는 아이를 방치하지 않았다.

대개 아이는 엄마랑 같이 자는 줄 알았는데 따로 방을 쓰면서 힘들게 달려오는 모습이 이상하기도 했지만 어쩐지 그래서 더 좋기도 했다. 그렇게 아기와 아랑은 완벽한 한 쌍이었고, 거기에 남편이, 아빠가 없다고 해서 어딘가 허전하거나 결핍돼 보이진 않았다. 아비 같은 건 없는 편이 나아, 그 편이 훨씬 더 행복해, 난 그 둘을 보며 허공에 대고 속삭였다.

둘의 일상을 지켜보다 네 개의 계절이 한 바퀴 돌아 다시 가을이 시작된 어느 날. 드디어 아랑이 내 눈을 똑바로 보며 말을 걸어 줬다. 학원이 끝나고 집으로 돌아오던 길이었다. 새로 바꾼 학원을 전처럼 자전거로 다니기엔 교통이 불편해서 얼마 전부터 버스를 타고 다녔다. 사실 학원이야 어딜 다니건 별 상관이 없었지만 지난번에 헤드폰에 대해 물어본 후 친구 비슷한 것이 된 명수가 같은 학원에 다니자고 졸라서 학원을 옮겼다. 버스 정류장에서 내려 아무 생각 없이 터벅터벅 걸어가고 있는데 저만치 앞에서 선아 누나가 보였다.

거리가 좀 있어서 처음에는 장바구니를 든 선아 누나가 누군가와 이야기하는 모습만 보였다. 조금 더 걸어가자

상대가 보였다. 유모차 옆에 서 있는 아랑이었다. 그녀를 본 순간 심장이 세차게 뛰었다. 그럴 리가 없겠지만 이 소리가 들리면 어떡하지, 하는 바보 같은 걱정이 들 정도로 심장이 가슴 속에서 튀어나올 것처럼 요동치고 있었다.

나는 부러 고개를 푹 숙이고 두 사람을 못 본 척 지나칠 작정으로 천천히 가다가 문득 이상한 느낌이 들었다. 다시 고개를 들어 그 둘을 바라봤다. 뭔가 심각한 이야기를 하는지 두 사람이 웃음기 없는 표정으로 이야기를 나누는 동안 아랑의 옆에 세워 둔 유모차가 아주 미세하게 움직이고 있었다. 브레이크가 고장 난 모양이었다. 두 사람은 유모차가 움직이는 걸 눈치채지 못하고 있었다. 별일 없겠지. 유모차가 조금 더 움직이면 아랑이 보고 잡겠지.

그러는 사이에 유모차가 그들에게서 조금씩 멀어지고 있었다. 이야기에 열중한 아랑이 무심코 고개를 돌렸다가 그걸 보고 잡으려는 순간 느닷없이 자동차 한 대가 모퉁이에서 전속력으로 튀어나왔다. 선아 누나와 아랑 둘 다 얼굴이 새파랗게 질린 순간 유모차와 그 차 사이로 내가 몸을 던졌다. 달리던 차가 끼이익 소리를 내며 땅바닥에 쓰러진 내 몸 앞에서 급정거를 한 순간 아랑이 허겁지겁 달려와 유모차를 잡고 그 안에 있던 아기를 안아 올렸다. 아기가 귀청이 찢어질 것처럼 큰 소리로 울음을 터트렸다.

시멘트 바닥에 뛰어드는 바람에 나는 입고 있던 반바지 밑의 맨 다리와 팔의 살이 다 갈려 버렸다. 멈춘 차에선 아무도 내리지 않았다. 모두 충격에 빠져 얼어붙은 상황에서 가장 먼저 정신을 차린 사람은 선아 누나였다. 선아 누나는 장바구니를 들고 그 차로 뚜벅뚜벅 걸어가 주먹으로 유리창을 탕탕 쳤다.

"당신 뭐야, 어서 안 나오고 뭐 해? 사람 다친 거 안 보여?"

그러고도 조금 시간이 흐른 후에 마침내 차 문이 열리면서 한 남자가 머뭇거리며 나왔다. 청바지에 흰색과 검은색이 섞인 줄무늬 티셔츠를 입었고, 키가 전봇대처럼 컸다. 대학생처럼 보이는 그한테서 술 냄새가 진동했다. 어쩔 줄 모르고 고개를 조아리는 순간에도 비틀거리는 그 남자를 선아 누나가 당차게 뺨을 올려붙였다.

"뭐야, 술 마시고 핸들을 잡았어? 이거 미친 새끼 아니야? 우리 선우가 죽을 뻔했잖아. 연우는 또 어쩌고. 이게 대낮부터 술 처먹고 돌았나?"

경찰을 불러 사고 경위를 설명하고, 음주 운전을 한 그 멍청한 대학생을 넘기고, 우리는 집으로 돌아왔다. 병원에 가야 하는 거 아니냐고 선아 누나가 걱정했지만 괜찮다고,

그냥 좀 쓸린 것뿐이라고 나는 말했다. 날씨가 아직 더워서 반바지에 반팔 차림이었던 나는 종아리와 팔꿈치가 시멘트 바닥에 심하게 쓸려서 피가 맺혀 있었다.

아랑은 우리 집까지 따라와서 수건에 따뜻한 물을 적셔서 내 상처를 닦고 소독한 후에 약을 발라 줬다. 선아 누나가 할 수도 있었지만 그렇게라도 고마운 마음을 표현하고 싶었을 것이다. 선아 누나도 그 마음을 알기에 내내 아기를 안고 있었다.

아랑은 상처 치료가 끝나자 내 손을 꼭 잡고 말했다.

"선우라고 했지? 고마워, 선우야. 네가 우리 연우를 살렸어. 연우는 나에게 목숨보다 더 소중한 존재야. 그러니까 넌 오늘 우리 두 목숨을 구한 거야. 이 은혜는 꼭 갚을게. 너는 언제나 환영이니까 우리 집에 종종 놀러 와."

나는 감히 아랑과 눈을 마주칠 수 없어 고개만 끄덕였다. 아랑이 연우를 데리고 간 후에 선아 누나가 다시 한 번 내 몸을 살펴보면서 달리 다친 데 없는지 확인하더니 한마디 했다.

"짜식. 너 아랑 언니 좋아하지? 아무리 그래도 너무 연상을 짝사랑하는 거 아니니? 하하하하."

"무슨 헛소리야? 누가 누굴 좋아한다고 그래?"

나는 놀란 마음을 감추려고 벌떡 일어나서 절뚝거리며

2층으로 올라갔다.

"저녁은 내가 방으로 갖다 줄게. 짝사랑 소년. 하하하."

층계로 올라가는 내내 선아 누나의 깔깔 웃는 소리가 그치지 않았다.

5장

눈앞에 팔을 뻗어 봐도 보이지 않을 정도로 어두운 밤. 우산을 써도 소용없을 정도로 비가 세차게 쏟아지고 있었다. 내가 문을 열고 들어가자 머리와 몸에서 물이 뚝뚝 떨어졌다. 아랑이 그런 날 보며 피식 웃더니, 욕실로 들어가 마른 수건 하나를 가져왔다. 아랑은 평소에 즐겨 입는 갈색 물방울무늬 원피스에 흰 카디건을 걸치고 있었다.

"비가 너무 많이 오네. 이걸로 좀 닦아. 연우는 자고 있어. 추울 텐데 녹차 한 잔 마실래?"

내가 고개를 끄덕이자 아랑은 부엌으로 가서 검은색 전기 포트에 물을 받아서 스위치를 켰다. 그리고 찬장을 열어서 투명한 유리 단지를 하나 꺼내고, 유리잔 두 개를 꺼냈다. 유리 단지는 티백으로 가득 차 있었다. 아랑은 티백 두 개를 꺼내서 잔에 하나씩 넣고 물이 끓기 시작한 포트의 스위치를 끈 후 잔에 물을 따랐다. 잠시 후에 옅은 녹색으로 찻물이 들기 시작했을 때 양손에 잔을 하나씩 들고 돌아선 아랑은 바로 뒤에 서 있던 나를 보고 깜짝 놀라 잔을 떨어뜨릴 뻔했다. 나는 얼른 그걸 받았다.

"뭐야, 깜짝 놀랐잖아. 하마터면 큰일 날 뻔했네."

나는 빙그레 웃으며 그녀를 바라봤다. 옆에서 보고 있어도 언제나 그리운 얼굴.

"선우야, 너 과묵한 건 알지만 그래도 누나가 뭐라고 하면 대꾸 좀 해. 그렇게 입 다물고 있으면 입에서 냄새 나거든."

아랑은 장난스럽게 한 손으로 내 어깨를 치고 잔을 가지고 식탁으로 갔다. 식탁에 마주 앉은 우리 사이에 잠시 침묵이 흘렀다. 내 표정을 찬찬히 살피던 아랑이 말했다.

"뭐야, 할 말이 있어서 온 거 아니야? 설마 눈싸움 하자고 이 밤에 온 건 아니지?"

내가 침을 꿀꺽 삼키며 입을 열려는 순간 2층에서 연우의 울음소리가 들렸다. 아랑이 눈썹을 찡그렸다.

"연우 운다. 올라가 봐야겠어."

아랑이 일어섰을 때 나도 같이 일어섰다. 왠지 모르겠지만 아랑이 저 층계를 올라가게 두면 안 될 것 같았다. 나는 아랑의 손목을 잡았다. 층계를 향해 돌아섰던 아랑이 고개를 돌리고 의아한 표정으로 나를 봤다.

"왜 그래, 선우야? 연우가 울잖아."

"올라가지 마. 여기서 나랑 같이 있어, 누나."

"무슨 소리야, 연우가 저렇게 우는데."

날 뿌리치고 가려는 아랑의 손을 힘껏 잡았다.

"가지 마. 잠깐만 나랑 같이 있어."

"얘가 무슨 소리를 하는 거야? 연우만 보고 다시 올게."

아랑이 기어코 날 뿌리치고 층계에 한 발을 올려놓는 순간 층계가 풀썩 무너지면서 그 밑으로 사라졌다.

"아랑!"

나는 목이 터져라 소리를 질렀다.

"아랑!"

그 소리에 놀라 눈이 번쩍 떠졌다. 밝은 아침 햇살이 아플 정도로 눈을 찌르고 있었다. 꿈이었구나…. 항상 같은 꿈. 아랑은 매번 매달리는 나를 뿌리치다 사라졌다. 꿈에서만이라도 그녀를 잡을 수 있었다면 애달픈 마음이 좀 가실까?

*

오늘은 강의가 있는 날이다. 간밤에 그 꿈을 꾸고 일어난 후 입이 깔깔해서 커피만 한 잔 마시고 가방과 지팡이를 들고 차고로 갔다. 정비와 세차까지 마치고 돌아온 파란색 볼보는 반짝반짝 근사했다.

"오늘도 잘 부탁한다."

가볍게 보닛을 다독여 주고 차고에서 차를 뺐다. 골목길이라 천천히 몰고 가는데 저 앞에서 어떤 여자가 오른쪽 어깨에 까만 가죽 토트백을 메고 걸어가는 모습이 보였다. 뒷모습이 낯익었다. 조금 더 다가가자 가슴이 뛰기 시작했다. 놀랍다. 아랑 이후로 다시 누군가를 보고 가슴이 뛴 건 처음이다.

나는 창문을 열고 고개를 내밀었다.

"지아 학생 아닌가요?"

귀에 이어폰을 꽂고 걸어가던 그녀는 순간 놀랐다가 나를 보고 활짝 웃었다. 그 미소에 또 가슴이 두근거렸다. 왜 이 아이만 보면 나도 모르는 내가 튀어나오는 걸까?

"교수님, 안녕하세요."

지아는 그러면서 내 차를 훑어봤다.

"우와, 이거 볼보죠? 제가 좋아하는 차인데. 파란색이 정말 예뻐요."

"그렇구나. 혹시 학교 가는 길이면 태워 줄까요?"

"아, 그래도 될까요? 제가 오늘 하루 종일 수업이 있어서 가방이 좀 무거웠거든요."

모처럼 용기를 내서 말을 걸었다가 거절당하면 어쩌나

걱정한 게 무색하게 지아는 선뜻 조수석 문을 열고 들어와 앉았다.

"차가 완전 새 차 같아요."

"아, 작년에 한국 들어왔을 때 뽑았으니까 그렇게 오래된 차는 아니죠. 나도 볼보 좋아해요."

"그러시군요. 전 차는 잘 모르지만 볼보는 튼튼하고 예뻐서 좋아요. 나중에 저도 이걸로 사고 싶어요. 저의 드림카예요."

"운전은 할 줄 알아요?"

"면허는 땄고, 가끔 엄마랑 차 타고 나갔다가 엄마가 피곤하시거나 술을 한잔 드셨을 때는 제가 운전해요. 그래도 엄마는 제가 아직 차를 살 나이는 아니라고 하세요. 절 과보호하시는 것 같아요. 하하하."

별것 아닌 이야기를 나누는데 나도 모르게 입꼬리가 올라갔다. 누군가와 이렇게 별것 아닌 이야기를 나누며 깔깔 웃었던 게 전생의 일처럼 느껴졌다. 가끔 만나서 같이 한잔 마시는 명수는 작년에 속도위반으로 결혼해서 올해 태어난 아이를 보느라 정신없고. 그나마 요즘 나와 제일 많이 시간을 보내는 조교 성철이도 말수가 적은 편이라 우리가 나누는 말은 하루에 열 마디도 안 될 것이다.

"아까 뭔가 들으면서 가는 것 같던데?"

“아, 제가 좋아하는 노래예요. 교수님도 한번 들어 보실래요?”

지아는 내 대답도 기다리지 않고 가방에서 핸드폰과 이어폰을 꺼내더니 느닷없이 이어폰 한쪽을 내 귀에 꽂고 버튼을 눌렀다. 멜로디가 흘러나오는 순간 나도 모르게 브레이크를 밟아 버리는 바람에 차가 끼이익 소리를 내며 섰다. 우리의 몸이 동시에 앞으로 홱 쏠렸다.

“으악!”

“이런, 미안해요. 잠깐 딴 생각을 하느라.”

“아니에요. 제가 갑자기 이어폰을 꽂아서 놀라셨나 봐요. 제가 죄송해요.”

“아니, 그건 아니고. 정말 잠깐 딴 생각을 하느라.”

나는 허겁지겁 변명을 늘어놓으면서 다시 차를 출발시켰다. 잠시 어색한 침묵이 흘렀다.

“아까 그 노래 제목이 뭐죠? 많이 들어 본 노래 같던데.”

“아, 이 노래 모르세요? 좀 옛날 노래지만 굉장히 유명한 곡인데. 자우림이 부른 ‘봄날은 간다’. 영화 주제가예요. 그 영화 안 보셨어요?”

“아, 그 노래군요. 영화는 안 봤지만 어쩐지 익숙한 멜로디라고 생각했어요.”

“아, 그 영화 꼭 보세요. 명작이에요. 전 자우림 팬이라서 자주 들어요."

자우림과 영시 수업에 대한 이야기를 나누다 학교에 도착해서 지아를 내려 주고 주차장으로 들어와 차를 세웠다. 시동을 끈 후에도 한동안 움직일 수 없었다. 그러다 가까스로 덜덜 떨리는 손을 들어 이마에 흥건히 고인 땀을 닦았다.

'봄날은 간다'는 아랑이 좋아하던 노래였다. 매일 밤 아이를 재우면서 불렀던 노래. 그 노래는 아이가 아니라 자신에게 들려주는 노래이자 나에게 불러 준 첫 노래이자 유일한 노래이기도 했다.

연우를 구해 준 후로도 밤마다 아랑을 바라봤다. 그건 이제 아침에 일어나면 이를 닦거나, 밥을 먹고 나면 물을 마시는 것처럼 끊을 수 없는 습관이 돼 버렸다. 그날 처음 이름을 알게 된 연우는 그 사이에 갓난아기라고 부르기 무색할 정도로 부쩍부쩍 커서 이제 분유를 먹었다. 아랑이 연우를 안고 입에 젖병을 물리면 작은 단풍잎 같은 두 손으로 그걸 잡고 힘차게 빨아먹었다. 그 모습을 보면서 아랑이 그날 했던 말을 계속 떠올렸다. '너는 언제나 환영이니까 우리 집에 종종 놀러 와.'

그러나 용기가 나지 않았다. 가서 아랑 가까이 있고 싶은 마음과 여기서 바라보는 것만으로도 충분하지 않을까 하는 두 마음이 충돌했고, 괜히 갔다가 그녀를 좋아하는 마음을 들키지 않을까 걱정되기도 했다. 선아 누나가 짝사랑 소년이라고 놀려 대는 걸 보면 내 마음은 생각보다 들키기 쉬운 것 같았다.

그 토요일 오후도 그런 고민을 하고 있었다. 학원에 가려고 가방을 메고 나왔지만 버스 정류장으로 가야 하는 발걸음이 제멋대로 앞집으로 향하고 있었다. 가까이 가서 보니 대문이 살짝 열려 있었다. 무슨 일일까? 대문 잠그는 걸 깜박한 걸까? 빠끔히 열린 틈으로 들여다보니 마침 아랑이 1층 테라스에 있는 의자에 앉아 있었다. 갈색 물방울무늬 원피스에 긴 흰색 카디건을 입은 그녀는 탁자 앞에 놓인 잔을 들어 한 모금 마시더니 내려놓고 탁자 위에 놓인 뭔가를 들었다.

저게 뭐지? 나는 기린처럼 고개를 길게 뻗어서 바라봤다. 아랑은 거기서 길고 하얀 뭔가를 꺼내 손에 쥐더니 다시 테이블에 있는 네모난 물건을 들어 뚜껑을 열고 손가락으로 튕기자 화르르 불길이 올라왔다. 라이터였다! 아랑은 그 라이터로 손가락에 쥐고 있던 담배에 불을 붙이고 담배가 타들어 가는 걸 보다 한 모금을 길게 빨았다.

한참 후에 연기를 멋들어지게 내뱉으면서 내 쪽으로

고개를 돌렸다. 들켰다! 순간 나와 눈이 마주친 아랑은 아무렇지 않은 표정으로 생긋 웃으면서 희고 가는 손가락 하나를 자신의 입술에 댔다. 입술 모양으로 봐서 "쉿!"이라고 한 것 같았다.

우리는 그렇게 한동안 서로를 바라봤다. 이대로 정지 화면을 누른 것처럼 시간이 멈춘 것 같았던 순간, 아랑이 일어서서 나를 향해 다가왔다. 마음 같아선 도망치고 싶었지만 그러면 다시는 아랑을 마주 볼 수 없을 것 같아서 발에 힘을 주고 간신히 서 있었다.

아랑은 손에 담배를 쥔 채 대문으로 나와서 빠끔히 열려 있던 문을 활짝 열고 나를 바라봤다.

"안녕, 선우야? 그동안 잘 지냈어? 어디 가니?"

"안녕하세요? 학원에 가요."

"토요일에도 학원을? 너 정말 모범생이구나."

"아니, 그건 아니에요!"

"뭘 그리 정색을 해? 호호호. 선아가 그러는데 너 맨날 전교 1등이라며."

"별거 아니에요."

나는 고개를 숙이며 대답했다. 아랑에게 잘 보이고 싶은데 전교 1등 하는 모범생 이미지는 도움이 안 될 것 같았다. 그나저나 남의 집을 몰래 엿봤다고 야단맞을 줄 알았는데 의외네? 나는 지극히 자연스럽게 아랑의 페이스에 말려들어가는 한편, 이 사람도 성적 같은 시시한 잣대로 사람을 판단하나 싶어 슬그머니 실망하려던 참이었다. 그 때 들려온 말에 내 귀를 의심했다.

"그렇게 공부만 하는 거 지겹지 않아? 모처럼 왔는데 오늘 학원 째지 않을래?"

"네?"

"너, 나랑 연우 보러 온 거 아니야? 지금 연우는 낮잠 자고 있어. 놀다 가. 학원 같은 건 한 번씩 빠져 주는 게 예의야. 지난번에 말했잖아. 언제든 우리 집에 놀러 오라고. 내가 커피 내려 줄게. 내가 내리는 커피 꽤 괜찮아."

지금 내가 꿈을 꾸는 걸까? 초등학교 때 이후로 남의 집에 놀러 간 적은 한 번도 없었고, 우리 집에 부르지도 않았다. 친구 집에 놀러 갔다가 그 집 부모에게 "아버지는 무슨 일을 하시니?" 이런 질문을 받고 싶지 않았고, 어른이 하는 질문에 또박또박 대답하지 않으면 예의가 없다며 인상을 찌푸리는 것도 싫었다. 하는 수 없이 소설가라고 했다가 또 꼬리에 꼬리를 물고 나올 질문들을 생각만 해도 몸서리가 쳐졌다.

설상가상으로 책 좀 읽은 사람이라면 내 대답에 오호라, 하는 묘한 표정을 짓는 것도 기분 나빴다.

"아니, 그 베스트셀러 작가? 책만 나오면 100만부씩 팔리는 작가 아니야? 와, 그분이 네 아버님이셨어?"

그 질문에 항상 부록으로 따라오는 그 표정. 아비의 소설을 좋아한다고 말하지만 실은 여배우, 모델, 작가, 술집 마담같이 다양한 여자들과 스캔들을 일으키며 주간지의 가십난을 장식하는 아비의 난잡한 사생활을 더 궁금해하는 그 표정이 끔찍했다. 그렇게 놀러 간 집의 아이는 다음부터 슬슬 나를 피했다. 저런 집 아이랑은 놀면 안 된다고 부모가 단단히 일러놓은 걸까. 그런 일이 몇 번 있고 나서 친구란 없다고 믿게 됐다. 적어도 나에겐 허락되지 않았다고.

그런데 지금 1년도 넘게 멀리서 바라보며 맹렬하게 짝사랑 중인 여자가 나보고 학원을 땡땡이치고 자기 집에 놀러 오란다. 그렇다면 지옥인들 못 갈까.

"좋아요."

내 대답에 아랑은 손뼉을 치며 소녀처럼 좋아했다. 웃으니 정말 예뻤다. 이 웃음을 바로 옆에서 볼 수만 있다면 학원이 대순가. 그녀가 매일 빠지라고 하면 두말없이 그러겠다고 할 것이다. 그것 때문에 성적이 곤두박질쳐서 아비에게 야구 방망이로 두들겨 맞다 기절해도 상관없었다.

나는 아랑을 따라 대문 안으로 들어갔다. 아랑의 집은 우리 집보다 작았지만 1층에 아담한 테라스가 있고, 거기에 철제 티 테이블과 라탄 의자 두 개가 놓여 있었다. 성인 둘이 앉을 수 있는 흔들 그네 의자도 있었다. 연우가 울거나 보챌 때 안고 타면 아주 좋아한다고 아랑이 말했다. 아담한 정원에는 잘생긴 소나무 몇 그루가 서 있었고, 정원 한편에 아주 작은 연못도 있었다.

아랑은 커피를 내올 테니 그 라탄 의자에 앉아 있으라고 하고 연우가 잘 자고 있는지 보러 갔다. 그리고 커피 두 잔과 오렌지 주스 한 잔, 사과와 포도와 키위를 보기 좋게 담은 접시와 사브레 비스킷을 담은 접시를 큰 쟁반에 받쳐 들고 나왔다.

"뭘 좋아하는지 몰라서 다 가져와 봤어. 커피가 싫으면 주스를 마셔."

"커피 마실게요."

아이처럼 보이고 싶지 않았다. 나는 호기롭게 커피 잔을 들어서 한 모금 들이켰다가 켁 소리를 냈다. 너무 뜨겁고 너무 썼다. 아랑이 킥킥 웃었다.

"뜨거워서 조심하라고 말해 주려 했는데. 보기보다 성격이 급하구나."

그러면서 자신의 커피 잔을 들어 천천히 한 모금 마시고 내려놓더니 두 번째 기습 공격을 가했다.

"나 담배 피워도 되지?"

내가 벌린 입을 다물지 못하자 아랑이 킥킥 웃더니 말했다.

"아까 다 봐 놓고 뭘 놀란 척해? 애 엄마는 담배 피우면 안 돼? 아니면 이런 사람일 줄 몰랐다고 실망한 거야? 넌 담배 안 피워?"

"실망이라뇨, 전혀 아니에요. 다만 전 아직…."

난 '아직'이란 말에 방점을 두면서 서둘러 대답했다.

"그럼 네가 허락했으니 나 피운다."

아랑은 담배에 불을 붙여서 아주 맛있게 빨아들였다. 그 담배가 '럭키 스트라이크'라는 건 시간이 좀 지난 후에 알게 됐다.

"연우 낳기 전부터 피우던 건데. 연우가 생긴 걸 알고 중단했지. 이제 젖도 뗐으니 해방이야. 아, 이 맛이 얼마나 그리웠는지 몰라. 동네방네 소문 날지도 모르니까 집에서만 피우지만."

아랑은 담배를 피우는 중간 중간 식어 가는 커피를 한 모금씩 마시며 말했다.

"공부하는 거 재밌어? 뭐가 되고 싶어서 그렇게 열심히 하는 거야? 설마 의사나 판검사 같은 진부한 목표는 아니라고 말해 줘."

처음이었다. 나에게 담배 피우냐고 묻고, 공부를 왜 그렇게 열심히 하냐고 물어봐 주다니. 난봉꾼 아비의 아들, 자살한 엄마의 아들, 박복한 팔자를 타고난 아이가 아닌 나 자체를 순수하게 궁금해하는 사람은 이 넓디넓은 세상에서 그녀가 처음이었다. 아마 그래서 그랬을 것이다. 처음엔 알 수 없는 그 묘한 분위기에 끌렸고, 다음엔 아랑의 한결같은 모성애에 끌렸지만, 이젠 아랑이란 사람에게 속수무책으로 빠져들었다.

어린 나는 몰랐다. 한 사람이 다른 사람에게 줄 수 있는 가장 큰 선물은 바로 상대를 순수하게 진심으로 궁금해하는 마음이라는 것. 아랑은 바로 그 선물을 내게 준 사람이다. 처음이자 유일한 사람.

6장

아침부터 기분이 안 좋았다. 왜 그런지 모르겠다. 아니, 사실은 알고 있다. 그래도 불편한 마음을 애써 누르며 세수하고 1층으로 내려갔다. 물 마시려고 부엌에 가는 길에 서재를 지나치는 순간 소리가 들렸다. 뭔가 격렬하게 움직이는 소리와 헐떡거리는 소리. 삐걱거리는 소리. 다른 날 같으면 못 들은 척 지나쳤을 것이다. 그러나 오늘만큼은 도저히 참을 수 없었다.

나는 서재 문을 홱 열어 제쳤다. 순간 책상 앞쪽 모서리를 부여잡고 허리를 구부린 채 갈색 면치마가 엉덩이 위로 올라간 선아 누나와, 그런 누나의 허리를 힘껏 끌어안은 채 경주마를 탄 기수처럼 몸을 움직이고 있던 아비가 나를 경악한 표정으로 바라봤다.

선아 누나의 흰색 티는 배꼽 위로 밀려 올라가 있었고, 바지와 팬티를 발목에 걸친 아비는 그런 선아 누나에게 몸을 찰싹 붙인 채 엉거주춤하게 서 있었다. 잠시 살기등등

한 침묵이 흐르다 먼저 입을 연 사람은 아비였다.

"이 새끼가 지금 뭐 하는 거야? 당장 문 닫지 못해?"

나도 지지 않고 소리를 질렀다.

"오늘이 무슨 날인지 알기는 해요? 진짜 인간 맞아? 아니, 짐승도 이럴 순 없어!"

"뭐야, 이 새끼야? 이 새끼가 어디서 버르장머리 없이."

흥분한 아비가 선아 누나의 허리를 놓고 순간 책상 위에 있던 묵직한 유리 문진을 집어던졌다. 충분히 피할 수 있는 거리였지만 그대로 서서 노려보다 이마에 정통으로 맞았다. 퍽 소리가 났다. 문진이 방바닥에 떨어져 박살 나면서 유리조각들이 사방으로 날아갔다. 선아 누나가 비명을 지르면서 허겁지겁 치마를 내리고 나에게 오려고 했다. 나는 문이 부서져라 쾅 소리를 내며 닫고 밖으로 달려 나갔다.

피가 계속 눈 위로 흘러내려서 앞이 잘 보이지 않았다. 기세 좋게 현관문을 박차고 나오긴 했는데 어디로 가야 할지 알 수 없었다. 이대로 사라져 버리고 싶었다. 멍하니 눈을 감고 서 있다가 앞집에 가서 초인종을 눌렀다. 인터폰으로 목소리가 들렸다.

"누구세요?"

대답하지 않았다. 아랑은 "누구세요?"라고 다시 묻더니 조금 있다가 말했다.

"선우니? 선우구나. 잠깐만 기다려."

잠시 후에 연우를 안고 나온 아랑은 내 얼굴을 보고 깜짝 놀랐다. 연우도 내 얼굴에 흐르는 피를 보고 놀랐는지 와락 울음을 터트렸다. 아랑은 연우를 어르면서 말했다.

"어서 들어가자. 일단 상처부터 치료해야지."

나는 아랑을 따라 집 안으로 들어갔다. 거실로 간 아랑은 연우를 보행기에 앉혀 놓고 구급약 상자를 가져와서 이마의 피를 조심스럽게 닦아 내고 알코올 솜으로 소독했다.

"따끔거려도 좀 참아."

아랑은 그렇게 말했지만 이마를 조심스럽게 만져 주는 손길이 몹시도 부드러워 하나도 아프지 않았다. 아랑은 피를 닦아 낸 후에 이마를 보더니 눈살을 찌푸렸다.

"어쩌다 이랬는지 모르겠지만 병원에 가서 제대로 꿰매야 흉터가 남지 않을 거야. 잘생긴 얼굴에 흉 지면 안 되는데. 일단 응급처치만 해 두자."

아랑은 약을 바르고 붕대를 감아 줬다. 이런 일이 처음이 아닌지 능숙했다. 붕대를 다 감고, 잠깐 소파에 앉아 있으라고 하더니 부엌에서 따뜻한 레몬 차 한 잔과 물 한 잔을 내왔다.

"무슨 일인지 말해 볼래? 하기 싫으면 안 해도 돼. 그런데 병원이 아니라 우리 집으로 온 건 들어줄 사람이 필요했던 거 아니야?"

아랑은 보행기에 앉아 있던 연우를 안고 소파 맞은편에 앉아 나를 물끄러미 바라봤다. 나는 한참을 망설이다가 물 잔을 들어서 한 번에 비우고 입을 열었다.

"오늘은 엄마 기일이에요. 다른 집 같으면 제사를 지내겠죠. 하지만 우리 집은 그런 거 없어요. 그건 참을 수 있어요. 아버지는 원래 그런 사람이니까. 하지만 최소한 오늘만큼은 좀 어른답게 행동하는 시늉이라도 내야 하잖아요."

애써 거기까지 말하자 느닷없이 눈물이 났다. 물 한 잔을 단숨에 비웠는데도 갈증이 가시지 않아 떨리는 손으로 들어 올린 레몬 찻잔에 눈물이 뚝 떨어졌다. 찻잔을 내려놓는데 한번 터진 눈물이 그칠 줄을 모르고 흘러내렸다. 아랑은 그새 잠든 연우를 안방 침대에 눕혀 놓고 나와서 나를 살며시 안아 줬다. 아무것도 묻지 않고 목 놓아 우는 내 등을 토닥여 줄 뿐이었다. 그렇게 엄마의 장례식 후 처음으로 마음껏 울었다.

더 이상 울 울음도 남아 있지 않다는 걸 깨달았을 땐 시간이 꽤 흐른 것 같았다. 울음소리가 그친 걸 알아챈 아랑은 나를 놔주고 따뜻한 물수건을 가져와 내밀었다.

"엄마 어디 모셨니? 엄마 보러 같이 갈까?"

“그래도… 돼요?”

“물론이지. 연우도 차 타고 바람 쐬는 거 좋아해. 외출 준비 할 테니 잠깐만 기다려.”

아랑의 운전 스타일은 근사했다. 지난번에 럭키 스트라이크를 굉장히 맛있게 피우는 모습을 봤기 때문에 크게 놀라진 않았다. 아랑은 검은색 소나타를 카레이서처럼 힘차게 몰았다. 마치 피아노를 연주하는 피아니스트처럼 정교하면서도 물 흐르듯 자연스럽게 운전해서 아기 시트에 앉아 호기심 어린 눈빛으로 주위를 둘러보던 연우도 조용히 잠이 들 정도였다. 나는 창밖으로 휙휙 지나가는 풍경을 보며 아무 말도 하지 않았다. 아랑도 운전에만 집중했다.

그렇게 일산 근처에 있는 납골당에 와서 엄마를 봤다. 작년까지는 매년 혼자서 버스를 두 번 갈아타고 와서 엄마 얼굴을 보고 갔다. 그런데 오늘은 아랑과 연우와 같이 오다니. 상상도 하지 못했던 일이다. 아랑은 나 혼자 납골당에 들여보내고, 자신은 차에 실어 온 유모차를 내려서 연우를 태워 납골당 주위의 시골길을 걸었다. 나는 작은 사각 유리 칸 속에 있는 엄마의 사진을 보며 속삭였다.

“엄마, 나 왔어. 1년 동안 잘 지냈어? 오늘은 누구랑 왔는지 알아? 놀라지 마, 엄마. 사랑하는 사람과 같이 왔어.

나중에 엄마에게 보여 줄게. 나, 이 사람이랑 결혼할 거야."

엄마는 찬성도 반대도 하지 않은 채 말간 얼굴로 나를 바라보기만 했다.

7장

"으악!"

내가 지른 외마디 소리에 놀라 잠이 깼다. 일어나 보니 베개까지 축축하게 젖을 정도로 땀을 비 오듯 흘리고 있었다. '꿈이었구나.' 단순한 꿈이 아니라 두 번 다시 떠올리고 싶지 않을 만큼 끔찍한 악몽이었다. 고개를 절레절레 흔들고 있는데 똑똑 노크 소리가 들렸다. 내가 대답하자 문이 열리면서 쟁반에 물 잔을 받쳐 든 박 여사가 들어왔다. 그녀는 땀에 젖은 내 얼굴과 파자마를 힐끗 보고 다가와 침대 옆 협탁에 물 잔을 내려놨다.

"교수님답지 않게 늦잠을 주무셔서 어쩐 일인가 했는데. 몸이 안 좋으신가 봐요. 땀도 많이 흘리시고, 안색이 아주 창백해요."

"네. 오늘은 좀 불편하네요."

"오늘은 강의 없으시죠? 병원에 가 보셔야 할 것 같은데. 좀 이따가 아침 드시고 꼭 가 보세요."

박 여사는 그 자리에 서서 날 내려다보며 말했다. 순간 누가 날카로운 비수로 뒤통수를 찢어발기는 것처럼 끔찍한 두통이 밀려와 눈을 질끈 감았다. 한참 후에 눈을 뜨자 나간 줄 알았던 박 여사가 섬뜩할 정도로 차가운 눈빛으로 날 내려다보고 있었다. 그걸 보자 소름이 오소소 돋았지만 박 여사는 아무 일 없었다는 듯 쟁반을 들고 나갔다. 방금 그 표정은 뭐지? 아, 이게 다 그 악몽 때문이야.

어제 밤늦게까지 중간고사 시험지를 채점하고 침대에 누웠지만 좀처럼 잠이 안 와서 위스키를 몇 잔 마신 게 화근이었을까. 새벽 서너 시까지 뒤척뒤척하다가 설핏 잠이 들었는데 그토록 그리워하는 아랑이 꿈에 나왔다. 갈색 물방울무늬 원피스에 흰색 카디건을 입고 1층 테라스에 앉아 있는 아랑을 보며 내가 이야기를 하고 있었다.

꿈이지만 신기했다. 평소에는 주로 아랑이 말하고 내가 듣는 쪽이었는데. 그러다 갑자기 장난기가 발동한 아랑이 춤을 가르쳐 주겠다고 일어서더니 내 손을 잡아 일으켜 세웠다. 부끄러워서 뒤로 뺐지만 아랑이 내 손목을 꼭 잡고 끌어당겨서 나의 한 손은 자신의 어깨에, 다른 손은 허리를 잡게 하고 리드했다. 아랑이 가르치는 대로 하나 둘, 하나 둘, 박자에 맞춰 스텝을 밟았다. 아랑의 발을 밟지 않으려고 고개를 숙인 채 애를 쓰다 보니 진땀이 흘렀다. 그런데 내 손을 잡은 아랑의 손에 점점 힘이 들어가더니 나중엔 견딜 수 없을 정도로 아팠다. 나는 무심코 고개를 들고 말했다.

"뭐야. 왜 이렇게 힘이 세?"

그러다 혼비백산했다. 내 손을 잡고 있는 건 아랑이 아니라 갈색 원피스를 입은 해골이었다. 나는 해골을 안고 되지도 않은 스텝을 밟고 있었다. 허겁지겁 손을 빼려 했지만 해골은 악마처럼 무시무시한 힘으로 날 붙들고 쇳소리가 나는 소리로 웃어 댔다.

"하하하하하. 선우야, 어딜 가려고?"

그 손을 떼어 버리려고 죽어라 팔을 흔들어 대다 잠이 깼다. 물을 마시고 다시 누웠다. 꿈에서 격투를 벌인 탓인지 손가락 하나 가눌 힘이 없었다. 모처럼 꿈에서 본 아랑이 해골이라니. 아랑은 대체 어디에 있는 건가? 아랑의 얼굴을 한 번만이라도 다시 볼 수만 있다면…. 그토록 오랜 시간을 같이 보내면서 사진 한 장 찍어 놓지 않았다는 후회가 오늘따라 가슴을 묵직하게 눌러 왔다.

꿈에서 본 아랑을 다시 떠올렸다. 갈색 물방울무늬 원피스에 흰 카디건. 등 중간까지 흘러내렸던 곧고 검은 머리. 염색을 한 것도 아닌데 검은색이 유달리 짙어서 까마귀 깃털 같다고 생각한 적도 있었는데. 그리고 언제나 목에 걸고 있는 반쪽 하트 목걸이. 아랑이 그 목걸이에 대한 이야기를 언젠가 해 준 적이 있었는데. 그게 뭐였더라?

아, 또 다시 머리가 쪼개질 것 같다. 나는 침대 옆에 있는 협탁 서랍을 열어서 타이레놀을 꺼내 두 알 삼키고 누웠다. 어느새 잠이 들었던 것 같다. 잠결에 문이 열리고 박 여사가 들어와 내 이마를 짚어 보더니 얼음물이 들어 있는 대야를 가져와서 수건을 물에 적셔 이마에 올려 줬다. 이마에 닿는 손은 박 여사의 그것이라고 하기엔 아주 부드럽고 작았다. 거기다 은은한 향기까지 풍겼다. 그 향기를 맡는 순간 정체를 알 수 없는 뭔가가 그리워지면서 눈물이 날 것 같았다.

뜨거운 이마에 닿는 물수건의 차가운 촉감도 좋았다. 서늘한 기운이 머릿속으로 들어와 몸속으로 고르게 퍼지는 것 같았다. 열 때문에 수건이 금방금방 데워지는지 그 사람은 부지런히 수건을 대야에 넣었다가 다시 짜서 이마에 올려 줬다. 계속 이렇게 있고 싶다고 생각한 순간 수건에서 흘러내린 물방울이 눈 위로 뚝 떨어졌다.

눈을 번쩍 뜨자 아랑이 보였다. 갈색 물방울무늬 원피스에 하얀 카디건을 입은 아랑. 아, 이건 아랑이 쓰던 향수의 향기였어. 그녀는 내가 다쳤을 때 그랬던 것처럼 수심 어린 표정으로 앉아서 내 얼굴에 흘러내린 물을 닦아 주고 있었다. 내가 놀란 눈으로 바라보자 아랑은 자신의 입술에 하얀 검지를 갖다 대면서 쌩긋 웃었다. 내게 담배 피우는 걸 들켰을 때 하던 바로 그 동작이었다. 내가 정신없이 열띤 눈으로 바라보자 아랑은 차가운 손으로 내 눈을 쓸어내려서 감기고 새 물수건으로 눈과 이마를 덮어 줬다. 눈까지 덮은 수건의 차가운 감촉이 좋아 다시 잠에 빠져들었다.

눈을 뜨자 창밖에 어둠이 깔려 있었다. 협탁 위에 상보를 덮은 쟁반이 하나 놓여 있었다. 상보를 들추자 흰 죽한 그릇과 물김치가 있었다. 일어나면 먹으라는 박 여사의 배려겠지. 목이 말랐지만 물 잔은 보이지 않았다. 일어나려다 순간 현기증이 몰려와 잠시 눈을 감고 하나부터 셋까지 셌다. 그렇게 세는 동안 불현듯 아랑이 내 이마에 물수건을 올려 주던 기억이 났다. 어떻게 그럴 수 있지? 열이 너무 높아서 헛것을 봤나? 그때 핸드폰이 울렸다. 협탁 위에 있는 핸드폰을 들어서 화면을 보니 박 변호사 아저씨였다.

"아저씨, 안녕하세요?"

"아, 선우야."

"네, 잘 지내셨죠?"

"나야 잘 지내지. 그런데 목소리가 왜 그러니? 어디 아파?"

"감기 기운이 좀 있어서 누워 있느라 그래요. 별거 아니에요."

"별거 아니긴. 너처럼 참을성이 많은 아이가 누워 있을 정도면 감기가 아주 심한 모양이구나."

"괜찮아요. 그런데 어쩐 일이세요?"

"어쩐 일이긴? 아파서 잊어버렸나 보네. 네가 부탁한 그 건에 대해 3개월에 한 번씩 업데이트하기로 했잖니."

"아… 죄송해요. 제가 그만 깜박했어요."

"몸도 아픈데 좋은 소식을 못 전해서 미안하구나."

"이번에도 역시 아무 소식이 없었군요."

"그래. 여전히 별 소득이 없었다. 선우야."

"네…."

"찾고 싶은 마음은 안다만 이제 그만할 때도 되지 않았니? 벌써 10년 넘게 찾아다녔다. 난 네가 새 사람도 만나고 너의 인생을 살았으면 좋겠다."

"네, 아저씨…. 생각해 볼게요."

"그 생각해 보겠다는 말도 벌써 몇 년째인지. 아무튼 알았다. 감기 얼른 낫고."

"네, 아저씨. 다음에 또 통화해요."

전화를 끊고 일어서려는데 지진이 난 것처럼 사방이 흔들렸다. 아저씨가 무슨 말을 할지 짐작했으면서도 또 실망해서 그런가. 좀처럼 가시지 않는 현기증을 애써 무시하면서 침대를 잡고 일어나려는데 대문이 열리는 소리가 났다. 이렇게 늦은 시간에 박 여사가 외출하시나? 창가로 비틀비틀 걸어가서 밖을 내려다봤다.

대문 앞에 박 여사와 아랑, 아니 지아가 서 있었다. 혹시 아까 내게 물수건을 올려 준 게 지아였나? 둘은 깜짝 놀랄 정도로 닮았으니 그랬다면 고열에 시달리던 내가 헷갈렸을 수도 있지. 하지만 지아가 내게 물수건을 올려 줄 리가 없잖아. 무엇보다 지아는 청바지에 흰 티를 입고 서 있었다.

그럼 그렇지. 지금 무슨 생각을 하는 거야? 그런데 지아와 박 여사가 원래부터 아는 사이였나? 둘이 무슨 이야기를 저렇게 심각한 표정으로 하고 있지? 지아는 우리 집에 왜 왔고? 이렇게 보기엔 우리 집에 왔다 가는 지아를 박 여사가 배웅하는 모양새인데. 의문이 잇따라 떠올랐다.

가까스로 1층 부엌으로 내려갔을 때 박 여사는 이미 자기 방으로 들어가고 없었다. 냉장고에 있는 물병을 꺼내 찬 물을 한 잔 쭉 들이켜고 나니 살 것 같았다. 이마를 짚어보니 열도 얼추 내린 것 같고. 타이레놀 덕분일까? 지금 박 여사 방에 찾아가서 무슨 일이 있었냐고 물어보긴 너무 늦은 시간이겠지? 나도 무뚝뚝한 인간이지만 할 일을 똑 부러지게 해내면서 좀처럼 빈틈을 보이지 않는 박 여사에게 먼저 말을 걸기가 생각보다 쉽지 않다.

8장

아침에 부엌으로 들어가자 가스레인지 앞에서 보글보글 끓는 뭔가를 젓고 있던 박 여사가 나를 보고 냉장고에서 물병을 꺼내 한 잔 따라 주고, 내가 식탁에 앉자 냄비에서 끓던 음식을 그릇에 퍼서 앞에 놔 줬다. 전복죽이었다. 직접 담근 물김치와 배추김치도 꺼내 죽 그릇 옆에 놨다.

나는 수저를 들어 죽을 한 입 먹었다. 조금 뜨거웠지만 부드러우면서도 담백했다. 물김치도 시원하고, 배추김치는 당장 내다 팔아도 될 만큼 깊은 맛이 있었다. 요리 솜씨가 일품이고, 빨래를 비롯해 집 안일도 야무지게 하는 박 여사. 박 변호사님을 통해 집안일을 할 사람을 구할 때 장애가 있는 내게 맞춰 줄 수 있는 분이면 좋겠다고 부탁했다. 그러자 아픈 가족을 오래 돌봐서 간병 경험도 풍부하다는 말을 들었는데.

가끔 내가 심한 몸살을 앓을 때 따로 말하지 않아도 세심하게 살펴 주는 걸 보면 정말 그런 것 같았다. 외모나 태도에서 풍기는 기품이나 말투를 보면 남의 집 일을 할 사람은 아닌 것 같지만 애초에 그런 사람이 따로 있는 건 아니니까. 아무리 고용인이라지만 사생활에 대해 묻는 건 예의가 아니니 일절 물어보지 않았고, 박 여사도 자진해서 털어놓는 성격이 아니라서 우리가 대화를 나누는 일은 좀처럼 없었다.

그러나 오늘만큼은 호기심을 참을 수 없어 죽을 먹으며 넌지시 말을 꺼냈다.

"혹시 어제 저한테 물수건을 올려 주셨어요?"

냄비에 남은 죽을 락앤락 유리 용기에 담아 냉장고에 넣고 설거지를 하던 박 여사의 손길이 순간 멈칫하다가 다시 움직였다.

"제가요? 아뇨. 물수건을 올려야 할 정도로 열이 높으신 것도 몰랐는걸요. 어제 식사도 안 하시고 하루 종일 주무셔서 전복을 사 와서 죽을 끓여 봤어요. 입맛에 맞으세요?"

"네, 아주 맛있어요. 죽 집에서 파는 것보다 훨씬 더 훌륭해요."

박 여사는 그 말에 돌아서서 엷은 미소를 지어 보이더니 다시 수세미를 잡았다. 나는 아무렇지 않은 척 말을 이어 갔다.

“그런데 어제 보니 앞집에 사는 지아 학생과 문간에서 이야기를 하고 계시더라고요. 지아 학생을 아세요?”

박 여사가 순간 물을 세게 틀어서 물방울이 사방으로 튀었다. 그 소리에 묻혀 들릴락말락한 목소리로 말했다.

“지아 학생이요? 잘 아는 정도까진 아니고. 그 학생 어머니가 우리 동네에서 통증치료 클리닉을 하잖아요. 요전번에 이사 왔다고 떡을 가지고 인사 왔을 때 어디 불편하면 한번 오라고 해서요. 제가 날이 궂으면 무릎이 좀 많이 쑤셔서 한번 가 봤는데 솜씨가 참 좋더라고요. 도수 치료와 물리치료와 아로마를 섞은 무슨 통합 치료라고 하던데 시원하니 괜찮았어요. 제가 좋아하는 걸 보고 지아 학생 편에 아로마 오일을 좀 보내 주셨네요. 집에서 찜질할 때 한 방울씩 떨어뜨려 주면 좋다고.”

박 여사가 뭔가에 관해 이렇게 길게 말한 건 처음이라서 그만 끼어들 타이밍을 놓치고 말았다. 설거지를 끝낸 박 여사가 돌아서서 피식 웃더니 말했다.

“어서 죽 드세요. 이러다 식겠어요. 죽은 따뜻할 때 먹어야 맛있어요.”

“그런데 앞집에서 떡을 가져온 적이 있나요?”

“아, 교수님은 떡을 싫어하시니 그냥 제가 먹고 치웠어요.”

"제가… 떡을 싫어하는 건 어떻게 아셨어요?"

"어? 전에 말씀하셨던 것 같은데."

"그랬나요…. 제가 깜박했나 봐요."

"교수님도 그 클리닉에 한번 가 보세요. 선생님이 정말 실력이 좋으시더라고요. 그리고 지아 학생이 프런트에서 환자 도우미를 하는데 어찌나 싹싹하고 예쁜지 병원이 다 환해지는 느낌이더라고요."

박 여사는 그걸로 이야기를 끝냈다. 클리닉이라. 지난번에 나에게도 한번 오라는 말을 하긴 했다. 몸살을 앓은 후라선지 평소보다 유난히 다리가 쑤셨고, 지아가 궁금하기도 했다. 수업 시간에 볼 수 있고, 가끔 동네 산책길에 마주치기도 하지만 먼저 다가가 말을 걸긴 머쓱하고. 지아도 웃으며 목례만 하고 지나치기 일쑤였다. 괜히 내가 먼저 다가가서 말을 걸었다가 괜한 오해라도 살까 봐 걱정이 됐는데. 클리닉에 진료받으러 왔다고 하면 누가 뭐라고 하겠는가. 실제로 다리 통증이 고약하기도 했다.

9장

날이 슬슬 더워져서 하얀 면바지에 파란색 반팔 티셔츠를 입고 지팡이를 짚고 나왔다. 박 여사가 일러 준 대로 가니 정말 걸어서 5분 거리에 그 클리닉이 있는 건물이 보였다. 전에는 왜 못 봤을까 싶었지만 평소 다니지 않는 상가 건물 3층에 있으니 그냥 지나쳐 버렸을 것이다. 지팡이를 짚고 3층까지 올라가려니 한숨부터 나왔지만 다행히 엘리베이터가 있었다. 오래된 동네라 건물도 다 낡아서 엘리베이터가 없는 곳도 많은데 다행이었다.

어쩌면 치료받으러 오는 환자들을 생각해서 일부러 이런 건물을 골랐을지도 모른다. 지아 어머니라는 사람은 언뜻 보기엔 에너지가 넘치면서도 어딘가 냉정하게 느껴졌는데 의외로 마음이 따뜻한 사람일지도 모르겠다. 엘리베이터를 타고 3층에 내리자 수 클리닉이란 명칭과 화살표가 붙어 있었다. 그걸 따라가자 클리닉이 보였다.

밖에서 보기와 달리 실내는 상당히 넓고 쾌적했다. 짧

은 통로를 걸어가자 왼쪽에 흰색 대리석 상판이 깔린 접수처가 먼저 눈에 들어왔고, 이어서 오른쪽 대기실에 있는 긴 갈색 소파와 리클라이너 세 대가 보였다. 소파는 언뜻 봐도 가죽이 부드럽고 윤기가 흐르는 게 고가임에 분명했고, 리클라이너도 최신 모델이었다. 치료는 받아 봐야 효과를 알겠지만 형편이 가난한 병원은 아닌 듯했다. 벽에는 검은색과 붉은색이 섞인 로스코의 그림이 한 점 걸려 있었고, 접수 테이블 위에 핑크색 리시안셔스와 미스티 블루가 화병에 꽂혀 있었다. 그 화병 옆에서 핑크색 유니폼을 입은 지아가 활짝 웃으며 나를 보고 있었다.

"안녕하세요, 교수님?"

"아, 지아 학생."

"교수님, 그냥 지아라고 불러 주세요. 벌써 한 학기 동안 교수님에게 배웠잖아요. 오늘은 치료받으러 오셨어요?"

"으응, 뭐. 그렇지."

왜 이렇게 지아 앞에만 서면 버벅거리는지 원. 누군가를 좋아하면 이렇게 되는 걸까. 아랑 이후로 다른 여자는 마음에 품어 본 적이 없어서 매사가 서툴다. 마치 다시 열다섯 살 소년으로 돌아간 것 같다는 생각을 하다가 지아를 쳐다보니 눈을 동그랗게 뜨고 나를 보고 있었다.

"앗, 미안. 뭐라고 했어요?"

"말 놓으시라니까요. 호호. 오늘은 어디가 불편해서 오셨는지 여쭤봤어요."

"아, 그게 다리가 좀 아파서…."

나는 말끝을 흐렸다. 아무리 제자고, 지금은 병원에서 접수를 보고 있다지만 호감을 느낀 사람에게 내 불편한 몸에 대해 구구절절 설명하긴 꺼려졌다. 지아는 눈치 빠르게 그런 마음을 알아차리고 말했다.

"교수님 오셨다고 케이트 선생님에게 전할게요. 마침 예약 환자가 없어서 바로 보실 수 있을 것 같아요. 잠시만 저 소파에 앉아 계세요. 차 한잔 드릴까요?"

"그럼 한잔 부탁할게요."

지아는 나를 소파로 안내하고 길고 투명한 유리잔에 들어 있는 연한 녹색 차를 가져왔다. 잔을 만져 보니 따뜻했다.

"제가 좋아하는 녹차예요. 여름이지만 따뜻하게 드시는 게 몸에 좋을 것 같아서. 잠깐만 기다리세요."

지아는 진료실에 노크를 하고 들어갔다. 나는 녹차를 한 모금 마셨다. 진한 녹차 맛이 곧바로 입속으로 스며들었다. 녹차를 마시며 케이트란 자기 어머니를 말하나, 좀 생뚱맞은데? 라고 생각하고 있는데 다시 진료실 문이 열리더니 지아가 날 불렀다.

"교수님, 들어가세요."

진료실로 들어가자 바로 보이는 책상에 컴퓨터와 의료 관련 서적이 무더기로 쌓여 있었다. 창가에는 접수처에서 본 것과 똑같은 꽃이 화병에 꽂혀 있었다. 책상 옆에 환자용 의자가 놓여 있었고, 그 옆에 진료용 베드가 있었다. 지난번에 본 그 여자가 하얀 가운을 입고 책상 뒤 회전의자에 앉아 있다가 일어나서 손을 내밀었다.

"안녕하세요, 교수님. 정말 저희 클리닉을 찾아와 주셨군요. 잘 오셨어요."

나는 무심결에 그 손을 잡았다. 지난번에도 그렇고 벌써 두 번째 이 사람에게 기선을 제압당한 느낌이다. 그녀는 이어서 어디가 불편한지 구체적으로 물었다. 내가 다리 상태와 그 교통사고에 대해 설명하는 내내 말없이 고개를 끄덕이다가 꼭 필요한 순간에 질문을 던지고 가끔씩 뭔가를 차트에 적었다. 군더더기 없이 할 말만 하는 성격 같았지만 진심으로 내 말을 들어준다는 느낌에 마음이 편해져서 어느새 어쩌다 사고를 당했는지까지 말하고 있었다.

"그래서 그때 사고 이후로 1년 동안 재활 치료를 받고 일상생활이 가능해지긴 했지만 컨디션이 안 좋거나 날씨가 궂을 때는 다리가 좀 불편하다는 말씀이시군요."

"맞아요."

"요즘도 물리치료나 다른 치료를 받고 계시나요?"

"아뇨. 딱히 그럴 필요성은 느끼지 못해서."

"그럼 운동은 하세요?"

"피트니스 센터에서 1대1 피티를 받다가 인대를 좀 다치는 바람에 요즘은 쉬고 있습니다. 그냥 동네 산책만 하고 있어요."

"산책 좋죠. 계속 하세요. 저희 클리닉에선 물리치료와 도수 치료에 제가 미국에서 들여온 다양한 아로마 오일을 같이 쓰고 있거든요. 한번 받아 보시고 괜찮으시면 일주일에 한 번에서 두 번 정도 오세요. 규칙적으로 오시면 한결 나아지실 겁니다. 다만 빼먹으시면 안 돼요. 겁주려는 건 아니지만 이대로 몸을 방치하시면 앞으로 걷기가 더 힘들어질지도 모릅니다."

나는 생각지도 못했던 진단 결과에 잠시 말문이 막혔다. 그러다 화제를 전환하려고 물었다.

"미국에서 아로마 오일을 들여오셨다고요. 그래서 성함이?"

"아참, 내 정신 좀 봐."

그는 책상에 있는 명함 케이스에서 한 장을 뽑아 건넸다.

“저는 어렸을 때 미국으로 이민 갔어요. 지아도 미국에서 태어나 계속 거기서 살았고. 한국은 가끔 들어왔어요. 제 영어 이름이 케이트예요. 미국에서 의대를 졸업한 후 물리치료학과를 다시 가서 자격증이 두 개입니다.”

“아, 그러시군요. 어쩐지 지아 학생의 영어가 네이티브 수준이란 인상을 받았는데 그래서였군요.”

“지아가 한국에서 대학을 다니고 싶다고 하고, 저도 한국에서 다시 살아 보고 싶어서 들어왔답니다. 그랬는데 이렇게 교수님처럼 좋은 이웃을 만났네요.”

그녀는 환한 얼굴로 말했다. 딸 이야기가 나오면 의사 특유의 엄격한 표정이 부드럽게 풀어지면서 순간 온기가 돌았다. 모녀 사이란 원래 저렇게 다정한 건가. 그 표정을 본 순간 어떤 기억이 떠오를 듯 잠시 뇌를 간질이다 허무하게 사라져 버렸다. 뭐, 별거 아니겠지.

“그럼 치료실로 가 보실까요?”

케이트는 환자복으로 갈아입은 나를 안내해서 진료실을 나가 맞은편에 있는 치료실로 들어갔다. 넓고 긴 치료실에는 베드가 여러 개 있었고, 얇은 파란색 비닐 커튼으로 칸막이를 쳐 놨다. 케이트는 가장 안쪽 베드에 나를 눕히고 아픈 왼쪽 다리의 발목부터 시작해서 두 손으로 짚어 올라가며 통점을 찾았다.

내가 구체적으로 어디가 아프다고 말하기도 전에 먼저 통점을 찾아내서 놀랐다. 치료사니 그러겠지 싶었지만 그간 겪어 본 그 어떤 전문가보다 빠르고 민첩한 손길이었다. 그 손으로 잠시 내 몸을 누르기만 해도 마치 차가운 전류가 흐르는 것처럼 찌릿한 느낌이 스며들어 순식간에 온몸이 편안해지는 느낌이 들었다.

참 희한했다. 케이트는 지아에게 아로마 오일을 두 병 가져오게 해서 아픈 부위마다 몇 방울씩 떨어뜨리고 마사지를 시작했다. 도수 치료와 경락 마사지를 절반씩 섞은 것 같은, 뭐라 설명하기 힘든 치료였다. 경락 마사지처럼 아프진 않았지만 도수 치료보다는 조금 더 손의 압력이 셌다. 통증이 느껴지는 부분의 근육이 사르르 풀리면서 아로마 향기와 더불어 좋은 기운이 뼈까지 전달되는 것 같은 착각이 들 만큼 상쾌했다. 저절로 눈이 감겼다. 이런 치료라면 일주일에 한 번이 아니라 매일이라도 와서 받고 싶을 정도였다.

어느새 설핏 잠이 들었고, 마사지 치료가 끝난 후 간호사가 와서 다리에 전동 치료 기구를 설치하는 게 느껴졌다. 시간이 좀 흐른 후 삐삐 소리를 내며 벨이 울리자 간호사가 와서 치료 기구를 풀어 줬다. 옷을 갈아입고 접수처로 나가자 지아가 맞아 줬다.

"치료는 좀 어떠셨어요? 괜찮았어요?"

"아주 좋았어요."

"말 놓으시라니까요."

"아주 좋았…어."

"다행이에요."

"응. 정말 다행이야."

나와 지아는 서로를 보며 웃었다.

"댁으로 가시나요?"

"그래. 지아는?"

"저도 이제 그만 가려고요. 가서 저녁도 해야 하고. 원장님은 환자가 몇 분 더 남으셨어요."

"그럼 방향도 같은데 같이 갈까?"

지아의 대답을 듣는 순간 없던 용기까지 다 끌어내서 물었다. 지아는 눈을 동그랗게 뜨고 날 보다가 고개를 끄덕이며 웃었다. 그러더니 옷을 갈아입고 나올 동안 기다려 달라고 했다. 그날 우리는 집에 가는 길에 웬즈데이 카페에 들러 같이 커피를 마셨다. 그 다음 날도. 그 다음 날도.

10장

여름 방학이 시작됐다. 부산이 고향인 성철은 본가에 내려갔고, 나는 정리해야 할 논문 자료들이 있어서 며칠 만에 학교에 나와 내 연구실로 갔다. 복도 벽에 영문과에서 방학 동안 하는 몇 가지 프로젝트에 참가할 아르바이트생들을 모집하는 공고문이 붙어 있었다. 기왕이면 같은 과 학생들이 참여하면 좋겠다는 의도로 영문과에서 주관하는 프로젝트들이었고, 그중에 내 것도 하나 있었다.

이번 학기에 가르친 19세기 영시 읽기 수업과 관련해 출판사에서 저작권이 소멸된 고전 영시 중 사랑을 주제로 한 시들을 모아 번역한 시선집을 내면 어떻겠느냐고 출간 제안을 했다. 나 혼자 하기는 좀 벅차서 실력 좋은 학생을 하나 뽑아 같이 책에 들어갈 시들을 추리고 번역도 같이 하는 프로젝트였다.

복도를 걸어가는데 누가 그 공고문 앞에 서서 골똘히 들여다보고 있었다. 점점 가까워지자 내 심장이 또 다시

고장 난 장난감처럼 제멋대로 뛰기 시작했다. 무릎까지 내려오는 밝은 연두색 반팔 원피스를 입고 긴 머리를 하나로 시원하게 묶은 지아가 거기 서 있었다.

"지아구나. 어쩐 일이야? 여기서 다 만나고?

"아, 교수님. 방학 동안 제가 할 만한 아르바이트가 있나 싶어 보고 있던 참이에요."

"아르바이트를 하려고?"

"네. 엄마 병원은 그동안 마땅한 간호사 쌤을 못 찾아서 제가 대타로 뛰고 있었는데. 이제 좋은 분이 와 주셨거든요. 그런데 제가 돈이 좀 필요해서."

"그럼 이 영시 번역 프로젝트 어때? 지아는 영어도 잘하잖아."

"에이, 제가 뭘요. 마침 그 프로젝트를 보고 있긴 했어요. 재미있을 것 같아서."

"이번 학기에 들었던 내 수업의 연장으로 보면 돼. 지아 리포트 보니까 번역 실력도 뛰어나던데. 그렇지 않아도 내가 먼저 물어볼 생각이었어. 출판사에서 계약금이 나오고, 나도 리서치 어시스턴트로 보조금을 줄 생각이거든. 물론 번역료도 나랑 반씩 나누고. 출간되면 우리 둘 다 번역자로 이름이 올라갈 거야. 일주일에 세 번 정도 나와서 같이 작업하면 돼."

"여기로 와야 해요?"

"여기도 좋고, 바쁠 땐 우리 집 서재에서 해도 상관없고. 지아가 불편하면 여기로 오고."

"좋아요. 안 되면 편의점이나 카페 알바라도 뛸까, 생각하던 참이었어요."

리서치 어시스턴트 보조금은 순간적으로 생각해 낸 아이디어였다. 지아와 같이 있을 수 있다면 보조금이 아니라 장학금이란 명목으로 내 돈을 줄 수도 있으니까. 그냥 하는 말이 아니라 지아의 영어와 번역 실력은 정말 뛰어나서 같이 일하면 내게 도움이 되는 것도 사실이었다.

다음 날부터 지아는 내 연구실로 출근하기 시작했다. 영어 실력만 좋은 게 아니라 컴퓨터도 잘 다뤘고, 언어 감각이 있어서 번역을 배우는 속도가 빨랐다. 가끔 싱싱한 꽃을 사 와서 내 연구실에 꽂아 놓기도 했다. 덕분에 딱딱해 보이던 연구실이 화사해졌다.

원래 방학 중엔 학교 연구실은 일주일에 한두 번 갈까 말까 했지만 혹시라도 지아가 또 왔을까 싶은 마음에 나는 매일 출근했고, 지아도 거의 매일 와서 같이 작업했다. 우리는 19세기 영시들을 같이 읽고, 때로는 같이 낭송하면서 소리 내어 즉흥적으로 번역하기도 하고, 상대가 어색하거나 황당한 표현을 쓰면 놀리기도 하면서 시선집에 실을 시들을 하나씩 정해 갔다.

우리는 같이 차나 커피를 마시고, 도시락을 배달시켜 먹거나 학교 근처 식당에 가서 밥을 먹고, 내 차로 같이 퇴근했다. 그렇게 지아는 내 일상의 일부가 됐다. 이제 지아가 없는 일상은 상상만 해도 숨이 막힐 정도였다.

어느 날 아침 차가 좀 막혀서 평소보다 30분 정도 늦게 연구실에 들어갔더니 지아가 소파에 앉아서 테이블에 다리를 올려놓고 있다가 나를 보고 힘겹게 일어섰다.

"무슨 일이야?"

"별거 아니에요."

나는 지아에게 가까이 다가가 다리를 살펴봤다. 데님 반바지를 입은 지아의 무릎이 크게 찢어져서 피가 흐르고 있었다. 근처의 피부도 껍질 속의 맨살이 보일 정도로 심하게 까졌다.

"아니, 어쩌다 이랬어? 이 피 좀 봐! 많이 다쳤잖아!"

"아까 학과장실에 자료 좀 가지러 갔다가 내려오는 길에 계단에서 미끄러졌어요. 갑자기 현기증이 나는 바람에."

"잠깐만 기다려 봐. 응급 처치함이 여기 어디 있을 텐데."

나는 허둥지둥 연구실의 캐비닛을 뒤지다 흰색 구급 처치함을 발견해서 꺼냈다. 그걸 테이블로 가져오고, 괜찮다는 지아의 어깨를 억지로 잡아서 소파에 앉히고 다리를 테이블에 올렸다. 먼저 알코올 솜을 꺼내 다친 곳에 얼굴을 대고 호호 불어가며 상처를 닦아 줬다. 지아는 소독약을 바를 때마다 움찔움찔하면서도 이를 악물고 아무 소리도 내지 않았다. 약을 바르고 탈지면을 댄 후에 붕대를 여러 번 감아서 고정시킨 후 아프지 않을 정도로 단단히 묶어 줬다.

처치를 마친 후 지아 옆에 앉아 무심결에 뒤통수를 쓰다듬어 주면서 말했다.

"에구, 우리 지아. 씩씩하기도 하지. 아주 잘 참았어."

순간 언젠가 누구에게 이렇게 해 준 적이 있다는 희미한 기시감이 들면서 나도 모르게 얼굴이 달아올라 고개를 숙여 버렸다. 잠시 침묵이 흐른 후에 용기를 내서 지아를 봤더니 나를 빤히 보고 있었다. 우리는 말없이 서로를 잠시 바라봤다. 그때 지아가 다가와 내 입술에 자신의 입술을 살짝 포갰다. 그녀의 입술은 장미 꽃잎처럼 부드럽고 달콤한 맛이 났다.

그 순간 나도 모르게 지아를 소파에 쓰러뜨리고 키스했다. 지아는 나를 밀어내지 않았다. 키스하며 깨달았다.

지아를 사랑하고 있다는 걸. 오래전부터. 빗속에서 처음 본 그 순간부터.

11장

오늘은 평소보다 두 시간 더 일찍 일어났다. 기말 고사가 시작되는 날이었다. 아무리 성적에 신경 쓰지 않는 척해도 사실 전교 1등이란 자리를 고스톱 쳐서 따먹는 건 아니고, 어느 정도는 성실해야 지킬 수 있는 자리였다. 무엇보다 아비가 나를 두들겨 팰 구실을 주고 싶진 않았다. 성적 하나로 자식인 나를 밥버러지로 볼지 아니면 남들에게 과시하는 트로피로 볼지 판단하는 인간에게 지지 않으려면 이 정도 노력은 해야 했다. 졸려서 물 한 잔 마시고 가려고 부엌에 들어갔는데 바닥에 선아 누나가 쓰러져 있었다. 나는 누나에게 달려가 어깨를 잡고 흔들었다.

"누나, 선아 누나."

그러자 누나가 힘없이 눈을 떴다. 평소 감기 한 번 앓지 않던 누나답지 않게 안색이 하얗게 질려 있었다. 이마를 짚어 보니 열이 펄펄 끓었다. 아비라도 불러야 하나 싶어 일어서려는 순간 누나가 내 손목을 잡았다. 아픈 사람치곤 놀라울 정도로 힘이 셌다.

"부르지 마. 작가님 부르지 마."

누나는 아비를 항상 작가님이라고 불렀다. 소설을 쓰고 싶다고 무작정 아비를 찾아와 습작생으로 받아 달라고 졸라서 우리 집에 들어와 살다가 어느새 살림까지 도맡게 된 누나. 같이 산 지 3년이 되어 가지만 누나는 언제나 아비를 작가님으로 부르며 깍듯이 대했다. 누나는 평소에 아비가 쓰는 작품들의 자료 조사와 원고 정리를 하고, 그 밖에도 출판 관련 자잘한 일들을 맡아서 처리하면서 남는 시간에 자신이 쓴 원고를 아비에게 보여 주는 눈치였다. 하지만 아직 자신의 작품을 발표한 적은 없어서 재능이 있는지 없는지는 나도 모른다.

가끔 아비에 대한 누나의 감정은 대체 뭘까, 생각해 본 적이 있었지만 솔직히 크게 궁금하진 않았다. 언제나 아비에게 먼저 빠져서 매달리고 집착하는 쪽은 여자들이었으니까. 선아 누나도 그중 하나라고 생각했다. 아비에 대한 애정이 지나치면 스스로를 파괴하게 된다고 경고하고 싶었던 적도 있었다. 가장 큰 희생자가 바로 우리 엄마였다. 선아 누나까지 그 전철을 밟지 않았으면 좋겠지만 대놓고 그런 이야기를 할 수도 없는 노릇이었다.

아픈 누나한테 대체 어떻게 해 줘야 하는 걸까? 제 아무리 세상만사에 도통한 척 허세를 부리지만 나는 답이 안 나오는 17살 남학생에 불과했다. 그래도 어른과 맞먹을 정도로 키가 크고 힘이 세다. 나는 바닥에 힘없이 늘어져 있는 누나를 번쩍 안아들고 누나 방에 가서 침대에 조심스럽게 눕혔다. 그리고 그 해쓱한 얼굴을 내려다보며 물었다.

"내가 어떻게 해 줄까? 약 사다 줘? 어디가 어떻게 아픈지 말해 봐."

그랬더니 선아 누나의 눈에서 눈물이 주르륵 흘렀다. 아, 여자의 눈물은 너무 어렵다. 이럴 땐 대체 뭘 어떻게 해야 할지 모르겠다.

"어디가 어떻게 아픈지 말을 해야 알지."

아픈 누나를 다그칠 생각은 없었는데 답답해서 그만 그러고 말았다.

"괜찮아. 누워서 좀 쉬면 돼. 그나저나 너 오늘부터 기말고사 시작이잖아. 아침 먹고 가야 하는데 어떡하지?"

"지금 아침이 문제야? 이마가 이렇게 뜨거운데. 집에 해열제 있어? 내가 가서 찾아 올게."

"괜찮아, 선우야. 내 걱정 말고 어서 학교 가."

"자꾸 그럼 아버지 불러온다."

그 말에 누나의 눈동자가 흔들리더니 말했다.

"그럼 앞집에 가서 아랑 언니 좀 불러 줘. 내가 열이 많이 나고 아프다고 하면 어떻게 해야 할지 알 거야."

아랑이라고? 나는 두 말 않고 일어나서 나갔다. 남의 집을 찾아가기엔 너무 이른 시간이었지만 선아 누나가 우리 집에 와서 아픈 건 처음이라 걱정이 됐고, 무엇보다 그걸 핑계로 아랑을 볼 수 있어서 기뻤다. 앞집 초인종을 누르자 아랑이 인터폰으로 누구냐고 물어서 선우라고 대답하니 제꺽 문이 열렸다. 들어가서 연우를 안고 현관문 앞에 나와 있는 아랑에게 사정을 간단하게 설명했다.

"그랬구나. 선아가 많이 아팠을 텐데…."

왜 아픈지, 어디가 많이 아픈지 묻고 싶었지만 어쩐지 물으면 안 될 것 같은 분위기였다. 이 때 아랑이 물었다.

"선우야, 너희 집에 미역 있니?"

"엣? 미역이요? 그, 글쎄요? 미역이 우리 집에 있던가?"

내가 허둥지둥하자 걱정스러운 표정으로 나를 보던 아랑이 풋 웃음을 터트렸다.

"하긴 물어보는 내가 바보지. 집에 미역이 있는지 없는지 남자애가 어떻게 알겠어. 하하하."

아랑은 연우를 다짜고짜 내 품에 안기면서 말했다.

"잠깐 연우 좀 안고 있어. 부엌에서 미역이랑 몇 가지 챙겨서 나올게."

내가 연우를 안고 쩔쩔 매는 동안 아랑이 집으로 들어

갔다. 연우는 다행히 내가 낯이 익은지 울지 않고 동그란 눈으로 나를 빤히 바라보고 있었다. 나는 연우를 서투르게 안고 왔다 갔다 걸어 다니면서 말을 걸었다. 울리면 안 된다는 필사적인 마음에 TV에서 본 것처럼 까꿍, 까꿍 하며 우스꽝스러운 표정을 지어 보이자 까르르 웃었다. 새벽이라 쌀쌀했지만 연우의 몸은 따뜻했다. 아기는 이렇게 작고 따뜻한 존재인가, 새삼 감탄하고 있을 때 아랑이 뭔가를 잔뜩 쑤셔 넣은 장바구니를 들고 나왔다.

"어서 가자."

아랑은 날 앞세워서 우리 집에 오자마자 선아 누나부터 들여다봤다. 누나는 그 사이 잠이 들었다. 아랑은 누나의 이마를 짚어 보고 부엌으로 가서 미역을 물에 불리고 밥을 짓기 시작했다. 아비는 간밤을 새우고 잠이 들었는지 기척이 없었다. 원고 쓸 때면 종종 새벽에 잠자리에 들었다가 해가 저물 무렵 일어나기 일쑤였다.

아랑이 밥을 짓는 동안 난 연우를 안고 있었다. 연우는 내 품에서 새근새근 잘도 잤다. 아랑은 그런 우리를 돌아보고 생긋 웃더니 냉장고 문을 열고 한참 안을 들여다보다가 계란을 꺼내서 부치고 과일 두어 가지를 꺼내 간단하게 식탁에 차렸다.

"이거라도 먹고 빨리 학교 가. 선아는 내가 돌볼게. 이러다 지각하겠어."

"선아 누나는 병원에 안 가도 괜찮을까요?"

"응. 많이 아프면 내가 데리고 갈게. 걱정 말고 가."

아랑은 연우를 안고 식탁에 마주 앉아 내가 계란 프라이와 과일을 먹는 모습을 지켜봤다. 꿈에 그리던 아랑과 이렇게 마주앉아 아침을 같이 먹다니. 이토록 다정한 눈빛으로 바라보며 웃어 주다니. 이게 꿈이라면 영원히 깨어나고 싶지 않았다.

12장

햇볕 아래서 조금만 걸어도 땀이 뚝뚝 떨어지던 여름이 슬슬 물러갈 채비를 하고 있었다. 아침에 일어나니 하늘이 쨍 하니 맑았다. 열어 놓은 창문으로 바람이 들어왔다. 바람의 느낌이 달랐다. 뜨거운 한여름에 슬쩍 들렀다가 기척도 없이 가 버리는 바람이 아니라 조금씩 기세를 더해 가는 옹골지고 단단한 바람이었다. 가만히 감싸쥐면 뭔가 잡힐 것처럼 실한 바람. 나는 잠시 눈을 감은 채 손을 들어 그 바람을 움켜쥐는 상상을 하다 일어났다.

오늘은 산책을 나가기에 제격인 날이다. 이런 날에는 강아지를 한 마리 키우고 싶어진다. 눈빛이 순하고 털이 고운 강아지를 한 마리 데려와서 같이 걸으면 좋겠다. 짤막한 다리로 뒤뚱뒤뚱 걸어 다닐 때부터 훈련시키고 밥을 먹이고 애정을 주면 절대 주인 곁을 떠나지 않는다는 충성스러운 개의 이야기를 들을 때마다 키우고 싶었다.

지팡이를 짚고 걷는 내 옆에서 보조를 맞춰 천천히 걸

으며 가끔 내가 이름을 부르면 고개를 들어 까맣고 동그란 눈으로 날 바라보는 강아지를 상상만 해도 기분이 좋아졌다. 그러나 언제나 거기까지였다. 내가 한 생명을 책임질 수 있나, 라는 질문을 던지면 언제나 고개가 가로 저어졌다. 아직은 아니야….

뜨거운 여름이 갔으니 다시 산책을 시작해야 한다. 강의 없는 날에는 아침에 동네 한 바퀴를 돌고 공원 맞은편에 있는 편의점에서 캔 커피를 하나 사서 공원 벤치에 앉아 커피를 마시는 게 나의 산책 루틴이다. 주말엔 산책이 끝나면 편의점 커피는 건너뛰고 웬즈데이 카페에 가서 브런치를 먹으며 일지를 기록한다. 나는 청바지에 흰색 반팔 셔츠를 입고 지팡이를 짚은 채 길을 나섰다.

가을이 왔지만 햇살은 여전히 따가워서 동네 한 바퀴를 돌자 어느새 뒷덜미에 땀이 흐르는 게 느껴졌다. 나는 항상 다니는 편의점으로 갔다. 이곳은 내가 미국에 가기 전까지만 해도 럭키 슈퍼라는 이름의 작은 슈퍼였는데 한국에 돌아와 보니 편의점으로 바뀌어 있었다.

주인은 예전 슈퍼 사장님 그대로지만 언젠가부터 아르바이트생들만 보였다. 항상 마시는 캔 커피 하나를 사서 공원으로 천천히 걸어갔다. 오랜만에 걸었더니 다리가 뻐근하고 묵직했지만 적당히 몸을 썼을 때 밀려오는 피로감이 나쁘지 않았다.

벤치로 걸어가는데 항상 내가 앉는 자리에 누군가 앉아 있었다. 습관의 동물인 나는 귀찮게 됐다는 생각을 하며 걸어갔다. 옆에 벤치가 또 있으니 거기 앉으면 되는데도 실망스러운 건 어쩔 수 없었다. 어느덧 벤치가 가까워지자 배 속에서부터 수천 마리의 나비가 날아오르는 것처럼 흥분되기 시작했다. 지아였다.

내가 다가가자 핸드폰을 보고 있던 지아가 무심코 고개를 들었다가 나를 보고 활짝 웃었다. 나는 지아 옆에 털썩 앉았다. 지아 옆에 아직 빨대를 꽂지 않은 바나나 우유와 목욕 가방이 놓여 있었다. 온 지 얼마 안 됐는지 바나나 우유병에 물방울이 맺혀 있었다.

"어쩐 일이야? 여기서 다 보고."

"교수님이야말로 어쩐 일이세요? 산책하고 오셨어요?"

"응. 강의 없는 날이나 주말에는 한 시간 정도 걷거든. 마지막은 여기 벤치에서 커피를 마시지. 일종의 산책 마무리인 셈이야."

"그렇군요. 전 동네 목욕탕에 갔다가 집에 가는 길에 잠깐 쉬고 있었어요."

그러고 보니 지아의 젖은 머리에서 은은하게 샴푸향이 풍겼다. 그 향이 너무 좋아서 눈치도 없이 아랫도리에 힘이 들어갔다. 나는 슬그머니 크로스백을 허벅지 위에 올려 놓으며 스스로를 저주했다. 하필 이런 때 고개를 들 건 뭐냐, 이 눈치 없는 놈아.

지아는 아무것도 모른 채 바나나 우유병에 빨대를 꽂아서 쪽쪽 빨았다. 그 볼이 귀여워 살짝 꼬집어 주고 싶은 마음을 참으며 입을 열었다.

"요즘도 목욕탕에 다니는 사람이 있구나."

"그럼요. 집에 욕실이 있긴 하지만 가끔 뜨거운 물이 콸콸 쏟아지는 온탕에 몸을 푹 담그고 있으면 얼마나 시원한데요."

"시원하다니 젊은 사람이 노인 같은 말을 하네. 하하하."

"젊은 사람이라뇨. 교수님 입에서 그런 말이 나오는 게 더 웃겨요. 하하하."

그 말에 불현듯 지아와 내가 열네 살이나 나이 차이가 난다는 생각이 떠올라 조금 우울해졌다. 이제 막 피어나려고 기지개를 켜는 꽃봉오리처럼 싱그러운 지아와 슬슬 중년을 향해 가는 내가 과연 연인이 될 수 있을까. 내 알량한 재산도 지아의 마음을 얻는 데는 그다지 도움이 될 것 같지 않다. 같이 번역하면서 본 지아는 그렇게 계산기를 두드릴 사람처럼 보이지 않았다. 물론 그랬다면 그건 그것대로 실망이겠지만.

그동안 내 얼굴이나 재산을 보고 혹해서 먼저 다가오는 여자들이 없었던 건 아니다. 하지만 내 장애까지 진심으로 껴안을 것 같아 보이는 여자들은 없었다. 물론 그래 주겠냐고 내가 먼저 물어본 적도 없고, 그럴 생각도 없었다. 하지만 지아를 볼 때면 무의식중에 그만 움츠러들고 만다. 사랑하는 마음이 커질수록 두려움도 커진다는 말은 정말이었다. 이 사랑을 잃고 싶지 않으니까.

"교수님이라고 하니까 너무 멀게 느껴지는데."

"그래요? 전 아직까진 교수님이 편해서."

그러면서 지아는 혀를 쏙 내밀어 보였다. 속도 없이 또 그 표정에 가슴이 쿵쿵 뛰었다.

"바나나 우유를 좋아하나 봐."

"네. 어렸을 때 엄마가 목욕 갔다 오는 길에 하나씩 사주셨어요. 내가 이걸 너무 좋아하니까 울면 달래느라 하나씩 주시고. 많이 먹으면 배탈 난다고 절대 한 개 이상은 안 주셨지만. 제가 많이 따랐던 오빠가 있었는데 가끔 절 데리고 슈퍼에 가서 바나나 우유를 사 줬어요. 그게 또 얼마나 좋던지."

"바나나 우유가 그렇게 좋았어?"

"바나나 우유도 좋았지만, 그 오빠가 좋았거든요. 정말 만찢남이었어요."

"만찢남? 아, 만화를 찢고 나온 사람 같다는 뜻이지?"

"우와, 교수님이 그런 것도 아세요?"

"이래 봬도 언어를 다루는 사람인데 그 정도는 알아야지."

"그런가요? 호호호."

"아무튼 그 오빠란 사람 부러운데. 지아가 그렇게 좋아했다니."

"에이, 꼬꼬마 때 일인걸요. 지금 제 추억에 질투하시는 거예요? 교수님 좀 귀엽다."

음, 지아가 내 마음을 쥐락펴락하는 것 같은 건 순전히 내 느낌이겠지?

우리는 벤치에서 이런저런 이야기를 조금 더 하다가 일어났다. 엄마가 기다리고 있어서 빨리 가야 한다며 지아가 먼저 일어서서 아쉬웠다. 집으로 들어가는 지아를 보고 나도 대문을 열고 들어가는 순간 문득 지아의 말이 뇌리를 스쳤다. 케이트 박사 말로는 지아는 미국에서 태어나 거기서 쭉 살았고, 가끔 한국에 놀러 오긴 했지만 여기서 살게 된 건 분명 작년부터라고 했다.

그런데 어렸을 때 엄마가 목욕 갔다 오는 길에 바나나 우유를 사 줬다니. 거기다 좋아하는 오빠가 슈퍼에 데려가서 바나나 우유를 사 줬다니 이건 무슨 소리지? 케이트 박사가 내게 거짓말을 한 걸까? 아니면 지아의 추억이 잘못된 걸까? 대체 누가 거짓말을 하고 있는 거지? 이게 거짓말이라면 대체 왜 이런 사소한 거짓말을 했을까?

뭐가 뭔지 도통 알 수 없었지만 아무리 생각해 봐도 케이트 박사와 지아 모녀가 내게 거짓말을 할 이유가 없었다. 설사 거짓말을 했다고 한들 그게 범죄도 아니고 상관없지 않나. 그보다는 지아가 어렸을 때 좋아했다는 그 만찢남이란 놈이 몹시 못마땅할 뿐이었다.

13장

수 클리닉에서 케이트 박사 그러니까 지아의 어머니한테 매주 두 번씩 치료를 받은 지 좀 됐다. 케이트 박사는 자신했던 것처럼 정말 실력이 좋았다. 박사에게 직접 아로마를 곁들인 수기 치료를 받으면 다리 통증뿐 아니라 몸과 마음에 쌓여 있던 우울과 어두운 기분까지 다 빠져나가는 기분이었다. 덕분에 습관처럼 먹던 진통제도 많이 줄었고, 몸이 좋아져서인지 악몽도 전처럼 자주 꾸지 않았다. 학교에선 거의 매일같이 지아와 번역 작업을 하면서 하루 종일 붙어 있다시피 했다. 날이 갈수록 우리는 더 가까워졌고 그만큼 애정 표현도 대담해졌다.

금요일 오후에 클리닉에서 치료를 받고 나오자 어느새 보라 빛깔의 석양이 창문을 가득 채우고 있었다. 오랜만에 지아가 데스크에 있다가 나를 보고 쌩긋 웃었다.

"어쩐 일이야? 오늘은 병원에 다 나오고?"

"간호사 쌤이 갑자기 일이 생겨서 대타로 나왔어요."

"아까 학교에선 그런 말 없더니."

나는 장난스럽게 눈을 흘겼다. 그때 진료실 문이 열리더니 케이트 박사가 나왔다. 내가 허둥지둥 표정을 수습하자, 지아가 킥킥 웃었다.

"교수님, 오늘은 좀 어떠셨어요? 괜찮으세요?"

"네, 박사님 덕분에 요즘은 많이 편안해졌습니다."

"그렇다면 다행이고요. 지아가 그러는데 번역 아르바이트 자리도 구해 주셨다고. 정말 고맙습니다."

"아뇨, 오히려 제가 지아에게 도와 달라고 한 건데요. 제 연구에 큰 도움이 되고 있습니다."

"폐나 끼치지 않아야 할 텐데요. 혹시 내일 저녁에 시간 되시면 저녁 드시러 저희 집에 오실래요? 이웃끼리 식사라도 한번 하시죠."

"박사님 댁이요…."

왠지 망설여졌다. 미국으로 떠난 후 지금까지, 그러니까 15년 동안 앞집, 아랑의 집은 발을 들인 적이 한 번도 없었다. 아랑은 이제 없지만 어쩐지 불길한 예감이 드는 건 그저 기분 탓이겠지. 거기다 모처럼 초대해 줬는데 사양하는 건 예의가 아닐 것이다.

"좋습니다. 그럼 답례로 와인 한 병 들고 갈게요."

"잘 됐네요. 와인 좋죠. 그럼 내일 저녁 7시에 저희 집으로 와 주세요."

저녁 식사 초대가 조금은 부담스럽기도 하고 싱숭생숭해서 점심도 먹는 둥 마는 둥 치웠다. 뭘 입고 갈지, 와인은 뭘 들고 가야 할지 한참 고민했다. 양복을 입고 가는 건 오버인 거 같고, 그렇다고 청바지를 입고 가면 실례가 아닐까 싶기도 하고. 고민에 고민을 거듭하다가 샤워를 하고 면도한 후 조 말론 향수를 티가 나지 않을 정도로만 뿌리고 하얀 면바지에 하늘색 셔츠를 입었다. 그리고 지하에 있는 와인 셀러에 내려가 샤도네이 한 병을 골랐다. 여름이니 시원하게 마시는 게 좋을 것 같았다.

와인만 들고 가긴 좀 허전해서 조금 일찍 집을 나와 동네 입구에 있는 꽃집에 들렀다. 저녁이라 꽃이 많지 않은 걸 보고 예약을 해 둘 걸 그랬나 후회했지만 이미 늦었다. 남아 있는 꽃 중 그나마 싱싱한 붉은색과 핑크색 장미를 섞어서 한 다발을 포장해 달라고 했다.

과욕이었을까. 지팡이를 짚고 와인 한 병과 꽃다발을 들고 걷는 게 생각보다 만만하지 않았다. 해가 지면서 더위도 한풀 꺾였지만 아랑, 아니 지아의 집 앞에 도착했을 때는 창피할 정도로 이마에 땀이 맺혀 있었다. 초인종을 누르자 지아가 나왔다가 와인과 꽃다발을 보고 눈을 휘둥그레 떴다.

“아니, 이게 다 뭐예요. 와인으로 충분한데.”

“너한테 주고 싶어서. 내가 꽃 사 준 적 없잖아.”

“꽃은 엄마에게 주려던 거 아니었어요?”

지아는 농담을 던지더니 재빨리 와인과 꽃다발을 받았다. 지팡이를 짚지 않았더라면 이 정도는 아무렇지 않게 들고 왔을 텐데. 마음이 한없이 가라앉았지만 지아의 환한 미소를 보면서 올라오는 우울을 애써 눌렀다.

“어서 들어가세요. 집 안은 시원해요. 낮에 미리 에어컨을 틀어 놨거든요.”

지아가 내 손을 이끌어 안으로 안내했다. 대문을 들어서자 그 작고 아담한 테라스가 먼저 눈에 들어왔다. 아랑과 같이 앉아 커피를 마시며 종종 이야기를 나누거나 카드놀이를 했던 라탄 테이블 세트는 사라졌지만 테라스를 보는 순간 밀려오는 추억에 주저앉을 뻔했다. 얼른 테라스에서 시선을 돌리고 앞장선 지아를 따라 천천히 집 안으로 들어갔다.

실내 인테리어도 다 바뀌었다. 당연한 일인데도 새삼 놀랐다. 무려 15년 전 일인데 뭘 기대한 건가? 아랑의 흔적, 아랑의 체취, 아랑의 그림자를 그대로 간직한 박물관? 아랑이 부엌에서 일하는 동안 내가 연우를 안고 앉아서 얼렀던 초록색 패브릭 소파는 사라졌고 그 자리에 묵직해 보이는 검은색 가죽 소파가 들어와 있었다. 타원형의 목재 테이블 대신 세련된 디자인의 사각 유리 테이블이 있었고. 벽에는 지아와 케이트 모녀를 찍은 컬러 사진 액자가 걸려 있었다. 지아는 와인을 냉장고에 넣어 두고, 내가 사 온 장미꽃을 화병에 꽂아 거실 테이블에 내려놨다.

"정말 예뻐요. 장미가 괜히 꽃의 여왕이 아니라니까."

"남자한테 꽃 받아 본 적 있어?"

"그럼요. 절 어떻게 보시는 거예요? 저 따라다니는 남자들이 줄을 섰었는데. 완전 번호표를 뽑고 대기해야 할 수준이었다니까."

농담인 줄 알면서도 순간 솟아오른 질투심이 창끝처럼 가슴을 찔러 왔다. 난 아무렇지 않은 척 웃으면서 받아쳤다.

"섰었다고? 그럼 이젠 없는 거야?"

지아는 생글생글 웃으며 다가왔다.

"그들을 다 합친 것보다 더 근사한 남자가 생겼거든요."

벅찬 마음을 참을 수 없어서 지아를 끌어안고 키스했다. 그대로 지아를 소파에 눕힌 채 얼굴을 쓰다듬으려는 순간 대문이 열리는 소리가 들려 후다닥 일어섰다. 지아는 어쩔 줄 모르는 내 모습을 보며 킥킥 웃더니 말했다.

"소파에 잠깐만 앉아 계세요. 저녁 준비는 다 됐어요. 엄마 들어오시면 먹어요."

식사는 근사했다. 지아가 준비했다는 카프레제 샐러드와 쇠고기 로제 파스타도 맛있었고, 케이트가 구운 치킨 로스트와 애플파이도 훌륭했다. 세 사람이 먹기엔 양이 좀 많았지만 손님을 환대하는 마음이려니 싶어 평소보다 더 열심히 노력해서 먹었다. 잘 먹는 모습을 보는 게 요리한 사람으로서 흐뭇할 테지. 두 사람이 준비한 요리에 내가 가져간 와인을 금방 비웠고, 케이트가 와인 냉장고에서 계속 와인을 꺼내 왔다.

두 모녀는 생각보다 술이 셌다. 나와 속도를 맞춰 마시면서 내가 잔을 비울 때마다 계속 따라 주는 바람에 요리를 다 먹고 디저트 겸 안주로 다섯 가지 종류의 치즈와 과일을 내놓은 식탁 위에 빈 와인 병이 늘어만 갔다.

배가 너무 불러서 더는 못 마실 것 같았을 때 케이트가 말했다.

"교수님, 음악 좋아하세요?"

"네, 좋아하죠."

"그럼 우리 지아 노래 한번 들어 보실래요?"

"지아 노래요?"

"네, 우리 지아가 노래도 잘하고 기타도 수준급으로 쳐요. 2층에서 기타 좀 가져와 봐."

"교수님 앞에서? 부끄러운데."

와인을 많이 마셔서 볼이 발그레하게 달아오른 지아가 볼멘소리로 말했다. 그 볼이 너무 예뻐서 뽀뽀하고 싶은 걸 내가 얼마나 참고 있는지 두 사람은 모르겠지.

"한번 들려줘. 궁금하다."

내가 말하자 지아는 기타를 가지러 2층으로 올라갔다.

"교수님은 이 동네에서 오래 사셨어요?"

"네. 지금 사는 집에서 태어났습니다."

"어머나, 굉장히 오래 사셨군요. 태어난 집에서 성장하고 나이 들어가는 건 흔치 않은 행운인데. 부러워요."

"그게 부러워할 일인지는 모르겠지만 아무튼 여기가 제 고향입니다."

"그럼 이 집의 사연도 아시겠네요?"

"사연이요?"

"네, 저희가 이 집을 전세로 들어왔거든요. 집을 구하려고 여러 집을 돌아다니다 여기를 봤는데 시세가 다른 데보다 좀 싸더라고요. 왜 그런가 궁금했는데 나중에 중개사 사장님이 저희 병원에 와서 치료를 받으시다가 귀띔을 해 주시더라고요. 이 집에서 젊은 애기 엄마가 사라졌다고. 그때 온갖 흉흉한 소문이 돌았나 봐요. 그래서 딴 집보다 좀 싸다고.”

“그랬군요….”

“교수님은 잘 모르시나요? 젊은 엄마가 아이랑 단둘이 살았다던데. 이웃과 별로 왕래가 없었나 봐요.”

“가끔 그 모녀를 보긴 했지만 제가 그땐 어려서요.”

더 이상 거짓말을 하기가 힘들었다. 이것은 거짓말인가? 아니, 그저 편리한 대답일 뿐이다. 이 자리에서 그녀, 그러니까 아랑을 짝사랑했다고 말하면 나를 이상한 눈으로 볼 것 같았다. 무엇보다 사랑하는 여자의 엄마에게 저녁 초대 받은 자리에서 할 이야기는 아니지 않나. 나는 더 더욱 입을 다물 수밖에 없었다. 다행히 그때 지아가 기타를 들고 와서 나를 구해 줬다.

“무슨 노래 부를까, 엄마?”

“너 잘 하는 노래 있잖아. 오랜만에 와인을 마셨더니 그거 듣고 싶다.”

“그럼 첫 곡은 케이트 여사님의 신청곡. 다음 곡은 교수님의 신청을 받겠습니다.”

지아는 장난스럽게 내게 윙크를 하더니 연주를 시작했다. 전주가 흘렀을 때부터 왠지 모르게 불길했는데 노래가 시작되자 모골이 송연해졌다.

“눈을 감으면 문득 그리운 날의 기억, 아직까지도 마음이 저려 오는 건."

노래를 하는 지아의 목소리에서 문득 아랑의 목소리가 들렸다. 아랑이 내게 들려주던 그 노래. 납골당에서 엄마를 보고 나온 날 처음 불러 준 노래. 내 표정이 너무 슬퍼 보여서 뭔가 해 주고 싶다는 아랑의 말에 노래를 불러 달라고 했다. 연우에게 자장가를 불러 주지 않느냐고, 나에게도 그걸 불러 달라고 했다.

아랑은 자장가? 하며 고개를 갸웃하더니 피식 웃었다. 그리고 기타를 가져와서 내 앞에 앉아 치면서 이 노래를 불러 줬다. 아랑의 기타 솜씨는 단순한 아마추어 수준이 아니었다. 그때 아랑이 말했다. 이건 연우에게 불러 주는 노래가 아니라 자신에게 불러 주는 노래라고.

"그건 아마 사람도 피고 지는 꽃처럼 아름다워서 슬프기 때문일 거야. 아마도"

머리가 빙빙 돌았다. 방금까지 먹었던 음식과 와인이 한 번에 올라와 토할 것 같았다. 참을 수 없어 벌떡 일어났다. 케이트가 깜짝 놀라 나를 올려다봤고, 지아도 노래를 멈췄다.

"죄송해요. 속이 갑자기 안 좋아져서. 음식이 너무 맛있어서 과식했나 봐요. 이만 가 봐야 할 것 같습니다."

"아니, 이렇게 갑자기요? 안색이 너무 안 좋으신데 잠깐 쉬었다 가시는 게 어떨까요? 집에 약도 있는데."

"아닙니다. 빨리 가서 집에서 쉬는 게 나을 것 같습니다."

나는 실례를 무릅쓰고 절뚝거리면서 허겁지겁 나왔다. 집에 도착하자마자 화장실로 곧장 가서 다 토해 버렸다.

*

그날은 일요일이었다. 고3에게 일요일이란 아무 의미가 없는 날이지만 미국 유학을 준비 중인 나는 그런 일반적인 흐름과 무관하게 나만의 리듬에 따라 학교와 도서관을 오가며 생활하고 있었다. 아비는 내가 서울대를 가길 바랐지만 그랬다간 4년 더 아비와 한집에서 살아야 하는 현실이 너무나 끔찍해서 유학을 결심했다. 최대한 아비에게 손을 벌리지 않기 위해 장학금을 받을 수 있는 학교들을 찾아서 지원했고 운 좋게 세 곳에서 장학금을 주겠다는 편지를 받았다. 학비와 기숙사비까지 주는 아주 관대한 조건을 제시한 학교를 선택해서 입학이 결정된 터라 비교적 여유로운 나날이었다. 그날도 아침 일찍 도서관에 가서 책을 읽다가 지하에 있는 매점에서 컵라면을 하나 사 먹고 집으로 들어왔다.

가방을 멘 채 2층으로 올라가려는데 빠끔히 열려 있던 서재의 문틈 사이로 아비와 선아 누나의 목소리가 흘러나왔다.

"제발 다시 생각해 주세요. 나한텐 이번이 마지막이에요. 이번에는 꼭 낳고 싶어요."

"내 생각은 처음부터 분명하게 밝혔을 텐데. 내 자식은 선우 하나야. 배다른 핏줄 같은 건 내 사전에 없어. 그런 아이를 낳아 봤자 너만 힘들 뿐이야."

"뭐가 힘들다는 거죠? 사모님이 계신 것도 아니잖아요. 그냥 작가님 호적에 올리면 되는 거 아닌가요?"

"난 그런 복잡한 거 딱 질색이라고 했잖아. 선우 하나만으로도 애새끼는 차고 넘쳐. 배다른 형제란 언제나 분란의 씨앗이 되는 법이고."

"작가님이 그렇게 살았다고 또 그러라는 법은 없잖아요. 선우는 동생이 생기면 예뻐해 줄 거예요. 선우는 착하니까. 게다가 그런 이유라면 첩의 자식인 작가님이 제 심정을 더 잘 알지 않나요?"

"뭐라고?"

철썩 소리와 함께 선아 누나의 비명 소리가 들렸다. 더 이상 듣고만 있을 수 없어서 서재 문을 열고 들어갔다. 누나는 벌써 벌게진 뺨을 한 손으로 가린 채 눈물이 그렁그렁한 눈으로 서 있었고, 아비는 그런 누나를 노려보고 있었다. 내가 선아 누나에게 가서 손목을 잡고 나오려고 하자 아비가 내 어깨를 홱 움켜쥐었다.

"이 새끼가 지금 뭐 하는 거야? 어른들이 이야기하는데 어디서 감히 끼어들어?"

"아, 제발 그만 좀 하라고요!"

참을 수 없어진 내가 소리를 지르자 아비가 주먹을 치켜 들었다. 그러자 선아 누나가 우리 사이로 들어왔다.

"그만 나가자, 선우야. 나 괜찮아."

누나가 내 손을 잡고 서재 밖으로 이끌었다. 우리는 선아 누나 방으로 들어갔다. 누나는 침대에 털썩 주저앉고, 나는 침대 앞에 있는 화장대 의자에 걸터앉았다. 잠시 침묵이 흘렀다.

"몇 개월 됐어?"

내가 물었다. 누나는 잠시 망설이다 대답했다.

"4개월."

"그렇게 낳고 싶어? 저런 인간의 아이를 왜?"

"사랑하니까. 의사 선생님이 그러는데 이번에 또 수술하면 더는 아이를 가질 수 없을 거래."

누나는 소리 없이 울었다. 나는 한숨을 쉬고 누나의 어깨를 다독여 준 후 방에서 나왔다. 더 이상 해 줄 말이 없었으니까. 이번이 마지막이란 누나의 말은 아마도 사실일 것이다. 그동안 누나는 몇 번이나 그 수술을 받았다. 이번에도 아비는 당연히 지울 거라고 생각했는데 누나가 예상 외로 강경하게 나온 것이다. 누나의 마음을 알 것도 같고, 모를 것도 같다. 아비는 그 알량한 성적 쾌감을 위해 절대 콘돔은 끼지 않으려 했을 테니 누나라도 피임을 해야 했다. 하지만 누나는 남몰래 희망을 품고 있었던 것이다.

언젠가는 아비가 자신의 마음을 받아 주기를. 언젠가는 자신이 아비의 모든 것이 되기를. 언젠가는 아비가 온 마음을 다해 자신을 사랑할 날이 오기를. 생활력 강하고 세상물정에 밝은 누나가 왜 사랑이란 문제에 있어선 이토록 바보가 되는지 볼 때마다 놀라울 뿐이다. 이런 게 사랑이란 건가. 그렇다면 실망이다, 사랑 따위.

다시 서재로 들어갔다. 아비는 장식장에서 양주 한 병을 꺼내서 병째 마시고 있었다. 발렌타인 12년산인가 하는 위스키였다.

"누나를 어쩔 거예요?"

"어쩌긴 뭘 어째? 저러다 말겠지. 걔는 내가 잘 알아. 괜히 끼어들 것 없어."

"날 생각해서 그러는 거면 상관없어요. 동생이 생긴다

고 여기서 더 나빠질 것도 없고. 어차피 난 몇 달 있으면 이 집을 뜰 거니까."

그 말에 아비가 껄껄 웃기 시작했다. 그러다 술병을 내려놓고 손바닥으로 책상을 치고 어깨를 격렬하게 흔들며 웃었다. 정말 우스워서 어쩔 줄 모르겠다는 그 표정을 보고 나는 그만 어안이 벙벙해지고 말았다.

"선아도 그렇지만 너도 참 순진하다고 해야 할지, 순수하다고 해야 할지, 아니면 구제불능 멍청이라고 해야 할지. 그런 면에선 네 엄마를 쏙 빼닮았단 말이야. 그런데 난 네놈의 그런 유약한 면이 정말 참을 수 없어."

아비는 어느새 웃음을 멈추고 냉랭하기 그지없는 표정으로 날 노려보고 있었다. 순간 속에서 뜨거운 것이 치밀어 올라와 나도 모르게 소리를 질러 댔다.

"그딴 소리 하지 마. 유약한 건 당신이겠지. 당신은 그저 그 애를 책임지기 싫은 거잖아. 당신이 날 키웠다고? 언제? 돈 몇 푼 준 거 말고 한 게 뭐가 있어? 평생 단 한 번이라도 날 따뜻하게 안아 준 적 있어? 나랑 놀아 준 적 있어? 내가 뭘 좋아하는지, 뭘 싫어하는지, 뭘 두려워하는지 알고는 있냐고! 그 빌어먹을 소설 나부랭이 생각하는 만큼 나나 다른 누군가를 생각해 본 적 있어?"

"돈푼이나 줬다니! 그게 얼마나 대단한 건데! 이놈의 새끼가 해 달란 거 다 해 줬더니 고작 하는 소리가 그거냐? 내가 너 나이 때는."

"그놈의 '내가 너 나이 때는' 소리 좀 집어치워. 첩의 아들로 태어나서 본처 자식들 틈에서 온갖 설움 다 받다가 자수성가했다는 그 신파는 토가 나올 정도로 들었어. 그래서 어쩌라고? 어릴 때 사랑받지 못하고 컸어도 자신이 못 받은 사랑을 가족들에게 펴 주는 사람들도 많아. 남 탓하지 마. 당신은 사랑을 몰라. 그것도 모자라 자기를 사랑해 주는 사람들을 다 불행하게 만드는 괴물일 뿐이야."

"흥, 그러는 너는 사랑을 안다 이거지? 네가 뭘 좋아하는지 아냐고? 당연히 알지. 너 앞집 사는 그 색기 좔좔 흐르는 애 엄마 좋아하잖아. 뒤통수에 피도 안 말랐을 때부터 그 집에 들락거리면서 그 여자 꽁무니만 쫓아다니는 거 내가 모를 줄 알았어? 여자 좋아하는 거 보면 내 핏줄인 건 확실해. 하지만 너는 그래서 틀렸다는 거야. 그렇게 몸이 달아 따라다니면서 아직도 그 여자를 자빠뜨리지도 못했잖아. 내가 너 같으면 벌써 애를 만들어도 두셋은 만들었을 거야. 이건 순정이다, 그런 헛소리 하지 마. 누나니까 어쩔 수 없었다, 그런 변명도 하지 말고. 여자는 마음이 동하면 몸도 같이 동하는 존재야. 내가 하나 가르쳐 줄까? 그 여자는 너에게 마음이 없어. 며칠 전에도 보니까 집 앞에서 어떤 놈팡이랑 키스하고 있더라. 그런 놈이 차지하기엔 좀 과분한 여자긴 하지. 내가 그런 부류를 좀 알거든. 잘만 길들이면 잠자리에서 극락을 맛보게 해 줄 여자지. 어디 내가 한번 품어 주랴? 선아도 슬슬 재미가 떨어지던 참인데. 아랑이라고 했나? 그런 여자라면 한번 데리고 놀아 볼 만하지."

듣고 있으려니 귀에서 피가 날 것 같았다. 부들부들 떨면서 주먹을 쥐고 있던 나는 한 방 날리려고 했지만 늦었다. 아비가 왼손으로 내 손목을 꽉 움켜쥐고 다른 손으로 내 뺨을 사정없이 후려쳤다.

"넌 아직 멀었어, 이 새끼야. 매일 책만 들여다보면서 몽상이나 하고 자빠졌고. 부모 고마운 줄도 모르고 되지도 않을 원한이나 품고. 넌 아직 세상을 몰라. 여자도 모르고. 그 혹 딸린 여편네는 잊어. 이게 다 핏줄이니까 해 주는 소리야. 미국 가서 흑마, 백마, 황마 가리지 말고 다양한 년들과 몸을 섞어 봐. 몇 달도 못 가서 아랑이고 뭐고 생각도 안 날 테니까."

*

몇 주 후 아비는 그동안 붙들고 있던 소설을 탈고해서 출판사로 넘겼다. 2년 만에 나오는 신작이었다. 출판사는 벌써부터 마케팅 회의에 들어간 모양이었다. 아비의 표정을 보니 이번에는 본인이 생각해도 괜찮은 물건이 나온 것 같았다. 썼다 하면 100만 부씩 팔렸던 아비의 소설도 요 몇 년간 아비가 슬럼프에 빠지면서 판매가 저조했는데.

이번에 다시 과거의 명성을 되찾을 기회라는 말이 편집자와 하는 통화에서 간간이 흘러나왔다. 아비는 소설을 탈고하면 항상 그랬던 것처럼 경기도에 있는 별장에 가서 일주일 정도 쉬고 오기로 했다. 나는 엄마가 돌아가신 후 그곳에 가지 않았고, 매번 선아 누나가 따라가서 아비의 식사를 챙겼다.

아비가 별장으로 떠나기 전날 밤 선아 누나 방으로 갔다. 누나는 짐도 싸지 않은 채 멍한 표정으로 침대에 누워 천장을 보고 있었다.

"몸은 좀 어때?"

"괜찮아. 한두 번 있는 일도 아니고."

누나는 힘없이 미소를 지었다.

"몸도 추스릴 겸 며칠 여행이나 다녀와. 가서 이딴 집엔 다시 안 오면 더 좋고."

"원래는 그럴 생각이었지만…."

나는 누나의 눈에 맺히는 눈물을 못 본 척 고개를 돌렸다. 누나는 손등으로 눈을 문질러 닦고 애써 밝은 목소리로 말했다.

"나 혼자 다니면 기분이 더 거지 같을 것 같아. 괜찮아. 간만에 드라이브도 하고, 별장에서 고기도 실컷 구워 먹고 오지, 뭐."

"별장엔 가지 말라니까. 이번엔 그냥 집에서 쉬어."

누나는 침대에서 일어나 앉아 나를 물끄러미 바라봤다.

"너 평소랑 좀 다른 거 같다. 왜 그렇게 가지 말라는 거야?"

"그냥…."

누나는 말없이 오랫동안 내 얼굴을 뜯어봤다. 나는 누나를 외면했다. 한동안 시간이 흐른 후에 누나가 대답했다.

"피곤해. 이만 자야겠어."

"알았어."

다음 날 아침에 일어나 1층으로 내려가자 누나가 부엌에서 바쁘게 움직이고 있었다.

"일어났구나. 일주일 동안 먹을 반찬은 냉장고에 다 넣어 놨어. 잘 챙겨먹어. 혼자 있다고 라면만 먹지 말고."

"누나…."

"다녀올게. 난 역시 작가님이 없으면 안 돼."

14장

지아와 같이 한 공동 번역 프로젝트가 끝났다. 여름에 시작한 시선집 번역은 크리스마스를 일주일 앞두고 마무리했다. 번역이 끝나자 뿌듯하면서도 아쉽고 허전했다. 그동안 번역을 핑계로 지아와 매일같이 보면서 가까워졌는데 우리 사이가 이렇게 맥 빠지게 끝나 버리는 건 아닐까 더럭 겁이 나기도 했다. 지아가 다쳤던 날 첫 키스를 한 후 우리 사이는 한층 더 가까워지고 스스럼없어졌지만 보통의 연인들처럼 진도가 나가진 않았다. 어쩌면 못 나간 것일지도 모른다.

지아는 키스나 가벼운 애무에는 적극적으로 응했지만 내가 그 이상을 시도하면 조심스럽게 물러서곤 했다. 연인으로서 나에 대한 확신이 서지 않은 걸까? 내가 나이가 너무 많아서? 내 다리가 멀쩡하지 못해서? 정처 없이 헤매던 생각이 여기에 이르면 그만 힘이 쭉 빠져 버렸다.

그렇게 우리는 연인이라고 하기엔 어딘가 부족하고, 단

순한 사제지간은 더더욱 아닌 어정쩡한 사이로 마냥 시간을 흘려보내고 있었다. 하지만 지아에게 대놓고 우리는 어떤 사이냐고 물을 자신은 없었다. 보통 그런 질문은 여자가 남자에게 하는 거라고 하던데. 혹시 지아는 내가 먼저 리드해 주길 기다리고 있는 걸까? 어쨌든 지아를 만날 구실이었던 번역 프로젝트도 끝나 버렸으니 이제 어떤 식으로든 결단을 내려야 했다.

탁자 위에 올려놓은 핸드폰이 윙 소리를 내며 진동했다. 화면을 보니 명수였다. 나는 피식 웃으며 전화를 받았다.

"여보세요?"

"야, 임마. 꼭 이렇게 형님이 먼저 전화를 걸어야 하겠냐? 알아서 따박 따박 문안 인사도 하고, 응."

"하나는 잘 크고 있어?"

"이 자식이 할 말 없으니까 말 돌리는 꼴 좀 보소. 그래, 쑥쑥 크고 있다. 어찌나 분유를 잘 먹는지 보고 있으면 무섭다. 그 분유와 기저귀 값 댈 생각을 하면 온몸이 감전된 것처럼 떨린다."

"돈도 많이 벌면서 순 엄살은."

"야, 독신인 네가 이 형님의 아픔을 어찌 알겠냐. 됐고, 우리 한번 보자."

"나야 좋지만 네가 애 보느라 시간 없잖아. 제수씨가 외출 허락해 준대?"

"허락이라니, 무슨 그런 망발을. 에헴, 우리 중전마님이 친히 윤허하셨다. 선우 너랑은 한잔해도 된다고. 크크크."

교수실 문이 열리더니 지아가 들어왔다. 나는 핸드폰을 가리키며 앉으라고 손짓했다. 지아는 고개를 끄덕이고 추운지 손을 비비며 전기 포트가 있는 쪽으로 걸어갔다. 차를 한 잔 마시려는 모양이었다.

"내 말 듣고 있어? 야, 선우야! 이 자식아!"

"아, 미안. 잠깐 학생이 들어왔어. 말해."

"오늘 중전마님이 공주님을 데리고 친정 가신단다. 오늘밤 나 프리해! 오늘 우리 만나. 만나. 만나. 우리 자주 가는 그 위스키 바 어때? 합정 블루 노트."

"좋아."

"차 한 잔 드실래요?"

지아가 느닷없이 끼어드는 바람에 나는 당황하며 고개를 끄덕였다.

"웬 여자 목소리야?"

명수가 물었다.

"아, 나랑 프로젝트 같이 하는 학생."

"그래? 그럼 그 학생도 데려와."

"네가 왜 우리 학생을 봐?"

"뭐 어때? 시커먼 남자들끼리 뭔 재미로 술을 마시냐? 그 학생에게 같이 가자고 해 봐, 어서."

간만에 외출하게 돼서 신난 명수가 조르는 통에 어쩔 수 없이 지아에게 물었다.

"내 친구가 오늘 한잔하자는데 너도 같이 갈래?"

지아는 하얀 김이 피어오르는 찻잔을 들고 잠시 생각하다가 생긋 웃으며 고개를 끄덕였다.

"좋아요."

"좋다고 하네. 그럼 8시에 볼까?"

"야호. 이따 봐."

전화를 끊고 고개를 절레절레 흔들고 있는데 지아가 머그잔을 건넸다. 김이 피어오르는 녹차였다.

"누구예요? 대학 친구?"

"아, 명수라고 내 중, 고등학교 동창."

"교수님에게 그렇게 오래된 친구가 있다니 놀라운데요."

"아니, 난 친구도 없는 사람으로 보여? 날 대체 어떤 인간으로 보는 거야?"

"워낙 혼자 있는 걸 좋아하시는 것 같아서."

"내가 그랬나…."

말문이 막혀 멍하니 지아를 바라봤다. 크고 맑은 눈에 갸름한 턱, 순간 그 얼굴에 아랑의 얼굴이 겹쳐져서 고개를 세차게 흔들었다. 지금 내가 사랑하는 사람은 지아지 아랑이 아니라고 마음속으로 되뇌었다.

"왜 그래요? 무슨 일 있어요?"

고개를 드니 지아가 걱정스러운 표정으로 나를 보고 있었다.

"아니야. 잠깐 다른 생각이 떠올라서."

"가끔 그러더라. 내가 옆에 있는데도 어딘가 먼 곳에 있는 것처럼 느껴져. 그럴 때 내가 얼마나 외로워지는지 알아요?"

평소 지아답지 않게 딱 부러지는 말투에 놀라 그녀를 봤다. 말로는 나를 꾸짖으면서도 눈은 생글생글 웃고 있다. 그 모습이 너무 사랑스러워 뺨에 입을 맞추려는 순간 지아가 고개를 돌려 내 입술에 키스했다. 심장이 다시 아플 정도로 뛰기 시작했다.

지아가 입술을 떼고 나를 보며 말했다.

"8시 약속이죠? 전 집에 들러서 옷 좀 갈아입고 약속 장소로 갈게요."

"지금도 예쁜데. 이따 보자."

*

오랜만에 간 블루 노트는 여전했다. 테이블 다섯 개가 적당히 간격을 두고 배치돼 있었고, 바에 다섯 명 정도 앉을 수 있는 자리가 있다. 어둑한 실내 바닥엔 두꺼운 회색 카펫이 깔려 있고, 우아해 보이는 동그란 미색 등 몇 개가 실내에 부드러운 빛을 던지고 있었다. 바 앞에 서 있는, 나비넥타이를 매고 검은 머리를 짧게 친 중년의 바텐더가 나를 보고 고개를 끄덕였다. 나도 고개를 숙여 보이고 항상 앉는 구석 자리에 앉았다.

합정 역의 번화가에서 조금 벗어난 골목으로 들어가면 나오는 5층짜리 상가 건물의 3층에 있는 그 위스키 바는 명수가 단골로 다니던 곳이었다. 명수가 결혼해서 아이를 낳기 전까지는 한 달에 두어 번 정도 만나서 저녁을 먹고 2차는 이곳으로 와서 위스키를 한두 잔 정도 마셨다. 명수를 다시 만난 건 순전히 우연이었다.

미국에서 살다가 한국 대학의 교수로 임용돼서 돌아와 강의하기 전에 정장을 한 벌 사러 백화점에 갔다. 마음에 드는 정장이 없어서 허탕치고 커피나 한잔할까 하고 카페로 갔다. 도중에 오디오 매장이 보여서 들어갔는데 그곳에 명수가 있었다. 고등학교를 졸업하고 미국으로 갔다가 연락이 끊긴 후 처음 봤다.

명수가 먼저 날 알아봤고, 그 후로 가끔 만나 술을 한 잔하는 사이가 됐다. 내겐 친구 비슷한 유일한 존재라고나 할까. 나처럼 사교성 없고 재미없는 인간한테 명수가 왜 계속 연락하는지 이해할 수 없지만.

누군가 내 어깨를 탁 쳤다. 고개를 들어 보니 작은 체구에 동그란 얼굴의 명수가 함박웃음을 지으며 날 내려다보고 있었다.

"왔구나, 앉아."

"왜 혼자야? 그 학생은 아직 안 왔어?"

"거의 다 왔다고 전화 왔어. 우리끼리 먼저 한잔하지, 뭐."

"그럴까."

우리는 평소 마시던 발베니를 한 잔씩 시켰다.

"제수씨가 잘해 주나 봐. 얼굴이 더 좋아졌는데."

"살 쪘다는 말을 돌려서 하는 거지?"

"아니야. 진짜 좋아졌어."

"그래? 헤헤."

그때 문이 열리는 소리에 우리 둘 다 자동적으로 그쪽을 바라봤다. 지아가 긴 머리에 흰색 털모자를 쓰고, 처음 만났을 때처럼 빨간 코트를 입고 그 속에 무릎 위로 올라오는 흰색 모직 스커트와 검은색 실크 블라우스에 롱부츠를 신고 있었다. 지아가 들어오는 순간 어두운 실내가 환해진 것처럼 보인 건 나만의 착각이 아닌 것 같았다. 명수도 감탄한 표정으로 지아를 보고 있었으니까. 지아는 우리를 발견하고 웃으며 다가와 테이블 앞에 섰다.

"제가 너무 늦은 건 아니죠?"

지아가 말했다.

"아니야. 딱 맞춰 왔어. 인사해. 여긴 내 친구 명수라고 해. 명수야, 내 제자이자 프로젝트 동료야. 지아라고."

"아, 만나서 반가워요. 지아 씨."

명수는 빙글빙글 웃으며 지아에게 인사했다. 지아가 주문한 블러디 메리는 금방 나왔다.

"칵테일 맛이 어때요?"

명수가 물었다.

"맛있어요. 두 분은 학교 때 많이 친하셨나 봐요? 이렇게 같이 있는 모습을 보니 아주 가까워 보여요."

"뭐, 이 자식이 좀 밥맛이긴 했지만 어찌나 제가 좋다고 따라다니던지. 마음 넓은 제가 좀 데리고 다녀 줬죠."

명수가 내게 눈을 찡긋해 보이며 말했다.

"진짜요?"

지아의 눈이 동그래졌다.

"하하하. 농담이에요. 사실은 제가 이 자식을 졸졸 따라다녔어요. 항상 전교 1등만 하는 놈이라 같이 다니면 저도 공부 좀 잘할 수 있을까 싶어서."

"하하하, 효과가 있었나요?"

"별로요. 1등 하는 비결 좀 가르쳐 달라고 해도 수업 시간에 퍼 자지 말고 수업 좀 들으라고, 순 영양가 없는 소리만 하더라고요."

"그럴 줄 알았어요.. 하하하. "

나는 둘의 이야기를 들으며 천천히 위스키를 마셨다. 속이 뜨뜻해지면서 마음까지 따뜻해지는 느낌이었다. 좋아하는 사람들과 담소를 나누며 술도 마시고. 이런 게 사는 재미구나.

"비밀 하나 말해 줄까요?"

느닷없이 명수가 말했다.

"뭔데요?"

지아가 눈을 반짝이며 대답했다.

"야, 또 무슨 소리를 하려고?"

내가 끼어들었지만 명수가 손사래를 쳤다.

"내가 이 자식을 따라다닌 이유가 진짜 하나 있긴 있었어요."

"오, 점점 더 궁금해지는데요."

"내가 중학교 때부터 오디오와 헤드폰 매니아였거든요. 이 자식이랑도 그것 때문에 친해졌는데. 아무튼 제 로망인 헤드폰이 하나 있었어요. 그걸 사려고 1년 동안 모은 돈을 학교에 가져왔는데, 끝나고 가는 길에 우리 학교 일진들에게 잡혀서 돈도 뺏기고 온몸에서 먼지 나게 맞고 있었거든요. 그런데 바로 그때."

명수는 극적인 효과를 노리며 이야기를 중단했다.

"그때 뭐요? 어서 말해 주세요. 궁금해요."

지아가 다그쳤다.

"집에 가던 선우가 그 현장을 본 거죠. 이러다 맞아 뒈지겠다 싶은 순간에 나랑 눈이 마주쳤는데. 이 자식이 빛의 속도로 사라져서 의리 없는 놈이라고 속으로 욕을 죽어라고 했어요. 그런데 갑자기 어디서 구해 왔는지 각목 하나를 들고 와서 구해 주겠다고 설치더라고요."

"그래서 어떻게 됐어요?"

"뭐, 공부만 하는 범생이가 싸울 줄 알겠어요? 각목 뺏기고 둘이 같이 열나게 맞고 있는데 경찰이 출동했죠. 알고 보니 신고부터 하고 날 구하러 왔다고 하더라고요. 역시 머리 좋은 새끼. 그때 반해서 내가 쫓아다녔죠. 하하하."

"와, 우리 교수님에게 그런 면이 있다니."

지아는 묘한 눈빛으로 나를 봤다.

"저 잠깐 화장실 좀 다녀올게요."

"그래."

지아가 자리를 뜨자 명수가 내 옆구리를 쿡 찔렀다.

"솔직히 말해, 너 저 여학생 좋아하지?"

"뭔 소리야. 아니야."

"아니긴. 들어온 순간부터 눈을 못 떼던데. 너 그런 눈빛은 처음 보거든. 아니지, 두 번째 본다고 해야 하나."

"두 번째라니?"

"거 왜 있잖아? 우리 고등학교 때 학원 가던 길에 마주친 너 앞집 사는 누나. 그때 그 누나를 보던 눈빛이랑 지금이랑 똑같아. 아, 그러고 보니!"

갑자기 명수가 무릎을 철썩 쳤다.

"아까 그 여학생 어디서 많이 본 얼굴이다 했더니. 그 누나랑 완전 판박인데. 완전 닮았어. 선우 이 자식, 어쩜 그렇게 여자 취향이 일관되니? 변태 같은 새끼. 캬캬캬."

"야, 지아 앞에서 쓸데없는 소리 하지 마."

"선우야."

명수가 정색을 하고 나를 바라봤다.

"왜 갑자기 그런 얼굴을 하고 그래."

"난 네가 행복했으면 좋겠다. 이제 그만 외롭게 지냈으면 좋겠어. 그 누나랑 무슨 일이 있었는지 모르겠지만, 이제 그 사람은 잊고 저 여학생 좋아하면 잡아. 너도 이제 행복하게 살 때도 됐잖아."

"내가… 그럴 수 있을지 모르겠어. 지아는 내게 너무 소중한데."

"이 자식이 대체 무슨 소리를 하는 거야? 네가 어디가 어때서!"

"무슨 이야기를 그렇게 심각하게 하세요?"

어느새 지아가 우리 둘을 내려다보며 서 있었다. 언제 왔지? 우리 이야기를 얼마나 들었을까?

"어이쿠. 이번엔 제가 화장실 좀 다녀올게요."

명수는 내게 슬쩍 윙크를 해 보이고 일어섰다.

"괜히 이런 자리에 부른 거 아닌가 싶네. 재미없지?"

명수가 화장실에 간 사이에 묻자 지아가 고개를 흔들었다.

"아뇨. 오히려 오길 잘 했다 싶어요. 재미있는 이야기도 듣고. 할 이야기도 있고요."

"무슨 이야기인데? 해 봐."

나는 지아의 손을 잡으며 말했다.

"교수님이랑 같이 있고 싶어요."

잘못 들었나 싶어 그녀의 손을 놓아 주고 눈을 바라봤다. 지아의 눈빛은 진지했다.

"어? 지금 같이 있잖아?"

나는 슬쩍 농담을 던져 봤다. 지아는 그런 나를 똑바로 보며 말했다.

"아니, 그런 거 말고요. 교수님과 같이 밤을 보내고 싶어요. 나에 대한 교수님의 마음이 진심인지, 내가 정말 교수님을 좋아하는지 알고 싶어서 그동안 기다렸는데 이젠 알겠어요. 저 교수님을 좋아해요. 아니, 사랑해요. 교수님과 자고 싶어요."

순간 아무 말도 할 수 없어 지아를 끌어안고 그 풍성한 검은 머리에 얼굴을 파묻었다. 윤기가 흐르는 새까만 머리. 까마귀 깃털 같은 머리카락. 나는 그녀의 머리에서 나는 은은한 향기를 맡으며 말했다.

"어디로 갈까? 내가 근사한 호텔을 예약할까?"

"싫어요."

몹시 단호한 목소리에 놀라 다시 지아를 바라봤다. 지아는 평소처럼 장난기 어린 눈동자로 날 보고 웃고 있었다.

"교수님과의 처음은 호텔보다 더 조용하고 은밀한 곳에서 하고 싶어요. 우리 둘만 아는 그런 곳. 거기다 엄마가 있는 서울은 싫어요."

"흠. 그런 곳이라면… 내 별장은 어때?"

"별장이 있어요?"

지아가 눈을 동그랗게 뜨고 물었다. 나는 웃음을 터트렸다.

"정확히 말하면 내 별장은 아니고 돌아가신 아버지 별장이었는데 몇 년 전에 새로 지었어. 가끔 나 혼자 가서 지내다 오는 곳이야. 지아 마음에 들지 모르겠지만."

"와, 멋져요. 거기가 어디예요?"

"경기도에 있어."

"다음 주에 가요. 크리스마스 이브를 거기서 보내면 어떨까요? 엄마에겐 친구들과 스키 여행 간다고 하면 돼요."

"벌써 변명까지 준비했어? 우리 지아 의외로 철저한데?"

그 말에 지아는 귀엽게 눈을 흘기며 말했다.

"와, 설렌다. 크리스마스 이브에 단둘이 밤을 보내다니."

"그러네. 잊을 수 없는 밤이 되겠어."

우리 둘은 말없이 서로를 바라봤다.

15장

드디어 지아와 같이 밤을 보낸다. 아랑을 속절없이 잃어버린 후 누군가와 같이 밤을 보내는 건 처음이다. 그것도 크리스마스 이브에. 미국에서 지낼 땐 동료 교수들이 초대한 크리스마스 파티에 갈 때도 있었지만 주로 혼자서 음악을 들으며 책을 읽거나 위스키나 와인을 한잔하고 자는 게 전부였다. 지루하게 무채색으로 흘러가는 강물 같은 내 인생에 느닷없이 뛰어들어 파문을 일으킨 사람은 지아가 처음이었다. 아니, 정확히 말하면 아랑이 처음이었지만 그녀는 내가 손쓸 새도 없이 사라져 버렸다. 아무리 쥐어도 쥐어지지 않는 물살처럼 흘러가 버린 아랑과 달리 지아는 이제 내 품에 들어온다.

내 사람, 내 여자, 내 사랑. 사랑스러운 지아, 내가 목숨보다 더 사랑하는 지아. 이젠 나도 드디어 행복해질 수 있어. 그런 설레는 마음 한쪽을 파고드는 알 수 없는 불길함을 애써 밀어내고 1층 부엌으로 내려갔다.

박 여사가 내게 묵직한 에코백 하나를 내밀었다.

"이게 뭔가요?"

"며칠 별장에 가서 지내신다면서요. 제가 구식 노인네긴 하지만 오늘이 크리스마스 이브인 건 압니다. 오늘 같은 날은 맛있는 걸 드셔야죠."

가방 속을 들여다보니 에코백 속에 3단 찬합과 보온병이 들어 있었다.

"교수님 좋아하시는 미역국도 넣었어요."

"감사합니다, 박 여사님."

나도 준비한 보너스 봉투를 내밀었다.

"올 한 해 동안 감사했어요. 내년에도 잘 부탁드립니다."

박 여사는 크리스마스 이브부터 1월 1일까지 쉰 다음, 2일에 다시 돌아와 집안 살림을 맡는다. 우리 집에서 일하기 시작할 때 정한 겨울 휴가였다. 우리는 각자 휴가를 떠나는 셈이었다.

박 여사가 준비한 음식과 별장에서 며칠 동안 갈아입을 옷가지와 자질구레한 물건을 담은 트렁크를 몇 번에 걸쳐 차고에 있는 차에 실었다. 그러다 명색이 크리스마스인데 별장에 트리는 준비하지 못했더라도 크리스마스 장식

정도는 지아를 위해 해야 하지 않을까, 라는 생각이 문득 들었다.

미처 생각하지 못한 내 아둔함에 혀를 차다가 예전에 쓴 크리스마스트리 장식이 서재에 있을지도 모른다는 생각이 들었다. 한국에 돌아온 후 트리는 세우지 않았지만 선아 누나가 살아 있을 때는 매년 크리스마스트리를 같이 만들었다. 한번 찾아보는 것도 나쁘지 않을 것 같았다.

나는 서재로 들어가 서랍이란 서랍은 다 뒤졌다. 예상했던 대로 제일 큰 책장의 맨 아래 서랍에 트리에 걸었던 전구와 별들이 나왔다. 길게 꼬여 있는 전구들과 별들을 꺼내다 바닥에 있던 종이 하나가 같이 딸려 나왔다. 뭔가 하고 보니 범칙금 고지서였다. 오래된 것인지 노랗게 절어 있었다. 자세히 보니 신호 위반에 걸려서 온 벌금 고지서였다. 아비가 운전하다가 걸린 건가? 대수롭지 않게 생각해서 들고 휴지통으로 갔다.

거기서 찢어서 버리려다 무심코 신호 위반으로 걸린 날짜를 보고 그만 떨어뜨리고 말았다. 그것은 11월 27일, 아비가 세상을 떠나고 일주일 후였다. 나는 고지서에 찍힌 날자와 차를 다시 살펴봤다. 분명 아비가 몰던 벤츠가 확실했고, 날짜는 아비가 사망한 후가 맞았다. 그렇다면 이 차를 몰고 갔다가 신호 위반으로 걸린 사람은 아비가 아니란 말인데. 찍힌 장소를 보니 경기도 가평 부근이니 별장 근처인데… 고지서가 왔을 무렵 난 미국에 있었겠군. 머리가 한없이 복잡해졌지만 지금 출발하지 않으면 늦을 것 같았다.

나는 고지서를 바지 주머니에 찔러 넣고 전구와 별들을 들고 나갔다. 그리고 차고 문을 리모컨으로 열었는데 난감한 상황에 맞닥뜨렸다. 차고 바로 앞에 누가 차를 대 놓은 것이다. 어째 이 여행은 시작부터 쉽지 않네. 나는 절뚝거리며 그 차로 걸어갔다.

지아와 번역 프로젝트를 마무리하고, 기말 고사 채점을 하느라 바빠서 몇 주 동안 수 클리닉에 못 갔더니 다시 다리에 통증이 올라오고 있었다. 휴가 다녀오면 꼭 가야겠다고 생각하며 먼지가 잔뜩 내려앉은 그 검은 차로 다가갔다. 차 앞에 전화번호가 있어서 걸어 보자 목소리가 걸걸한 중년 남자가 받았다.

"여보세요?"

"안녕하세요? 지금 차 좀 빼려고 하는데요."

"아, 선우야, 나다. 김가네 복덕방. 급해서 잠깐 거기 댔는데 바로 나갈게."

내가 어렸을 때부터 동네 입구에서 복덕방을 하고 있는 김 사장으로, 나도 아저씨라고 부르며 인사를 꼬박꼬박

하고 있다. 차 앞에서 기다리자 저쪽 모퉁이 집에서 그가 나와 잰 걸음으로 다가왔다.

"많이 기다렸어? 미안하다. 집을 좀 보여 달라는 손님이 있었는데 오늘따라 차 댈 곳이 없어서."

"그랬군요. 오늘따라 저도 갈 곳이 있어서요."

"크리스마스 이브라서 놀러 가는 거야? 하긴 너도 결혼할 나이가 됐지. 아니, 좀 늦었나. 하하하."

아저씨는 웃다가 무심코 앞집을 보더니 말했다.

"저 집에도 예쁜 아가씨가 살잖아. 좀 어리긴 하지만 너랑 잘 어울릴 것 같은데."

순간 이 아저씨가 우리 둘이 다니는 모습을 본 게 아닌가 싶어 뜨끔했다. 동네에서 오래 살면서 공인중개사 일을 하느라 동네 사정을 속속들이 아는 너구리 같은 영감. 나는 그의 관심을 돌리기 위해 화제를 바꿨다.

"그러고 보니 저 앞집 말이에요. 시세보다 싸게 전세가 나왔었다면서요. 요새 조용한 단독주택을 찾는 사람 많다던데. 앞집 사람들은 운이 좋았네요."

그 말에 아저씨는 의아한 표정으로 나를 봤다.

"뭔 소리야? 시세가 싸게 나오다니. 저 사람들은 전세 아니고 자가인데. 저 집 주인이 병원을 해서 그런지 돈이 엄청 많아. 원래 부모님에게 상속받은 집인데 그동안 세를 놓다가 올해부터 직접 들어와서 살고 있는 거야."

순간 머리를 망치로 한 대 맞은 것 같았다. 자기 집이라고? 그런데 그때 나를 초대한 날 케이트 박사는 왜 그런 말을 했을까? 왜 그런 사연이 있는 집이라면서 나에게 아랑을 아느냐고 넌지시 물어봤던 걸까? 대체 뭘 알고 싶어서? 케이트와 아랑은 무슨 관계지? 대체 케이트 박사의 정체는 뭐냐고.

아저씨는 내 표정을 보더니 괜찮으냐고 물어보면서 언제 한번 가게에 놀러 오라고 했다. 그렇지 않아도 요즘 우리 집을 사고 싶어 하는 사람들도 많으니 생각 있으면 의논해 보자고 하면서 잘 팔아 주겠다는 말을 남기고 아저씨는 차를 빼서 나갔다.

나는 휘청거리며 차로 들어와 한참을 멍하니 있었다. 몸서리가 쳐져서 정신을 차려 보니 시동도 켜지 않은 차 안에 앉아 있었다. 두 손으로 뺨을 벅벅 문지른 후 시동을 켰다. 이게 대체 어떻게 된 일인지는 이따 지아를 만나 물어보면 알겠지. 지아는 오늘 병원 알바를 끝내고 별장으로 직접 오겠다고 했으니까 먼저 가서 기다리면 될 것이다. 애써 그렇게 생각하며 차를 차고에서 뺐다.

16장

준비는 다 끝났다. 어제 관리인 아저씨에게 별장 청소를 부탁해서 내가 따로 할 건 없었다. 가는 길에 꽃집에 들러서 산 장미와 안개꽃 한 다발을 화병에 꽂아 식탁에 올려놓고, 박 여사가 싸 준 찬합을 꺼내서 냉장고에 넣었다. 음식을 담을 접시들은 미리 꺼내서 마른 행주로 닦아 두고, 준비해 간 와인 세 병과 위스키 한 병은 식탁에 올려놨다가 술상 같아서 일단 한 병만 놔두고 두 병은 냉장고 옆에 있는 와인 냉장고에 넣었다. 지아가 좋아하는 화이트 치즈 케이크는 지아가 오면 꺼내기로 하고, 마지막 순간에 챙겨 간 전구와 별도 설치하자 조금은 크리스마스 분위기가 나는 것도 같았다.

얼추 정리를 마치고, 거실에 있는 전기 벽난로의 불을 켜고 핸드폰의 플레이리스트를 재생하자 그것과 연동된 블루투스 스피커에서 음악이 흘러나왔다. 바흐의 첼로 무반주 조곡 2번. 찬찬히 생각을 정리하고 싶을 때 듣는 음악이다. 조리대에 올려 둔 위스키를 한 잔 따라서 들고 창가로 갔다. 마침 눈이 내리기 시작했다. 지아가 보면 화이트 크리스마스라고 좋아하겠군. 눈을 보며 나와 같이 크리스마스를 맞이하고 싶다고 재잘거렸는데. 내가 사랑하는 사람아.

위스키를 한 모금 마시자 배 속이 살짝 뜨거워지면서 잠시도 쉬지 않고 솟아나던 머릿속의 잡념들이 잠시 움직임을 멈춘 것 같았다. 그 느낌이 나쁘지 않아 조금씩 마시며 눈을 바라봤다. 하늘에서 하얀 꽃잎이 떨어지는 것처럼 사뿐사뿐 떨어지던 눈은 시간이 흐르면서 점점 더 사나운 기세로 퍼붓고 있었다. 지아가 걱정됐다. 아무리 병원일이 급하다지만 내가 고집을 부려서라도 같이 올 걸 그랬나. 그냥 그칠 눈이 아닌 것 같은데. 오다가 사고라도 나면 어쩌지.

갈수록 앞이 보이지 않을 정도로 쏟아지는 눈발이 걱정스러웠다. 핸드폰을 꺼내 지아에게 전화를 걸었다. 신호가 갔지만 받지 않았다. 일곱 번인가 신호가 간 끝에 그만 끊으려고 했을 때 전화가 연결됐다.

"여보세요?"

"지아니? 출발했어?"

"아니, 아직요. 스키 타러 가는 친구들이 같은 방향이라고 데려다준대서 기다리고 있는데, 한 친구가 좀 늦는다고 연락이 와서요. 지금 집에서 기다리는 중이에요."

"그렇구나. 하늘을 보니 눈이 장난 아니게 쏟아져서 말이야."

"아, 그럼 화이트 크리스마스가 확실하네요. 하하하."

"그래, 넌 화이트 크리스마스면 좋겠다고 했지."

그 순간 수화기 저편으로 삐꾹 삐꾹 소리가 들리기 시작했다. 느닷없는 소리에 잠시 침묵이 흐르다 퍼뜩 깨달았다. 그건 내 자명종 시계 소리였다.

"이 소린 뭐야?"

내가 물었다.

"아, 제 자명종 시계 소리예요. 짐 꾸리다가 제가 건드렸나 봐요, 참나. 바보 같긴."

"그래? 소리가 내 거랑 똑같은데?"

"어머, 진짜? 이거 기분 좋은 우연의 일치인데요?"

"그래… 정말 놀라운 우연이네. 아무튼 친구들에게 운전 조심히 하라고 해. 우리 지아 다치면 안 되니까."

"알았어요. 빨리 갈게요. 보고 싶어요. 하하하."

전화를 끊는 순간 극심한 두통이 밀려왔다. 머리가, 머리가 너무 아팠다. 나는 들고 있던 핸드폰을 떨어뜨리고 머리를 감싸 쥐었다. 식탁에 가서 물을 한 잔 따라 마셨지만 누가 목을 조르는 것 같은 답답함이 좀처럼 가시질 않았다. 아까 너구리 같은 김 사장을 만난 후로 애써 억눌렀던 의심이 마치 두더지 잡기 게임에서 불쑥불쑥 고개를 치미는 두더지처럼 고개를 쳐들었다.

요즘처럼 핸드폰으로 알람을 쓰는 시대에 신세대인 지아가 자명종을 쓴다고? 거기다 내 알람 시계는 시중에서 흔히 살 수 있는 시계가 아니다. 미국에서 유학할 때 구경 나간 동네 벼룩시장에서 산 골동품으로 일반적인 종소리가 아니라 뻐꾸기가 나와 우는 자명종인데. 혹시 지금 지아가 자기 집에 있는 게 아니라 내 방에 있는 건가? 거긴 어떻게 들어갔지? 무엇보다 네가 거기 왜 있지?

한번 생긴 의문은 꼬리에 꼬리를 물고 나를 괴롭혔다. 그렇게 생각을 계속 곱씹고 있다간 돌아 버릴 것 같아서 소파 옆에 놔둔 지팡이를 짚고 옷걸이에 걸어 둔 파카를 입고 밖으로 나섰다. 눈이 펑펑 쏟아지고 있었지만 상관없었다. 아무것도 없이 황량한 별장 앞 정원을 한동안 걸었다. 그렇게 한 시간 넘게 걷다 보니 가까스로 마음이 진정돼서 다시 별장으로 들어갔다. 실내는 따뜻했지만 좀처럼 멈추지 않는 오한을 달랠 겸 뜨거운 차를 끓여서 들고 통창 앞으로 다가갔다.

지아가 잘 오고 있을지 생각하며 차를 마시고 있는데

갑자기 똑똑 소리가 들렸다. 깜짝 놀라 고개를 들자 통창 맞은편에서 지아가 새하얀 코트를 입고 까만 머리에 마치 눈 모자를 쓴 것처럼 눈을 잔뜩 맞은 채 나를 보며 웃고 있었다.

그러다 지아의 표정에 수심이 어렸다. 잔뜩 찡그린 내 얼굴을 본 게 분명했다. 나는 애써 미소를 지어 보이며 현관으로 돌아서 오라고 손짓하고 나도 그쪽으로 갔다. 문을 열자 눈을 잔뜩 맞은 지아가 가방을 들고 서 있다가 그걸 떨어뜨리고 나를 힘껏 끌어안았다. 나는 잠시 지아에게 안겨 있다가 손을 들어서 머리에 쌓인 눈을 털어내고 빨간 입술에 가볍게 입을 맞췄다.

"잘 왔어? 우리 지아."

"아, 우리 지아라니. 다정하고 좋다."

지아는 깔깔거리면서 들어왔다. 나는 지아가 바닥에 떨어뜨린 가방을 들고 절뚝거리며 들어왔다. 지아와 같이 있을 땐 무의식중에 다리를 절지 않으려고 노력하게 된다. 그럴수록 지아가 남몰래 안타까워한다는 걸 알면서. 사람은 다 미련한 짓인 줄 알면서도 멈추지 못하는 자기만의 어리석음이 있기 마련이다.

"오느라 힘들었지?"

"아뇨. 같이 가기로 한 친구 하나가 늦게 오는 바람에.

그냥 버스 타고 올걸. 그러면 좀 더 빨리 올 수 있었을 텐데. 눈이 많이 오네요. 조금만 더 늦었으면 길이 끊겼을지도 몰라. 하하하."

지아 없이 혼자 이 별장에서 크리스마스를 맞는 걸 상상만 해도 끔찍했다. 나는 쉴 새 없이 재잘대는 지아의 이야기를 들으면서 적당히 맞장구를 치거나 고개를 끄덕이며 코트를 벗겨서 옷걸이에 걸어 주었다. 추워서 볼이 빨개진 그녀에게 따뜻한 캐모마일 차를 끓여서 찻잔을 손에 쥐어 주고, 소파에 앉힌 후 옆에 앉아서 지아의 발을 내 다리 위에 올려 문질러 줬다. 손발이 찬 지아는 이렇게 해 주면 따뜻하다고 좋아했다. 지아는 반말과 높임말을 반반씩 섞어 가며 오늘 병원에 온 진상 환자의 흉내를 내서 나를 웃겼다.

그리고 저녁을 먹었다. 박 여사가 보온병에 담아 준 새우 미역국과 찬합에 담아 준 갈비찜, 찰밥, 세 가지 종류의 김치와 나물들, 오징어 초무침 같은 반찬을 식탁에 차려서 먹고 케이크와 과일과 치즈를 안주 삼아 와인도 한 병 비웠다. 새우 알레르기가 있는 지아는 국을 뺀 나머지 음식을 나보다 더 많이 먹고 같이 설거지했다.

우리는 와인 한 병을 들고 창가로 갔다. 몇 시간 전부터 피워 놓은 벽난로 덕에 거실은 따뜻하고 포근했다. 우리는 와인 잔을 들고 창가로 가서 한동안 하염없이 내리는 눈을 바라봤다. 음악을 틀까 했지만 지아가 그냥 눈 내리는 소리를 듣고 싶다고 해서 조용히 허공에서 춤추다 땅바닥에 사뿐히 내려앉는 눈송이들을 지켜봤다.

나는 와인 잔을 테이블에 내려놓고 지아 옆에 가서 섰다. 지아는 진주색 단추가 촘촘하게 달린 흰색 반팔 실크 블라우스와 무릎 위까지 내려오는 감색 플레어 스커트를 입고 검은색 스타킹을 신고 있었다. 나는 창밖을 바라보는 지아를 뒤에서 껴안은 채 귀 뒤를 가볍게 키스하다 귓불을 살짝 깨물었다. 지아는 조금 놀란 듯했지만 가만히 서 있었다. 지아의 긴 머리를 한손으로 들어 올린 채 뒷목에 부드럽게 키스를 하며 조금씩 밑으로 입술을 더듬어 갔다. 지아의 호흡이 조금씩 거칠어지고 있었다.

나는 지아의 입술에 키스를 시작하면서 두 손으로 블라우스 단추를 하나씩 끄르기 시작했다. 단추가 생각보다 작고 구멍에 꼭 맞아서 끄르기가 생각보다 쉽지 않았다. 확 찢어 버리고 싶은 충동을 참고 위에서부터 하나씩 끄르기 시작했다. 지아가 오늘따라 목 위까지 단추를 다 잠그고 있어서 세 번째 단추를 끌렀을 때 비로소 쇄골이 살짝 드러났다. 그 속에 차고 있는 목걸이가 언뜻 보였다. 저건?

그 순간 지아가 단추를 끄르는 내 두 손을 잡았다. 나는 고개를 들어 지아를 바라봤다. 그녀는 촉촉하게 젖은 눈으로 나를 보면서 조금 떨리는 목소리로 말했다.

"서두르지 마요. 겨울밤은 길어요."

내가 미소를 짓자 지아도 미소를 지었다.

"그래, 밤은 아직 시작도 안 했지."

지아는 생긋 웃었다.

"나 좀 씻고 올게요. 양치질도 하고."

지아는 내게 윙크를 하고 욕실로 걸어갔다. 문을 닫은 후에 샤워기를 트는 소리와 함께 세찬 물소리가 들렸다. 나는 식탁의 새 와인 병을 따서 한 잔 따라 창가로 갔다. 내리는 눈을 보며 와인을 마시다 좀 전에 지아의 하얗고 아름다운 쇄골 왼쪽에 쏠려 있던 목걸이가 떠올랐다. 얼핏 보인 황금색 체인에 달려 있는 펜던트가 어딘가 낯이 익었다.

나는 잔에 따른 와인을 한 번에 비우며 그 모양을 떠올리려 안간힘을 썼다. 뭐지, 왜 이렇게 눈에 익지? 언제 지아가 차고 왔던 목걸이인가? 지아가 나를 만날 때 목걸이나 반지 같은 액세서리를 차고 나온 적은 한 번도 없는데.

왜 그런지 갑자기 몇 달 전 고열에 시달렸을 때 꾼 꿈에 나온 아랑의 모습이 떠올랐다. 뜨거운 내 이마에 물수건을 올려 주던 아랑. 내가 입을 열려고 하자 손가락 하나를 들어서 쉿! 했던 아랑. 그때 그녀의 목에 반쪽으로 쪼개진 하트 목걸이가 걸려 있었다. 다만 이제 와서 생각해 보니 뭔가 이상했다.

아랑이 항상 차고 있던 목걸이의 펜던트는 왼쪽 하트였는데, 내게 물수건을 올려 주던 그녀의 목에 걸려 있던 목걸이는 오른쪽 하트였다! 아랑의 꿈을 꾸고 난 후 마음 한쪽을 콕콕 찌르던 그 이물감의 정체는 바로 그 목걸이였던 것이다. 그런데 지금 지아가 차고 있는 목걸이도 오른쪽 하트다. 이게 대체 무슨 의미지?

그때 아랑의 목소리가 들렸다. 오래전 연우를 재우고 나와 같이 맥주를 마셨을 때였다. 나는 아직 미성년자였지만 아랑이 맥주 한 잔 정도는 괜찮다며 맥주 한 캔을 나눠 마시곤 했다. 물론 아랑은 그러고 몇 개 더 마셨지만.

그러던 어느 날 아랑이 항상 걸고 다니는 하트 목걸이는 누가 줬냐고 내가 물어봤을 때 그날따라 얼근하게 취한 그녀가 대답했다. 언니가 있는데 그 언니와 반쪽으로 쪼개서 차고 다니는 하트 목걸이라고. 그 표정에서 묻어나는 짙은 그리움과 외로움이 안쓰러워 더 이상 묻지 못했다.

나는 지아가 들고 온 가방과 핸드백을 놔둔 곳으로 갔다. 가방은 내가 놔둔 대로 거실 저쪽 바닥에 놓여 있었지만 핸드백은 소파 한쪽 구석에 묘한 각도로 놓여 있었다. 지아의 핸드백에 손을 대려니 찜찜했지만 심호흡을 한 번 하고 떨리는 손으로 열었다가 멈칫했다. 그 속에서 초소형 카메라 렌즈가 나를 노려보고 있었다.

목소리가 들렸다.

"지금 뭐 하는 거예요? 내 핸드백을 뒤지고 있었어요?"

어느새 욕실에서 물소리가 그친 걸 모르고 있었다. 지아에게 이게 뭐냐고 물어보려고 카메라를 꺼낸 채 돌아섰다. 순간 퍽 소리와 함께 머리가 쪼개지는 것 같은 충격을 느끼며 바닥으로 쓰러졌다.

의식이 가물가물해지는 순간 알았다. 지아가 휘두른 건 바로 소파 옆에 세워 둔 내 지팡이였다는 걸.

2부

아난 이야기

1장

그 전화는 하필 병원 일이 가장 바쁜 금요일 오후에 걸려 왔다. 레지던트 3년차인 나는 만성 수면 부족과 과로로 피곤에 찌든 나날을 보내고 있었다. 그날도 병원 1층에 있는 카페테리아에서 사 온, 퍼석퍼석하니 아무 맛도 느껴지지 않은 샌드위치를 천천히 씹으면서 따뜻한 아메리카노로 목을 축여 간신히 넘기고 있을 때 핸드폰이 윙 소리를 내며 울렸다. 화면에 뜬 건 엄마 번호였다.

이 시간엔 내가 한창 바쁜 걸 알고 있는데도 전화를 건 걸 보면 어지간히 급한 일인 모양이었다. 엄마는 항암 치료 1차가 끝나서 집에서 쉬고 있는 중이었지만 돌연 상태가 안 좋아졌을지도 모른다. 다만 그랬다면 간병인이 전화했을 텐데 번호가 엄마 것이었다. 나는 씹고 있던 샌드위치를 꿀꺽 삼키다 목이 메서 컥컥거리며 전화를 받았다.

"엄마, 어쩐 일이야?"

엄마는 잠시 아무 말도 하지 않았다. 평소에도 말수가

많지 않은 양반이었지만 어쩐지 불길한 예감이 들어 재촉하지 않았다. 아니, 그냥 끊어 버리고 싶었다. 이대로 전화를 끊고, 핸드폰을 버리고, 병원에서 나와 지구 끝까지 도망치고 싶었다. 가끔 얼토당토않은 요구를 하며 사람을 열받게 하는 진상 환자를 만나거나, 무의식중에 어금니에 힘이 빡 들어가는 살인적인 근무 스케줄을 받거나, 병원 냄새에 푹 절은 유니폼을 입은 채 나의 20대가 이렇게 막을 내리겠구나, 하는 생각이 엄습할 때면 도망치고 싶을 때도 있다. 하지만 오늘은 사뭇 느낌이 달랐다. 마치 예고도 없이 나를 향해 질주해 오는 1톤 열차를 보며 멍하니 서 있는 느낌이랄까.

"엄마, 왜 그래? 어디 아파? 또 속이 메슥거려?"

핸드폰을 통해 엄마가 심호흡을 하는 소리가 들렸다. 한 번, 두 번, 세 번. 그리고 입을 열었다.

"아랑이 없어졌다. 한국에서 연락이 왔어. 실종된 지 일주일 정도 된 모양이야. 경찰이 우리 연락처를 찾느라 시간이 좀 걸렸대. 아랑은 없어지고 연우만 혼자 있단다. 다섯 살짜리 아이가 엄마도 없이…. 당장 한국에 가 봐야 하는데 너도 알다시피 내 몸이 이래서…. 네가 대신 가 봐야겠다."

나는 입을 열 수 없었다. 하고 싶은 말이 와르르 산사

태처럼 쏟아지고 있었지만 그럴 수 없었다. 입을 열었다간 셀 수 없는 질문들과 함께 아랑에 대한 버거운 감정, 나도 어쩌지 못하는 내 마음까지 쏟아져 버릴 것 같았다. 한번 입 밖으로 내뱉으면 다시는 주워 담을 수 없는 그 총천연색의 감정들.

고통스러운 항암 치료를 이제 막 끝내고 모처럼 숨을 돌리고 있는 엄마를 그렇게 몰아붙일 수는 없는 일. 나는 심호흡을 했다. 한 번, 두 번, 세 번.

"당장 비행기 표 알아볼게. 근무 스케줄 조정되면 짐 챙겨서 공항으로 가고. 엄마 집에 들르지 말고 곧바로 공항으로 가는 게 낫겠지?"

이번에는 바로 대답이 나왔다.

"그래 주면 고맙지. 무엇보다 그 어린 것이 혼자 있을 생각을 하니…. 네가 가서 사정을 알아보고 아랑을 찾아라."

엄마는 잠시 뜸을 들이다 덧붙였다.

"찾을 수 없다면 일단 연우부터 데리고 들어와."

엄마는 좀처럼 속내를 알 수 없는 사람이었다. 지금까지 30년 가까이 엄마와 살았지만 엄마가 날것의 감정을 드러낸 모습은 한 번도 보지 못했다. 아빠가 돌아가셨을 때도 소리 없이 눈물을 흘리며 조용히 슬픔을 곱씹는 타입이었지, 장례식장 바닥에 털썩 주저앉아 온 세상이 떠나가라 통곡하는 부류는 아니었다. 사람들은 그런 엄마를 보고 부부간에 별로 정이 없었나 보다고 수군거리기도 했지만 모르는 소리. 엄마와 아빠의 사랑을 알고 있다면, 두 사람이 함께 한 세월의 무게를 아는 사람이라면 절대 할 수 없는 말이다. 엄마는 언제나 그렇게 감정을 속으로 삭이는 사람이었다.

그런 엄마지만 절연하다시피 한 둘째 딸이 실종됐다는 소식엔 발을 동동 구를 수밖에 없는 마음이 전화기 너머로 느껴졌다. 몸이 아프지 않았다면 내게 연락할 것도 없이 바로 당신이 공항으로 갔을 것이다. 항상 곱게 차려입은 한복 위에 두루마기까지 걸치고 항공사 카운터 앞에 서서 당장 표를 내놓으라며 버티고 섰을 것이다. 그런 엄마의 위엄과 기세에 눌려 직원은 최대한 빨리 표를 알아봤겠지. 그러나 암에게 정복당한 엄마는 그 기세를 잃어버렸다. 평소의 우아하고 냉정한 초연함도.

나는 전화를 끊고 병원 복도에 한 줄로 늘어서 있는 파란색 플라스틱 의자에 잠시 앉아 이미 조금씩 말라 가는 샌드위치 조각을 멍하니 바라봤다. 그러다 한숨을 쉬면서 그걸 쓰레기통에 던지고 식어 버린 커피를 단숨에 마시고 일어섰다. 마음 같아선 핸드폰까지 쓰레기통에 던져 버리고 떠나고 싶다. 오로라 사진이 장엄하고 아름다운 북유럽이든, 태양이 자글자글 끓어오르는 열대든 상관없다.

이 상황을 피할 수만 있다면, 다시는 보지 않으리라 맹세했던 아랑을 내가 직접 찾아야 하는 어이없는 상황에서 벗어날 수만 있다면. 그러나 지금은 연우를 위해 움직여야 했다. 한 번도 만난 적이 없다 해도 연우는 내 핏줄, 내 쌍둥이 동생이 낳은 조카니까.

나는 핸드폰에서 연락처가 저장된 메뉴를 불러와 정훈이란 이름을 찾아서 물끄러미 보다가 눌렀다. 5년 만에 눌러 보는 번호였다. 신호가 끝없이 가서 포기할까 하던 참에 딸각, 전화가 연결됐다.

"여보세요, 정훈입니다."

"나야."

"알아. 갑자기 무슨 일이야?"

"아랑이 없어졌어. 도와줘."

"뭐라고?"

나는 5분 정도 상황을 짧게 설명하고 전화를 끊었다. 알 수 없는 운명의 실이 우리 셋을 다시 하나로 묶었다. 지긋지긋한 이 인연들이 다시 엮일 거라고 그 누가 생각했을까?

"아랑, 대체 어디에 있는 거니?"

나는 허공에 대고 중얼거렸다.

2장

난생 처음 타 보는 퍼스트 클래스. 실종된 동생. 지난 5년 동안 얼굴 한 번 보지 않고, 연락 한 번 하지 않았던 동생을 찾으러 한국에 가는 길에 퍼스트 클래스라니 정말 아이러니군. 엄마와 전화를 끊고, 병원 측에 갑자기 생긴 가족 문제에 대해 최대한 간단하게 설명하고 간신히 한 달 휴가를 받아냈을 때 핸드폰이 다시 울렸다. 엄마나 훈이 다시 전화를 하기엔 너무 빠르다고 생각하며 받았더니 엄마의 비서이자 사업 후계자인 루이였다. 루이는 평소처럼 차분하지만 또렷한 목소리로 말했다.

엄마 지시로 급히 한국행 비행기 표와 호텔을 알아봤는데 가장 빠른 게 내일 새벽 퍼스트 클래스가 떠서 그걸로 잡았고, 호텔도 아랑이 살던 집 가까이 있는 곳을 알아봐서 일단 이틀을 예약했다고 했다. 한국에 도착하면 곧바로 경찰서로 가서 그곳 상황을 파악하고 연우를 만나 보라고 했다. 아랑의 주소와 자세한 내용은 내 이메일로 보내

놨고, 한국에서 쓸 경비도 곧 내 계좌로 넣을 테니 찾아서 쓰라고. 다 엄마 지시겠지만 놀라울 정도로 신속하고 효과적으로 처리하는 루이의 능력을 보니 엄마가 신뢰하는 후계자답다는 생각이 들었다. 그래서 가끔 루이는 남편감으로 어떠냐고 엄마가 넌지시 물어봤던 걸까….

뜬금없이 돈은 참 편리한 것이구나, 란 생각이 들었다. 엄마는 사치와는 거리가 멀지만 돈을 써야 할 때는 사업가답게 추호의 망설임도 없이 통 크게 쓴다. 엄마가 우리 자매에게 사업을 가르치려고 하면서 가끔 했던 말이 떠오른다.

“돈만 있으면 귀신도 부릴 수 있어.”

한국에서는 흔한 말이라고 하지만 엄마의 배경을 생각하면 두 배로 의미심장한 말이기도 했다. 나는 여배우처럼 화려한 외모의 승무원이 가져다준 레드 와인을 한 잔 마시며 그런 생각에 잠겼다.

이 와인에다 핸드백에 넣어 온 수면제를 타서 마시고 기절해서 눈을 뜨면 인천 공항이었으면 싶었다. 그러나 한국에 도착하기 전에 루이가 메일로 보내 준 아랑의 정보와 한국 상황을 읽어 봐야 했다. 아무것도 모른 채 달랑 가방 하나 들고 경찰서로 허겁지겁 달려가는 건 드라마에서나 그럴듯해 보이지. 실제론 그저 제 감정에 들떠 히스테릭하게 구는 바보짓일 뿐, 문제 해결에는 도움이 안 된다. 내가 실종됐다면 아랑이 했을 법한 짓이긴 하지만.

무심결에 그런 아랑의 모습을 상상하다 고개를 저으며 가방에서 맥북을 꺼내 루이가 보낸 자료를 열었다. 루이가 보내 준 정보는 놀랄 정도로 적고, 별 내용이 없었다. 아랑이 실종된 건 일주일 전으로 추정되지만 정확한 날짜는 알 수 없다고 했다. 목격자들의(동네 사람들) 증언에 따르면 아랑이 안 보이기 시작한 건 대략 일주일 전이었던 것 같은데(그 사람들의 기억을 어떻게 믿나?) 평소에도 외출을 잘 안 하고 친하게 지내는 동네 사람도 없어서 확신할 순 없다고 했단다. 다섯 살인 연우가 비쩍 마르고 지저분한 몰골로 동네 슈퍼에 나타나 "엄마가 안 와요." 하고 쓰러진 게 사흘 전이었다고 한다.

평소에 엄마 손을 잡고 와서 아이스크림이나 과자 같은 걸 사러 오는 연우를 잘 알고 있던 주인아줌마가 일단 앰뷸런스를 부른 후에 경찰에 신고했다. 경찰이 출동해서 아랑의 집에 갔을 때 아랑의 흔적은 찾을 수 없었다. 병원에 입원한 연우는 고열과 설사에 시달렸다. 탈수 증세가 심했고, 며칠 동안 제대로 먹지 못해서 영양실조 상태였다고 한다.

그게 다가 아니었다. 연우는 심리적 충격이 너무 컸던

탓인지 깨어난 후에도 말을 하지 못한다고 했다. 그걸 보고 철저한 무신론자인 나이지만 무의식중에 기도를 하게 됐다. 부디 일시적인 실어증이길. 아랑이 없어진 마당에 연우까지 말을 못 하게 된다면… 아랑을 찾을 단서가 줄어든다. 거기다 아이가 너무 가엾잖아.

루이의 보고서는 거기서 끝났고, 내가 묵을 호텔 이름이 적혀 있었다. 아랑이 살던 동네에서 택시로 10분 거리에 있다고 했다. 노트북을 덮고 잠시 그 집에 대해 생각했다. 어렸을 때 한 번 가본 적이 있는 그 집은 아빠의 본가다. 여섯 살 때 아빠와 엄마와 같이 그 집에 갔다. 태어나서 처음 가본 한국이었고, 처음 가본 할머니 집이었다. 할아버지는 우리가 태어나고 얼마 후 돌아가셔서 사진으로만 봤고, 처음 본 할머니는 신기할 정도로 아빠와 닮았던 기억이 난다.

아랑과 나는 이란성 쌍둥이지만 엄마는 우리 자매에게 똑같은 옷을 입히길 좋아했다. 눈썰미 없는 어른들은 우리를 보고 정말 쌍둥이 같구나, 라고 말하곤 했다. 사실 우린 그다지 닮은 구석이 없는데. 할머니는 처음 보는 손녀들인 우리를 보고도 데면데면했고, 엄마한테는 더할 수 없이 차갑게 대했다. 그저 아빠만 붙들고 오랫동안 목 놓아 통곡했다.

그 집에서 지냈던 일주일 동안 우리는 아빠가 미국에서 가져온 짐짝 취급을 받았고, 엄마는 입을 굳게 다문 채 온갖 집안일을 해냈다. 할머니는 마치 엄마에게 복수라도 하려고 부러 일을 쌓아 놓은 것처럼 한시도 쉬지 못하게 닦달했고, 우리는 그런 엄마가 쓰러지진 않을까 조마조마했다. 아빠는 그간 하지 못했던 효도, 즉 할머니의 온갖 한탄과 울분과 어린 우리가 보기에도 과도한 애정을 받아내는 역할에 충실했다. 미국으로 돌아오자마자 엄마는 다시 할머니를 보는 일은 없을 거라고 선언했다. 아랑과 나는 놀라지 않았고, 아빠는 말없이 고개를 끄덕였다. 그걸로 할머니와의 인연은 끝이었다.

할머니는 1년 뒤에 노환으로 돌아가셨고, 아빠 혼자 한국으로 돌아가 장례를 치렀다. 간암으로 오랫동안 투병하다 세상을 떠난 아빠는 유산으로 엄마에게 그 집을 남겼다. 엄마는 거기를 끔찍이 싫어했지만 그 집에 품은 아빠의 애정을 알기에 차마 정리하지 못하고 계속 세만 놨다.

아랑이 한국에 가서 서울 그 집에서 살겠다고 말했던 날 엄마의 표정을 지금도 잊을 수 없다. 엄마는 그 순간 아랑을 포기한 듯 무시무시하게 차가운 눈빛으로 말했다.

"네 맘대로 해. 하지만 다시는 나나 네 언니를 볼 생각은 하지 마라."

아랑은 평소의 아랑답게 고집을 꺾지 않고 한국으로 떠났다. 그게 우리 세 모녀가 함께 한 마지막이었다. 이런 일이 일어날 줄 알았더라면 우리는 그때 다른 선택을 했을까?

3장

루이가 예약한 호텔 방에 들어와 트렁크를 내려놓고 창가로 가서 커튼을 열었다. 15층 아래의 전경이 순식간에 펼쳐졌다. 산을 끼고 있는 호텔이라 그런지 경치가 아주 훌륭했다. 택시를 타고 오면서 본 서울은 어렸을 때 잠깐 본 서울과 많이 달랐다. 세계인들이 찾는 핫한 도시 중 하나로 급부상하는 이유를 알 것 같았다.

대낮인데도 그 약동하는 에너지가 손에 잡힐 것 같았는데 밤에 더 화려하다고 소문난 광경을 보면 어떨지. 물론 놀러 온 게 아니니 별 기대는 없지만. 간단하게 샤워하고 옷을 갈아입은 후 다시 1층으로 내려가 택시 승차장에서 있는 택시를 타고 경찰서로 향했다.

루이가 알려 준 대로 경찰서에 들어가 최진수란 형사를 찾자 금방 나왔다. 중키에 어깨가 딱 벌어진 체격은 다부졌고 길게 죽 찢어진 눈이 날카로워 보였다. 내 신원을 밝히자 그는 다시 한 번 내 얼굴을 훑어보더니 변명처럼 말했다.

"쌍둥이 자매라고 들었는데 별로 안 닮으셨네요."

"아, 이란성 쌍둥이라서. 그런 말 많이 들었습니다."

장시간 비행기를 타고 와서 피곤하기도 하고, 그의 외모 품평을 듣고 있을 기분이 아니기도 해서 최대한 건조하게 대답하자 그는 대번에 내 심기를 알아챘다. 하긴 그런 눈치도 없으면 형사라고 할 수 없겠지.

그는 가져온 종이 컵 두 개 중 하나를 내 앞에 놓고 앉았다. 따뜻한 믹스 커피가 들어 있었다. 마침 카페인이 필요하던 참이라 한 모금 마시자 달달한 게 순간적으로 에너지가 쭉 솟구치는 기분이 들었다. 물론 당수치도 같이 점프했겠지만. 나는 그 믹스 커피를 홀짝홀짝 마시며 형사가 하는 이야기를 들었다.

루이가 메일에 보내 준 내용과 별다를 건 없었다. 사흘 전 오전 10시경 아랑이 사는 동네에 있는 럭키 슈퍼에 연우가 나타났다. 평소에도 엄마 손을 잡고 아이스크림이나 과자를 종종 사러 오는 연우가 귀여워서 올 때마다 주인아줌마가 사탕 같은 걸 집어 줬다고 한다. 하지만 아무리 주인아줌마와 낯이 익고 스스럼없다 해도 어린아이 혼자 가게를 온 건 처음이라 의아했다.

연우는 몹시 지치고 힘들어 보이는 데다 세수도 안 했

는지 꼬질꼬질한 몰골로 다가와 딱 한마디 했다.

"엄마가 안 와요."

그 말에 아주머니가 놀라서 카운터에서 일어서는 순간 연우가 쓰러졌다. 아주머니는 얼른 연우를 안고 일단 119 앰뷸런스를 불렀다고 한다. 주위가 시끄러워지고 동네 사람들이 하나둘씩 가게로 몰려들 때 누군가 경찰에 신고를 했다. 누가 신고했는지 아직은 확인이 안 됐지만 동네 주민 중 하나인 건 확실하다고 했다.

연우가 병원 응급실로 실려 가고, 신고를 받은 경찰이 출동해서 아랑의 집에 들어갔을 때 아랑의 흔적은 없었다. 집에는 아이 혼자 며칠 동안 있었던 흔적으로 바닥에 바나나 우유병만 여러 개 굴러 다녔다고 했다. 그 외에 달리 이상한 기색은 보이지 않았다. 집 안을 수색한 결과 아랑의 지갑과 핸드폰, 그리고 트렁크 하나와 옷가지 몇 개가 사라졌다고 했다. 가끔 아랑이 외출하거나 아르바이트 나갈 때 와서 연우를 돌봐 주던 베이비시터를 경찰이 찾아내서 알아낸 정보였다. 아랑이 정확히 언제 집을 나갔는지는 알 수 없지만 연우의 상태를 보면 대략 혼자 사나흘 정도 있었던 것 같다고 형사가 설명했다. 나를 보는 그의 표정이 왠지 좀 싸늘하게 느껴졌다.

순간 나도 모르게 주먹이 쥐어졌다. 말은 실종이지만

형사는 아랑이 아이를 두고 집을 나갔다고 생각하는 것 같았다. 아랑은 지금 스물아홉으로 아직 한창 때니 모르긴 몰라도 연인이 있을 수도 있다. 하지만 아랑이 아무리 평생 제멋대로 살아왔더라도 아이를 두고 혼자 야반도주를 할 사람은 아니다. 그건 열 달 동안 엄마 배 속에서 같이 있었던 내가 안다.

나는 애써 정신을 차리고 다시 형사의 말에 집중했다. 그는 현재 아랑의 신용카드와 현금카드 사용 내역과 핸드폰 통화 기록을 추적 중인데 아직까진 어떤 단서도 찾지 못했고, 새로운 정보가 나오는 대로 연락하겠다고 했다.

"저기, 연우가 있는 병원은 어디인가요? 지금 누구랑 있나요?"

"아이 이름이 연우 맞죠? 여기서 걸어서 5분 거리에 있는 병원에 있습니다. 건강은 회복됐는데 충격이 너무 컸는지 아직도 말을 안 한답니다. 의사는 일시적인 실어증으로 보는 것 같습니다. 아이와 같이 있을 사람이 없어서 사회복지사가 돌보고 있습니다."

그 말을 끝으로 형사는 또 다시 비난하는 눈빛으로 나를 바라봤다. 대체 아랑과 쌍둥이 자매라면서 연락처 하나 찾는데 왜 이렇게 시간이 걸렸는지 이해할 수 없고, 조카 하나 제대로 챙기지 않는 박정한 이모라고 힐난하는 눈빛이었다. 이건 그냥 나의 자격지심에서 나온 착각일지도 모르겠지만.

나는 그의 명함을 받은 후 경찰서를 나와 그가 가르쳐 준 방향대로 병원을 향해 걷기 시작했다. 정확히 5분 후에 눈앞에 큼지막한 병원 건물이 보였다. 1층에 있는 널찍한 접수처로 가서 연우의 이름을 대고 나와의 관계를 밝혔다. 거기서 일러 준 대로 소아과를 향해 걷는데 마음이 한없이 무거웠다. 생전 처음 보는 조카를 이런 식으로 대면하다니. 루이가 보낸 메일에 작년에 찍은 연우 사진이 있었다. 아이들은 하루가 다르게 자라니 지금쯤은 또 컸을 것이다.

엄마가 연우의 사진을 가지고 있어서 놀랐다. 아랑이 만삭의 몸으로 비행기를 타고 한국에 간 후 완전히 연락을 끊은 줄 알았는데. 이번에 알고 보니 아랑은 연우를 낳은 후 1년에 한 번씩 크리스마스 즈음 연우의 사진과 간단한 근황을 적은 카드를 엄마에게 보낸 모양이었다. 그렇게 1년에 한 번씩 총 4장의 카드가 미국으로 왔다. 엄마는 그 카드에 답장을 했을까? 알 수 없었다. 평소의 엄마라면 하지 않았겠지만 암에 걸리고 나서 엄마는 꽤 많이 변했다. 죽음을 앞둔 이에게 세상에 용서하지 못할 일이란 없을지도 모른다.

4장

간호사에게 물어보니 연우는 지금 소아과 병동에 있는 놀이치료실에서 사회복지사와 같이 있다고 했다. 그곳이 가까워질수록 점점 더 떨리는 한편 이대로 땅속으로 꺼져 버리고 싶은 마음도 여전했다. 마침내 도착해서 먼저 커다란 정사각형의 유리창 너머로 방안을 들여다봤다. 한 여자 아이가 어떤 여자와 같이 환한 연두색 매트가 깔린 방바닥에 앉아 점토로 뭔가를 만들고 있었다. 아니, 다시 보니 뭔가 만드는 쪽은 어른이고, 아이는 그 모습을 멍하니 보고만 있었다. 움츠린 그 작은 어깨를 보자 마음이 저려 오면서 순식간에 눈에 눈물이 고였다. 놀랐다. 생전 처음 보는데도 조카라는 이유만으로 이렇게 진한 감정이 솟구칠 수 있다니.

간호사나 다른 직원에게 물어보지 않아도 그 아이가 연우란 건 금방 알 수 있었다. 아랑을 아주 많이 닮았으니까. 아이의 얼굴에서 아랑의 큼지막한 눈이 보였다. 다만 외까풀인 아랑과 달리 훈을 닮아 쌍까풀이 져 있었다. 미소를 지으면 세로로 귀여운 주름이 잡히는 훈의 코도 보였다. 입술이 도톰한 건 영락없이 아랑이었다. 동생의 얼굴과 내 인생에서 아빠 말고 유일하게 사랑했던 남자의 얼굴이 골고루 섞인 조카를 보고 있으려니 마음이 복잡했다. 아니, 지금 이런 감상에 빠져 있을 때가 아니지.

나는 고개를 세차게 흔들고, 노크를 한 후 들어갔다. 경찰서에서 미리 연락을 해 뒀는지 나를 본 사회복지사가 목례를 했다. 30대 초반 정도로 짧은 단발머리에 옅은 화장을 하고 유니폼처럼 아무 개성도 느낄 수 없는 남색 정장을 입은 여자였다. 나도 인사하고 다가갔다. 그는 연우에게 뭐라고 속삭이고 나서 일으켜 세웠다.

"연우야. 인사드려. 널 만나러 미국에서 오신 이모야."

"안녕, 연우야. 난 네 이모 아난이라고 해. 우리 연우 참 예쁘게 생겼구나."

연우는 나에게 고개를 꾸벅 숙였지만 눈에는 아무 감정이 실려 있지 않았다. 이모란 말에 놀라지 않았고, 그렇다고 낯을 가리는 느낌이 들지도 않았다. 아랑이 이모와 외할머니에 대해 말해 준 적이 있는 모양이었다. 어쩌면 할머니와는 전화 통화를 한 적이 있었을지 모른다. 어쩌면 할머니가 어린 손녀에게 곰 인형이라도 보내 줬을지 모르고.

평소에 아이를 좋아하지 않았고, 주위에 아이가 있었던 적도 없어서 연우를 어떻게 대해야 할지 알 수 없었다. 더군다나 연우는 유일한 식구인 엄마가 갑자기 사라진 충격으로 말까지 잃었다. 이런 조카는 어떻게 대해야 한다는 매뉴얼은 세상 그 어디에도 있지 않았다.

그때 깨달았다. 다시는 쓰지 않으리라 생각한 그걸 써야 할 순간이 왔다는 걸. 그 오랜 세월 하필 왜 내게 저주처럼 느껴지는 그 능력이 주어졌을까 고민했는데 이제야 알 것 같다. 우주의 이치란 참으로 교활하면서 잔인하다.

나는 연우에게 다가가 무릎을 꿇고 눈높이를 맞추며 말했다.

"연우야. 이렇게 보니 참 좋구나. 좀 더 일찍 만날 수 있었더라면 좋았겠지만 말이야. 우리 연우 한번 안아 봐도 될까?"

연우는 아무 대답도 없었지만 그 조그만 고개를 살래살래 흔들지도 않아서 승낙의 뜻으로 해석하고 아이를 안았다. 연우는 잠시 석상처럼 미동도 안 하고 있다가 갑자기 가느다란 두 팔을 뻗어 나를 꼭 안았다. 예상치 못했던 환대에 놀라 소리를 지를 뻔하다 참으며 연우의 조그만 머리를 쓰다듬었다. 그리고 연우의 오른 팔을 잡은 채 눈을 감았다.

순간 온 세상이 어둠으로 뒤덮였다. 앞뒤를 분간할 수 없는 어둠 속 어디선가 훌쩍이는 소리가 들렸다. 나는 그 소리를 향해 걸었다. 갈수록 소리가 커졌다. 아이의 울음소리였다. 다급해진 마음에 뛰다시피 가자 연우가 보였다. 연우는 어떤 집의 거실 바닥에 앉아 있었다. 여기저기에 굴러다니는 바나나 우유병이 보였다. 우유병 하나가 엎질러져 있었고, 현관문 가까운 곳에 의자도 하나 보였다. 왜 저런 곳에 의자가 있지?

그때 연우가 말했다.

"엄마, 왜 이렇게 안 와? 숨바꼭질 하는 거면 재미없어. 벌써 몇 밤이나 잤는데 아직도 엄마를 못 찾았단 말이야. 엄마, 어서 나와. 나 너무 무섭고 배고파. 빨리 나와."

그렇게 연우는 훌쩍훌쩍 울다가 일어나서 소매로 얼굴을 쓱 문질렀다. 얼마나 눈물과 콧물을 닦았는지 소매가 번들거렸다. 그러더니 의자를 끌어서 현관문 앞으로 간신히 갔다. 현관문은 이중 자물쇠가 채워져 있었다. 하나는 닫으면 자동으로 잠기는 자물쇠였고, 또 하나는 손으로 잠가야 하는 자물쇠로 연우의 손이 닿지 않는 높이에 있었다.

그래서 의자를 끌어왔구나. 연우는 의자를 놓고 올라서

서 몇 번이나 그 자물쇠의 걸쇠를 빼려고 안간힘을 쓰다가 바닥으로 떨어지곤 했다. 그 모습을 보고만 있을 수 없어서 도와주려고 손을 드는 순간 다시 세상이 밝아졌다.

사회복지사와 연우가 의아한 표정으로 바닥에 주저앉아 있는 나를 보고 있었다. 연우를 안고 있었는데 어느새 내 품에서 빠져나간 모양이었다. 잠시 현기증이 나서 그랬다고 주절주절 변명을 늘어놓으며 일어났다. 연우의 머리를 한 번 더 쓰다듬어 준 후에 사회복지사와 밖으로 나가 이야기를 나눴다. 내 신원이 확인됐고, 연우에겐 나 말고 다른 보호자가 없으니 당장이라도 데려갈 수 있었지만 호텔로 아이를 데려가고 싶진 않았다. 그 전에 아랑이 지내던 집도 보고 싶어서 이틀 후에 데려가기로 하고 다시 놀이치료실로 들어가 연우에게 최대한 간단하게 말했다.

"연우야. 이모가 오늘 밤과, 내일 밤 두 밤 자고 데리러 올게. 그동안 여기서 잘 지내고 있어. 안 울고 잘 놀고 있으면 이모가 선물을 많이 사 올게."

연우는 말없이 고개를 끄덕였다. 그걸 본 사회복지사의 얼굴에 놀란 표정이 떠올랐다. 그동안 사람들이 하는 말이나 질문에 연우가 일절 반응을 보이지 않아서 꽤나 애태운 모양이었다. 나는 그동안 수고하셨다고, 이틀만 더 아이를 부탁드리겠다고 하고 치료실을 나왔다.

연우의 기억을 봤지만 별 소득은 없었다. 아니, 한 가지는 있었다. 연우는 집 안에 감금된 셈이었다. 닫으면 자동으로 잠기는 자물쇠는 연우도 버튼을 누르면 열 수 있을 것으로 보였다. 또 하나 위에 있던 자물쇠는 아랑이 달았을 것이다. 모녀 둘만 사니 안전을 위해 설치했겠지. 그 수동 자물쇠가 잠겨 있었다는 건 연우가 나가지 못하게 잠가 놓고 아랑이 나간 것으로 해석할 수 있다.

하지만 거길 잠갔다면 어디로 나갔지? 왜 굳이 그렇게 귀찮은 짓을? 무엇보다 아랑이 그렇게까지 연우를 잔인하게 버리고 나갔을 리가 없는데. 아랑이 아니었다면 제 3의 인물이 있었을까? 과연 누가?

5장

영어에 “Never say never.”란 말이 있다. 절대 뭔가를 하지 않겠다는 말은 하지 말라고, 그러니까 인생에 있어 확언할 수 있는 일은 거의 없다는 뜻이다. 그 말의 위력을 증명하기라도 한 듯 아랑이 실종된 후 나는 절대 하지 않겠다고 맹세한 일을 셀 수 없이 하고 있는 중이다.

오늘 이렇게 이 집 앞에 와 있는 것도 그중 하나다. 여섯 살 때 처음 보고, 이십 대를 한 해 남긴 지금 본 이 집은 밖에서 보기엔 그다지 달라지지 않았다. 하긴 그동안 세입자들이 살았으니 뭐 얼마나 수리를 하고 살았을까.

나는 잠시 대문 앞에 서서 오래전 여기 서 있던 한 가족을 떠올렸다. 항상 오버올 작업복이나 청바지를 입던 미국에서와 달리 간만에 양복을 입은 아빠. 하지만 어린 내가 보기에도 한참 유행이 지나고 낡은 양복이었다. 엄마는 한복을 입고 있었다. 미국에서도 한복을 입은 엄마는 눈에 띄었지만 한국에서도 눈에 띄기는 마찬가지였다.

그나마 제대로 옷을 갖춰 입은 건 모처럼 사준 새 옷을 입은 아랑과 나였다. 우리 넷 모두 잔뜩 긴장하고 있었던 기억이 난다. 각자 다른 의미에서.

나는 한숨을 쉰 후에 대문을 열었다. 아랑이 사라진 후 연우가 간신히 밖으로 나왔을 때 열어 놓은 대문으로 경찰이 들어갔다. 그 후로 대문 열쇠를 찾을 수 없어 루이가 한국에서 섭외한 심부름 센터 직원이 열쇠를 새로 맞춰서 내가 묵는 호텔 프런트에 맡겼다.

문을 열고 들어가자 아담한 테라스에 철제 테이블과 라탄 의자 한 쌍이 보였다. 흔들 그네도 있었다. 아랑이 저기서 연우를 앉히고 놀아 줬겠구나. 그곳을 지나 현관문을 열고 거실로 들어갔다. 거실은 아까 연우를 안았을 때 본 모습과 똑같았다. 경찰이 와서 수색을 하느라 들쑤셔서 집 안이 난장판이었다. 하지만 확인하고 싶은 건 다 있었다. 바닥엔 빈 바나나 우유병들이 뒹굴고 있었고, 내가 봤던 그 의자는 거실 한쪽 구석에 치워져 있었다. 마룻바닥에 신발 자국들이 여기저기 있었다. 연우는 여기 이 초록색 패브릭 소파에서 자고, 바닥에서 혼자 놀면서 엄마를 기다렸던 것이다.

거실을 나와 부엌과 아랑이 쓰는 안방과 서재 그리고

2층에 올라가 연우의 방과 창고처럼 잡동사니들을 쌓아 놓은 방을 봤지만 별다른 건 보이지 않았다. 단서가 될 만한 건 경찰이 다 가져갔겠지. 다시 안방으로 돌아와 화장대를 뒤지자 예상했던 물건이 나왔다. 엄마가 보낸 크리스마스카드들, 별 내용은 없었다. 건강하고 연우 잘 키우라는 몇 줄이 전부였다. 매년 똑같이 의례적인 내용. 문득 깨달았다. 엄마는 암에 걸렸다는 사실을 아랑에게 말하지 않았다.

다시 서랍을 뒤지자 맨 밑에 있는 서랍에서 마지막 페이지까지 다 찍힌 낡은 통장이 하나 나왔다. 페이지를 넘기자 훈의 이름이 계속 보였다. 훈이 매달 아랑에게 돈을 보내고 있었다. 짐작하고 있었지만 안심이 되는 한편으로 묘한 배신감이 들기도 했다. 그동안 아랑이 혼자서 아이를 키우면서 생활은 어떻게 하는지 가끔 걱정했는데 훈이 그들을 돌봐 주고 있었던 것이다. 물론 엄마가 생활비를 보낼 수도 있었지만 인연을 끊은 딸에게 돈을 보낼 만큼 너그러운 사람은 아니다.

둘은 헤어졌어도 둘 사이에 아이가 있으니 어쩔 수 없이 계속 연락했던 걸까. 어쩌면 엄마에게 그랬던 것처럼 매년 연우의 사진을 훈에게 보냈을지도 모르지. 어쩌면 더 자주 했을지도 모른다. 어쩌면 훈이 연우를 보러 한국에 왔을지도 모르고. 어쩌면, 으로 시작된 상상이 걷잡을 수 없이 커지면서 마음이 수십 개의 가시에 사정없이 찔리는 것 같아 통장을 다시 서랍에 넣어 버렸다.

지금은 내 감정에 매달릴 때가 아니라 아랑을 찾을 단서를 발견해야 한다. 하지만 아무리 찾아도 아무것도 없었다. 그저 엄마와 아이 단둘이 살아 왔던 생활이 선연히 보이는 물건들과 생활의 흔적만 남아 있을 뿐이다. 거기다 나는 형사도 아니고 일개 레지던트일 뿐이고. 어쩔 수 없이 다시 핸드폰을 들어서 훈에게 전화를 했다.

"나야."

"어떻게 됐어? 아랑은 찾았어?"

"찾았다면 너한테 전화했겠어?"

잠시 침묵이 흘렀다.

"미안. 내가 비행기를 오래 타고 와서 피곤하기도 하고. 좀 예민해져 있어. 상황이 상황이니만큼 이해해 줘."

"그런 건 괜찮으니까 신경 쓰지 마."

훈은 나직하면서도 깊은 목소리로 말했다. 오래전 반했던 그 목소리를 듣자 무심코 다시 가슴이 뛰고 말았다. 그런 나에게 속으로 혀를 차며 말했다.

"그동안 아랑에게 생활비를 보냈던데. 둘이 쭉 연락하고 지냈어?"

훈은 잠시 망설이다가 대답했다.

"너도 알겠지만 아랑은 지금까지 제대로 된 일을 하거나 직장에 다닌 적은 없잖아. 거기다 만삭의 몸으로 한국에 갔으니 혼자서 어떻게 아이를 키울까 싶어서. 어머님이 아랑을 도와주실 것 같지도 않고. 월급을 받는 대로 계속 보냈어. 연우 양육비니까 꼭 받아야 한다고 했더니 순순히 받더라. 하지만 연락은 거의 안 했어. 1년에 한 번 크리스마스 무렵에 연우의 사진이 들어 있는 카드 한 장이 전부였지."

훈은 조금 더 뜸을 들이다가 말했다.

"아무래도 우리 집에서 연우를 데려가겠다고 할까 봐 두려웠던 것 같아."

그 말엔 나도 대꾸할 말이 없었다. 훈의 어머니가 이 사정을 알았다면 능히 그럴 수 있는 분이니까. 앞길이 구만리 같은 외아들이 혼외 자식을 두고 있다는 걸 알면 당장 와서 연우를 뺏어 가 당신이 키우려고 하셨을 것이다. 손녀를 사랑해서가 아니라 귀한 아들의 앞길을 망치지 않게. 물론 아무리 아랑과 연을 끊은 엄마라고 해도 그런 일이 일어나게 놔 두지 않았을 테지만. 당사자인 아랑의 입장이 힘들어지는 건 당연했을 터. 이로써 의문이 하나 풀렸다.

"부탁이 있어."

"뭐든 말해."

"너 정보부에서 일하는 거 알고 있어."

순간 경악에 찬 침묵이 흘렀다.

"너도 우리 엄마가 어떤 분인지 알잖아. 손녀의 생부가 어디서 뭘 하며 사는지 정도는 파악할 수 있어. 거기다 우리 부모님이 널 아들처럼 예뻐하셨던 것도 잊지 않았겠지?"

"그래서 원하는 게 뭔데?"

"아랑이 사라졌는데 단서가 하나도 없어. 여기 경찰은 아랑이 남자와 눈이 맞아 도망갔다고 보는 것 같아. 하지만 아니야."

"어떻게 아니라고 확신할 수 있어? 너도 아랑의 성격을 알잖아."

순간 거친 욕설이 터져 나올 뻔했지만, 가까스로 참고 단어를 하나하나 씹어 뱉듯 말했다.

"난 알아. 아무리 아랑이 즉흥적이고 피가 뜨거운 아이라고 해도 연우를 두고 사라질 아이는 아니야. 그건 쌍둥이인 내가 안다고. 아무튼 나도 여기 있을 동안 흥신소든 뭐든 다 동원해서 알아볼 테니까 너도 알아봐 줘. 아무리 미국 정보부라고 해도 이쪽 경찰에도 인맥을 동원할 수 있지 않겠어?"

훈은 한숨을 쉬면서 알아보겠다고 했다. 전화를 끊으려는 순간 그가 다급하게 말했다.

"연우는 어쩌고 있어?"

"참 빨리도 묻는다. 병원에 있어. 내가 곧 데려올 거야."

"그래…. 연우를 잘 부탁해."

"그건 이모인 내가 알아서 해."

나는 전화를 끊었다. 머리가 너무 지끈거려서 핸드백에서 담배를 꺼냈다. 럭키 스트라이크. 우리 셋이 사춘기 때 어른들 몰래 지하실에 모여서 피우기 시작했던 담배를 아직도 못 끊고 있다. 아랑은 담배를 끊었을까. 연우 때문에 끊었겠지? 나는 담배에 불을 붙이고 깊게 한 모금을 빨았다. 담배 연기가 평소보다 맵다는 생각이 들었는데 어느새 뺨에 눈물이 흐르고 있었다.

6장

연우를 집에 데려오기 전에 청소하면서 집 안 구석구석을 박박 문질러 닦았다. 루이가 가사도우미를 불러주겠다고 했지만 거절했다. 그동안 아랑이 연우와 살아 온 모습을 내 눈으로 직접 보고 싶었다. 거실에 걸려 있는, 아랑과 연우가 커다란 눈사람 앞에서 웃으면서 찍은 사진 액자의 먼지를 털고, 부엌 찬장에 제대로 갖춰져 있는 그릇과 프라이팬과 도마 등을 씻으면서 아랑이 요리를 참 좋아하고 소질이 있었다는 기억이 났다. 어쨌거나 미국에서 한식당으로 성공한 엄마의 요리 솜씨를 물려받은 건 내가 아니라 아랑이었으니까.

2층 연우 방의 인테리어 역시 밝고 아기자기하고 예뻤다. 모든 것이 깔끔하고 귀엽고 사랑스러운 동시에 어딘가 인공적인 느낌이 풍겼다. 영혼이 없는 느낌, 마치 이 모든 것이 아랑이 어렸을 때 열광하던 거대한 소꿉놀이 세트 같았다. 자유롭게 이곳저곳을 떠돌며 살고 싶어 하던 아랑이 아이를 돌보며 이렇게 외롭고 단출한 삶에 만족했을까? 문득 그런 의혹이 들었지만 잊어버리려고 애를 썼다. 언제나 마음 내키는 대로 살아 온 아랑이었다 해도, 연우가 생기자 그전까지 살아오던 삶의 방식과 깨끗하게 작별했다. 그러려고 한국까지 오지 않았나.

집을 청소하며 얻은 의외의 수확도 있었다. 현관문이 잠겨 있어서 대체 아랑 혹은 제 3의 인물이 어떻게 밖으로 나갔을까, 했던 의문은 싱겁게 풀렸다. 부엌에 문이 하나 더 있었다. 정원으로 통하는 그 문을 통해 현관까지 나가지 않고 대문으로 나갈 수 있었다. 위쪽에 작은 정사각형 유리가 달려 있는 흰색 문이었다. 하지만 현관문을 열려고 그토록 애를 썼던 연우가 왜 부엌문으로 나갈 생각은 하지 않았는지 이상했다. 나는 커피를 한 잔 끓여서 들고 테라스에 있는 테이블로 가서 마시면서 그 미스터리를 곰곰이 생각했다.

아랑이 사라진 지 열흘이 됐다. 그동안 이른바 생활반응이라고 할 수 있는 현금카드나 신용카드의 사용 기록은 전혀 잡히지 않았다. 핸드폰 역시 꺼져 있었다. 시간이 지날수록 점점 불안해지는 건 어쩔 수 없었다. 하지만 아랑은 연우가 생기기 전에는 밴드와 함께 미국 전역을 자유롭게 떠돌며 살았고, 그때 몇 달씩 연락이 끊기는 건 예사였다. 아랑은 원하면 자신의 자취와 흔적을 완벽하게 지우는 법을 알고 있었다.

루이가 섭외한 흥신소를 통해 실종되기 전 아랑의 행적을 알아보니 연우가 다섯 살이 된 후 여기서 차로 10분 거리에 있는 학원가의 한 영어 회화 학원에서 파트타임으로 강사 일을 하고 있었다고 한다. 젊고 유창한 영어 실력과 아이들을 능숙하게 다루는 아이 엄마 특유의 친화력 덕분에 학생들에게 인기가 많았고, 동료 강사들과도 잘 지냈다고 했다. 다만 특별히 어느 한 사람과 친하게 지낸 것 같지는 않다고. 아무튼 아랑이 한국에 와서 유일하게 사회생활을 했다고 볼 수 있는 곳이니 좀 더 조사를 해 달라고 부탁했다.

커피를 다 마시고 병원으로 갔다. 연우는 첫날과 똑같이 날 밀어내지 않았지만 딱히 반가워하는 눈치도 보이지 않았다. 그저 어디를 보는지 알 수 없는 눈빛으로 허공을 바라보곤 했다. 엄마를 기다리겠지…. 나는 애써 밝은 표정을 지으며 연우에게 다가갔다.

"연우야. 오늘은 이모랑 같이 집에 가자. 집에 가는 길에 맛있는 것도 사 먹고, 연우 옷도 몇 벌 사고. 좋지?"

연우는 나를 빤히 바라볼 뿐 작은 입은 꼭 다물고 있었다.

퇴원 수속을 마치고 연우를 데리고 먼저 백화점에 갔다. 그날 연우는 잠옷 바람으로 집에서 뛰쳐나왔다. 집에서 연우가 입을 만한 옷을 가져오긴 했지만 점점 쌀쌀해지는 날씨에 맞춰 입을 두꺼운 겉옷은 아랑이 어디다 뒀는지 찾을 수 없었다. 우선 코트와 잠바를 몇 개 사서 제일 얇은 것으로 하나 입히고 백화점 8층에 있는 식당가로 들어섰다. 아이가 뭘 좋아하는지 몰라 망설이다가 중국 레스토랑으로 갔다. 그 나이 때 아이들은 짜장면을 좋아하지 않을까 싶은 마음에. 거기서 짜장면 두 개와 탕수육과 군만두를 시켰다.

주문한 음식이 금방 나와서 짜장면을 비벼 연우 앞에 놓아 주고, 나무젓가락을 연우의 손에 쥐어 줬다. 그러자 연우는 마치 열흘 굶은 아이처럼 다짜고짜 짜장면을 향해 덤벼들어 걸신들린 듯이 먹었다. 나는 놀라서 물을 따라 주며 말했다.

"연우야. 천천히 먹어. 짜장면이 부족하면 이모 것도 먹어. 면만 먹지 말고 탕수육이랑 만두도 좀 먹고."

연우는 내 말을 들은 척 만 척 짜장면 한 그릇을 순식간에 먹어 치우고 놀라운 기세로 내 짜장면 그릇까지 당겨서 미처 비비지도 않은 짜장면을 먹으려 들었다. 내가 그릇을 뺏어서 비벼 주려고 하자 내 손목을 콱 물었다. 깜짝 놀라 손을 빼자 다시 면과 양념이 따로 도는 짜장면을 먹기 시작했다. 옆 테이블에 있던 사람들이 놀란 눈으로 우리를 보는 게 느껴졌다. 나는 고개를 연신 숙이며 중얼거렸다.

"아이가 워낙 짜장면을 좋아해서요."

그렇게 연우는 짜장면 두 그릇을 번개같이 해치우고 탕수육을 절반 정도 먹어 치운 후에 젓가락질을 멈추더니 하얗게 질린 얼굴로 갑자기 일어섰다. 나는 얼른 연우의 손을 잡고 화장실로 뛰어갔다. 연우는 화장실에 들어오자마자 변기를 붙잡고 와르르 토해 버렸다. 연우의 작은 등을 두드리며 애써 눈물을 참았다. 그렇게 다 토해 버리고 축 늘어진 연우를 업고 택시를 잡아서 집에 들어왔다.

긴 하루였다. 택시를 타고 오는 사이에 잠든 연우를 소파에 조심스럽게 눕히고 담요를 가져와서 덮어 준 후 부엌으로 갔다. 커피라도 마셔야 정신이 돌아올 것 같았다. 검은색 전기 포트에 물을 붓고 스위치를 누르는데 부엌 창틀에 있는 흰색 라디오가 보여 무심코 틀었다. 그러지 않으면 이 조용하고 쓸쓸한 집에서 울음이 터질 것만 같았다. 라디오에선 마침 이 노래가 흘러나오고 있었다.

"눈을 감으면 문득 그리운 날의 기억. 아직까지도 마음이 저려 오는 건."

갑자기 거실에서 큰 소리가 났다. 잠든 줄 알았던 연우가 일어나서 울고 있었다.

“엄마. 엄마. 엄마, 어디 있어?”

열흘 만에 입을 연 연우를 내가 꼭 안아 주는 순간 사방이 어두워졌다. 연우의 서러운 울음소리가 점점 작아지면서 어딘가에서 말소리가 들려왔다. 나는 그곳을 향해 걸어갔다. 멀리 갈 필요도 없었다. 나는 이 집 거실로 돌아와 있었다.

한 남자가 서 있었다. 어두워서 처음엔 잘 보이지 않다가 차츰 사방이 밝아지기 시작했다. 세찬 비가 퍼붓는 어두운 밤이었지만 거실은 불을 켜서 환했다. 키가 크고 날씬한 체격에 검은 양복을 입은 그 남자는 내게 등을 보인 채 서 있었다. 하지만 온몸을 바들바들 떨고 있는 게 보였다. 그때 또 다른 소리가 들렸다. 누군가 층계를 내려오는 소리였다. 그 소리에 떨고 있던 그가 바짝 긴장하며 그곳을 바라봤다.

분홍색 원피스 잠옷을 입은 연우가 내려왔다. 순간 놀라 내가 소리를 지를 뻔했지만 이내 입을 막았다. 내가 소리를 지른다고 해도 그들이 들을 순 없지만. 연우는 잠이 덜 깬 채 울먹울먹하며 그 남자에게 다가왔다.

“엄마, 엄마 어딨어, 선우야?”

연우가 선우라고 부른 그 남자는 순간 뭔가 결심한 듯

어깨에 힘을 주고 허리를 곧추 세운 채 연우에게 갔다.

"엄마는 잠깐 슈퍼에 뭐 좀 사러 가셨어. 왜 안 자고 내려왔어?"

"무서운 꿈을 꿨어."

"무슨 꿈?"

"저 뒷문으로 괴물이 들어오는 꿈. 괴물이 들어와서 엄마랑 나를 잡아먹었어."

"아, 또 그 꿈을 꿨구나. 괜찮아. 엄마가 거긴 꽁꽁 잠가 뒀으니까 괴물은 들어올 수 없어. 걱정하지 말고 다시 자."

"그래도 무서워."

"그럼 내가 올라가서 옆에 있어 줄까? 엄마가 올 때까지?"

"응."

선우란 남자가 연우의 손을 잡고 돌아섰다. 순간 그의 하얀 얼굴과 또렷한 이목구비가 눈에 들어왔다. 그는 연우를 데리고 2층으로 올라갔다. 그런데 등 뒤로 감춘 오른손에 피가 묻어 있었다.

7장

아랑이 실종된 지 두 달이 됐다. 병원에서 받은 한 달 휴가가 다 끝나가는데도 아랑을 찾을 수 있는 단서는 하나도 나오지 않았다. 같은 학원에 근무했던 동료 강사인 윤이형이란 남자가 한때 수사 물망에 올랐다. 조사해 보니 아랑과 데이트를 몇 번 한 남자였다. 경찰은 그가 아랑을 어디에 숨긴 게 아닐까 싶어 수사했지만 그는 부모님과 같이 살고 있었고, 어디에 따로 은신처를 마련해서 아랑과 같이 지내고 있다는 증거는 나오지 않았다.

그는 아랑에게 호감이 있어서 몇 번 데이트를 하고 집까지 데려다준 적은 있지만 그게 전부였다고 경찰에 밝혔다. 아랑이 그렇게 사라지지만 않았다면 좀 더 관계가 진전됐을지도 모르지만 아이가 있는 건 몰랐다고 충격을 받은 표정으로 말했다고 한다. 그러니 그 가능성은 제외. 하지만 고작 이걸 알아내려고 여기까지 온 건 아니니 좀 더 찾아봐야 했다.

수사 물망엔 오르지 않았지만 연우의 두 번째 기억에서 본 그 선우라는 남자가 어쩐지 마음에 걸렸다. 다만 연우가 입을 열긴 했어도 괜한 질문을 해서 아이를 불안하게 만들 수 없으니 섣불리 그에 관해 물어볼 수도 없었다. 나는 고민하다 일단 그 슈퍼에 가 보기로 했다.

연우가 낮잠을 자는 틈을 타 얼른 집에서 나왔다. 언제 깨서 나를 찾을지 모르니 최대한 빨리 정보를 캐내야 했다. 잰 걸음으로 가니 5분도 안 되는 거리에 문제의 럭키 슈퍼가 있었다. 드르륵 소리가 나는 미닫이문을 옆으로 밀고 들어가자 50대 중반으로 보이는 주인 여자가 카운터에 앉아 있었다. 빨간 등산용 티셔츠에 검은 면바지를 입고 염색을 너무 진하게 했는지 촌스러울 정도로 까매 보이는 파마머리가 뽀글뽀글했다. 인상은 온화해 보였다. 나는 문 옆에 쌓여 있는 플라스틱 장바구니 하나를 들고 연우가 좋아할 만한 과자와 음료수와 아이스크림을 대충 담아서 카운터에 올려놓고 입을 열었다.

"안녕하세요, 전 연우 이모입니다. 지난번에 연우를 챙겨 주셔서 감사해요. 미국에서 오느라 인사가 늦었습니다."

그녀는 내 말을 듣고 깜짝 놀란 표정으로 다시 나를 봤다.

“아이고, 어쩐지 동네에서 못 보던 얼굴이다 싶었는데. 연우 이모였구만. 그래, 연우는 잘 있어요?”

“연우는… 다행히 괜찮습니다. 선생님이 일찍 앰뷸런스를 불러 주셔서. 선생님 덕분입니다.”

말을 하고 보니 한국에선 이런 가게 주인은 사장님이라고 불러야 하는 걸 뒤늦게 깨달았지만 이미 늦었다. 그녀는 그런 호칭에 크게 개의치 않는 눈치였고, 다행히 수다를 좋아하는 사람 같았다.

“그거야 뭐 당연히 해야 할 일이었죠. 그나저나 애기 엄마는 아직 소식 없어요?”

“네, 그게 아직…. 뭐 좀 여쭤봐도 될까요?”

“그래요. 손님도 없는데, 뭐.”

그녀는 텅 빈 슈퍼를 지키고 있기가 무료했는지 꽤나 적극적으로 대답했다.

“저기 혹시 연우네와 가깝게 지내는 동네 분들이 있으셨을까요? 선생님이 평소에 연우를 예뻐하셨다는 말은 경찰에서 들었습니다만. 선생님 말고 또 다른 사람은 없었나요?”

그러자 그녀는 잠시 이마를 찡그리며 생각에 잠겼다가 무릎을 탁 쳤다.

“다른 사람들은 잘 모르겠지만 가끔 선우가 연우를 데

리고 왔어요. 둘이 나이 차이는 꽤 나지만 오누이 같아서 보기 좋았지. 선우가 연우를 살뜰하게 챙겨 주는 눈치였어요."

선우라. 얼마 전 연우의 두 번째 기억에 나왔던 바로 그 남자다. 순간 심장이 쿵쿵 뛰었지만 아무렇지 않은 척 마음을 가다듬고 다시 물었다.

"선우는 누군가요? 연우랑 나이 차이가 얼마나 났는데요?"

"아, 선우 말이에요? 선우는 연우네 앞집에 살던 아이예요. 이 동네서 오래 살았죠. 난 여기 이사 온 지 3년밖에 안 돼서 잘은 모르지만 그때도 선우는 여기서 살고 있었으니까. 아마 앞집 사는 인연으로 연우 식구랑 친해진 게 아닐까 싶은데. 가끔 선우가 연우를 데리고 와서 바나나 우유나 아이스크림 같은 걸 사 줬어요. 내가 알기로 나이 차이가 한 열 살 정도 되는 것 같은데. 더 나나? 나도 정확히는 몰라요. 아무튼 연우가 선우에게 오빠라고 안 부르고 선우야, 이렇게 부르는 게 너무 귀여웠던 게 기억이 나네. 선우에 대해 더 자세히 알고 싶으면 저기 저 김가네 복덕방에 가 봐요. 그 집 사장님이 이 동네 토박이라 어지간한 주민들 사정은 다 알걸요."

가게 주인이 그 말을 마치자 책가방을 멘 아이들이 우

르르 슈퍼 안으로 들어왔다. 시계를 보니 근처 초등학교의 수업이 끝났을 시간이었다. 나는 고맙다고 인사하고 다음에 또 찾아뵙겠다고 하고 서둘러 집으로 돌아왔다. 다행히 연우는 아직 자고 있었다. 슈퍼에서 사 온 아이스크림과 음료수를 냉장고에 넣고, 아까 그 슈퍼 주인에게 받은 복덕방 전화번호를 찾아서 전화를 걸었다.

한 500년 동안 매일 쉬지 않고 담배를 피우면 이런 목소리가 나지 않을까 싶게 거칠고 탁한 목소리의 남자가 전화를 받았다. 나는 연우 이모라고 밝히고, 일단 이 집을 세놓을 수 있는지 여부를 물었다. 그는 중개할 물건이 나왔다는 생각에 신이 났는지 연우와 아랑의 안부에 대해 형식적으로 물으며 안타까워하는 척하다가 곧바로 집 이야기로 들어갔다.

혹시라도 아랑을 찾을 수 없어서 연우만 데리고 미국에 들어갈 경우에는 여기 짐을 다 빼고 이 집을 세놓자고 엄마와 결정했기 때문에 그에게 전세나 월세를 찾는 세입자들이 찾아오면 연락을 달라고 일렀다. 이어서 앞집에 사는 선우란 인물에 대해 넌지시 물었다.

그는 별다른 의심 없이 순순히 말해 줬다. 슈퍼 주인이 말했던 것처럼 선우는 앞집에 살던 학생이었고, 공교롭게도 아랑이 실종될 즈음 미국의 명문대에 합격해 유학을 떠났다. 원래 공부를 엄청 잘 하는 아이로 동네에서도 소문이 났다고 했다. 조용하고 숫기가 많은 소년이었는데 가끔 연우의 손을 잡고 동네를 다니던 모습을 본 적이 있다고 그 사장도 말했다.

왜 경찰에서 선우란 인물에 대해 조사하지 않았는지 궁금했지만 미성년인 데다 아랑과의 별다른 접점이 없어 보이고, 거기다 한국에 없어서 그냥 넘어간 것 같다는 짐작이 들었다. 전화를 끊자 한숨이 나왔다. 나는 다시 핸드폰을 들었다.

결국 별 실마리를 찾지 못한 채 휴가가 끝나서 일단 연우를 데리고 미국으로 들어왔다. 루이를 통해 한국 상황을 자세히 보고받고 있던 엄마는 돌아와 보니 상태가 더 악화돼 있었다. 그새 암이 다른 곳으로 전이된 것이다. 하지만 너무 늦기 전에 손녀를 만난 것이 그나마 다행이었다.

엄마는 연우를 보자마자 껴안고 하염없이 눈물을 흘렸고, 그날부터 연우와 한시도 떨어지지 않았다. 나는 병원 가까이 얻어서 살던 스튜디오 아파트를 정리하고 집으로 들어왔다. 루이와 간병인이 있다 해도 젊은 남자 혼자서 병자와 아이 둘 다 돌볼 수는 없으니까. 나는 병원에 1년 휴직계를 내고, 얼떨결에 엄마와 연우와 루이와 같이 살게 됐다.

암에 걸린 후 생에 별다른 집착이 없어서 일찌감치 루이를 후계자로 정하고 조금씩 삶을 정리하던 엄마는 갑자기 둘째 딸이 사라지고 돌봐야 할 손녀가 생기자 좀 더 살아야겠다는 의지를 보였다. 손녀를 하루라도 더 보고, 둘째 딸을 찾아야겠다는 목표가 생기면서 병원에서 권하는 화학 치료를 시작했다.

연우는 아침에 유치원에 갔다가 집에 오면 할머니와 놀거나 루이와 체스를 두며 놀았다. 그런 연우를 아침에 깨워서 씻게 하고, 아침을 먹이고, 연우가 쓸 물건과 옷가지와 장난감을 쇼핑하고, 유치원 선생님과 만나고, 유치원 친구들을 가끔 집으로 불러 쿠키와 우유를 대접하는 건 나의 몫이었다. 그러니까 나는 이모 겸 엄마의 역할에 서서히 익숙해지고 있었다. 이렇게 우리는 표면적으로는 조금씩 안정을 찾아가고 있었지만 아랑의 행방에 대한 의문이 손톱 밑에 박힌 가시처럼 우리의 마음을 찔러 왔다.

그래서 지금 사우스캐롤라이나에 있는 랭글리까지 와서 어제부터 묵고 있는 호텔 1층 커피숍에 앉아 있다. 키가 훌쩍 크고 날씬한 몸매에 무늬 없는 흰색 티셔츠와 검은 바지를 입고 허리에 남색 앞치마를 둘러서 뒤에 끈을 묶은 금발머리 웨이트리스가 와서 주문을 받았다.

나는 따뜻한 아메리카노와 물을 한 잔 시키고 창밖을 바라봤다. 잎이 다 떨어진 나무들이 서로 거리를 두고 떨어져 서 있는 정원이 보였다. 우리 가족에게 너무나 잔인했던 겨울이 천천히 물러나고 있었다. 봄이 오기 전에 아랑을 찾을 수 있을까. 앙상한 나무들을 보고 있으려니 누군가 내 어깨를 툭 쳤다. 고개를 들어 보니 훈이 서 있었다.

싸지도 비싸지도 않은 검은색 양복에 파란색 와이셔츠와 파란 넥타이를 맨 옷차림이 썩 잘 어울렸다. 하지만 이보다 더 멋진 모습도 전에 많이 봤었지. 불쑥 떠오르는 생각을 도리도리 고갯짓으로 털어 버렸다.

"무슨 생각을 그렇게 하고 있어?"

훈이 내 앞에 앉으며 말했다.

"그냥. 뭐 마실래?"

"넌 뭐 마시는데?"

"따뜻한 아메리카노."

"그럼 나도 같은 걸로."

금발의 웨이트리스는 나에게 주문을 받을 때보다 훨씬 더 친절하게 훈에게 응대했다. 그녀의 입가에 걸린 미소가 좀 과하다는 생각이 들 때쯤 훈이 다시 입을 열었다.

"연우는 잘 지내고 있어? 미국 생활이 힘들지 않아 보여?"

"할머니랑 죽고 못 사는 사이야. 우리 엄마도 손녀라고 매일 물고 빨고. 그런 모습은 처음이야. 딸들에게도 그렇게 살갑게 대했으면 얼마나 좋아. 연우한테 질투가 날 지경이라니까."

훈은 내 말에 빙긋 웃으며 허락도 없이 내 물 잔을 들어 마셨다. 또 저런다. 느닷없이 훅 치고 들어와 사람 마음을 흔들어 놓는 자식. 나는 왜 훈만 보면 이렇게 푼수가 되는 건가? 어서 분위기를 바꿔야 했다.

"내가 알아봐 달라는 건 어떻게 됐어?"

훈의 표정이 순식간에 심각해졌다. 그는 들고 온 검은 서류가방을 열어서 황갈색 마닐라 폴더를 하나 꺼냈다.

"네가 부탁한 자료야. 내가 도와줄 수 있는 건 여기까지야."

"고마워. 하지만 무리한 부탁이라고 생각하진 않는데."

"알아…. 아랑을 찾는 데 도움이 되면 좋겠어."

"그럴 거야."

"앞으로도… 앞으로도 내가 할 수 있는 한 힘껏 도울게. 그리고…."

그는 한참이나 뜸을 들이다가 입을 열었다.

"언제 연우를 한번 만날 수 있을까?"

나는 물 잔을 들어 한 모금 마셨다. 이 문제는 엄마와 이미 의논해서 결론을 내렸다.

“미안하지만 너도 알다시피 지금은 연우가 충격이 너무 큰 상태라서. 이모랑 미국까지 와서 엄마에게 말로만 들었던 할머니와 같이 살게 된 것도 적응하기 쉽지 않을 거야. 유치원에 가선 생전 안 하던 영어를 해야 하고. 그런데도 그 어린 것이 힘들지 않은 척 항상 웃으면서 어른들에게 재롱을 피우고 있어. 그 속이 어떨지 나는 상상도 못 하겠어. 그런데 죽었다던 아빠까지 느닷없이 나타나면 연우는 완전히 혼란에 빠질 거야. 아랑이 연우한테 아빠가 죽었다고 한 모양이야.”

“그래. 그렇지. 그렇겠지.”

훈은 한동안 아무 말도 하지 않은 채 커피만 마셨다. 그 모습이 보기 딱해서 커피를 두 잔 더 주문했다. 우리는 말없이 커피를 한 잔씩 더 마시고 일어났다. 훈이 연우를 볼 수 있기까지 얼마나 시간이 더 흘러야 할지는 나도 모른다. 그건 전적으로 연우에게 달렸으니까.

호텔방으로 돌아와 훈이 준 마닐라 폴더를 펼쳤다. 그 안에 그의 사진이 붙은 신상 파일이 들어 있었다. 김선우. 20세. P 대학교 영문과 1학년. 지금은 작고한 유명 소설가 김성중의 외아들. 한국에서는 아랑의 앞집에 살았다. 원래 그 집에서 태어나 계속 살다가 아랑이 실종될 즈음 미국에 들어왔다. 실종 사건이 일어나기 전에 이미 미국 유학이 결정돼 있었다.

여기까지만 봐서는 그다지 수상한 점은 없어 보였다. 하지만 흥신소에서 동네사람들을 탐문하고 조사한 결과 아랑 모자와 선우는 상당히 가깝게 지냈던 것으로 보였다. 그가 출국한 시기와 아랑이 사라진 시기가 교묘하게 맞아 떨어진 것도 의심스러웠다. 연우에게 선우에 대해 은근슬쩍 물어봤지만 안타깝게도 그에 대한 별다른 기억이 없었다. 엄마가 사라질 때 충격이 너무 커서 기억이 엉망진창으로 엉킨 모양이었다.

훈이 준 파일에는 김선우가 지내는 학교 기숙사 주소와 핸드폰 번호와 영문 이름인 크리스가 적혀 있었다. 다음 주말엔 루이에게 엄마와 연우를 맡기고 잠깐 여행을 다녀와야 할 것 같다.

8장

김선우라는 남자를 만나러, 정확히는 직접 보고 조사하러 가겠다는 계획은 갑자기 엄마의 상태가 악화되면서 뒤로 미뤄졌다. 생전 처음 본 손녀와의 시간을 조금이라도 연장하기 위해 의욕적으로 시작한 화학 치료에도 엄마의 몸은 반응을 보이지 않았다. 오히려 암은 더 무서운 기세로 퍼져 가고 있었다. 비록 휴직 중인 레지던트이긴 하지만 의료계에 몸담고 있는 내가 아무리 알아봐도 엄마가 지금보다 더 좋은 치료와 케어를 받을 수는 없었다. 거기다 더는 공격적인 치료를 감행하는 것이 의미가 없을 정도로 엄마의 몸에 차츰 스며드는 죽음의 그림자가 보였다. 그래서 선우란 남자를 만나러 가는 건 일단 보류하고 엄마와 연우 옆에서 지내기로 했다.

엄마는 평소에 말수가 많은 사람은 아니었지만 아프고 난 후 조금씩 자신의 감정을 드러내기 시작했다. 극심한 통증에 시달려도 아프다는 내색은 하지 않으려 했지만 나나 루이 그리고 어린 연우까지도 엄마의 표정과 몸짓만 봐도 어느 정도의 고통에 시달리고 있는지 짐작할 수 있었다. 우리는 호스피스를 부르는 걸 조심스럽게 고려하기 시작했다. 그러나 엄마는 사실 그 어느 때보다 행복해 보이기도 했다.

젊은 날 아빠를 만나 사랑에 빠졌고, 양가의 격렬한 반대에 부딪치자 맨몸으로 미국에 이민 와서 두 딸을 낳고 그야말로 몸이 부서져라 일했던 엄마. 부잣집 도련님이라 생활력은 없었지만 아내와 아이들에 대한 사랑만은 지극했던 남편을 위해 엄마는 실질적인 가장이 됐다. 처음엔 한국 식당에 설거지하는 이모로 들어갔다가 엄마의 범상치 않은 음식 솜씨를 알게 된 주인이 엄마를 총애하게 됐고, 결국 그곳 부엌장이 됐다. 물론 그러기까진 원래 있던 부엌장과 머리채를 붙잡고 싸우는 일까지 있었다. 우리 네 식구의 생계를 위해 엄마는 죽어라 버텼다는 이야기를 나중에 들었다.

그렇게 엄마가 그 식당의 요리사가 된 후 그곳은 대박이 났다. 엄마가 만든 정갈하고 맛깔스러운 음식을 맛보러 오는 사람들이 줄을 선 것이다. 거기서 엄마는 구멍 난 양말을 기워 신고, 버스비를 아끼려고 집에서 식당까지 버스 정거장 15개의 거리를 걸어 다니며 돈을 억척스럽게 모아서 3년 뒤에 독립해 작은 식당을 차렸다.

사람들은 엄마가 차린 테이블 세 개짜리 식당에서 밥을 먹기 위해 멀리서도 찾아왔다. 덕분에 식당 하나가 두 개가 되고, 두 개가 세 개가 되는 속도가 무섭게 빨라졌다. 엄마는 알고 보니 음식 수완만 있는 게 아니라 사업 수완과 재산 관리 능력도 뛰어났다. 그 대단한 성공엔 엄마의 솜씨뿐 아니라 미모도 한몫한 건 사실이었다.

엄마 소유의 식당들이 늘어나면서 경제적으로 여유가 생긴 엄마는 그때부터 한복을 곱게 차려입고 각 식당에서 파는 음식의 질이 떨어지지 않게 재료와 조리법을 엄격하게 관리하는 한편 찾아오는 손님들을 정성껏 접대했다. 165센티미터로 당시 동양 여성치고는 크고 날씬한 몸매에 길고 풍성한 검은 머리를 쪽 져서 비녀를 꽂고 곱게 화장한 엄마.

국적에 상관없이 찾아오는 모든 손님들을 정중하고 우아하게 맞는 엄마를 보고 교민들은 기생 같다며 뒤에서 입방아를 찧어 대기도 했지만 어디까지나 엄마의 성공을 시기한 질투와 험담일 뿐이었다. 아무리 엄마의 미모와 능력에 반한 남자들이 은밀하게 다가왔다 한들 엄마의 시선은 언제나 아빠만을 향해 있었으니까.

그런 엄마에게 한번은 물어본 적이 있었다. 내가 열 살

무렵이었던 것 같다.

"엄마, 궁금한 게 있어."

"뭔데?"

그날도 엄마는 출근하기 전에 화장대 앞에 앉아 입술에 립스틱을 바르고 있었다. 어린 눈에도 하얀 피부에 대비되는 은은한 적갈색 립스틱이 잘 어울려 보였다.

"서울 할머니 말이야."

서울 할머니란 말에 립스틱을 들고 있던 엄마의 손이 순간 멈칫했다.

"서울 할머니가 왜?"

"엄마는 이렇게 예쁘고 요리 솜씨도 좋고 돈도 잘 버는데 할머니는 왜 그렇게 엄마를 미워하셨어?"

엄마는 말없이 하던 화장을 마치고 입고 있던 한복의 매무새를 거울에 다시 비춰 보며 이상한 곳은 없는지 살펴봤다. 그리고 거울 속의 나를 찬찬히 보며 말했다.

"그건 엄마가 무당 딸이라서 그래."

"무당? 무당이 뭐야?"

"그런 게 있어."

"그럼 공주 할머니가 무당이셔?"

아랑과 나는 공주 할머니, 그러니까 엄마의 엄마를 본 적이 없었다. 엄마와 아빠가 사랑에 빠져 고향집에서 도망친 후 두 번 다시 공주 할머니를 만나지 않았다고 했다.

"그렇지."

"무당이 뭔데 서울 할머니는 그렇게 싫어하셨던 거야?"

"네가 좀 더 크면 말해 줄게."

생각보다 빨리 그 이야기를 들을 수 있었다. 놀랍게도 돌아가신 할머니만큼이나 나도 무당을 싫어하게 됐다.

*

갈수록 버석버석 마르면서 온몸에서 마치 물이 빠지듯 생명이 빠져나가는 것처럼 보이던 엄마의 상태가 잠시 호전됐다. 세상 떠나기 전에 마지막으로 누리라고 하늘이 준 휴가인 걸까. 아침에 엄마가 나를 불렀다.

"요즘은 기분이 괜찮아."

"응. 내가 보기에도 좋아 보여."

"나한텐 루이도 있고, 간병인인 한씨 아줌마도 있고, 연우도 있다."

"갑자기 왜 그런 말을 해?"

"그러니까 네가 며칠 집을 비워도 괜찮다는 말이야."

나는 아무 말도 하지 못했다.

"어쩌면 죽기 전에 아랑을 보지 못할 것 같다는 예감이 들어. 그래도 최선을 다해 그 아이를 찾아봐야 내가 눈을 감을 수 있을 것 같아. 다녀와."

"네."

P시에 며칠 다녀오기 위해 트렁크에 청바지와 티셔츠 몇 장을 넣고 있는데 노크 소리가 들렸다.

"들어와요."

그러자 루이가 고개를 쑥 들이밀었다. 키 190센티미터에 체중이 80킬로그램에 달하는 탄탄하고 거대한 체격. 그래도 워낙 운동을 좋아하고 민첩해서 둔해 보이는 게 아니라 든든해 보인다. 큰 체격에 비해 상대적으로 작은 머리 속에 있는 회색 뇌는 놀라울 정도로 빠르게 돌아가는 루이. 약간 처진 길고 큰 눈은 송아지 눈처럼 순해 보이고, 큼지막한 코에 선이 또렷한 입술이 잘생겼다. 연우는 루이를 보자마자 거대한 곰 인형 같다고 좋아했고, 그 별명처럼 루이는 연우를 볼 때마다 두 팔로 번쩍 안아 올리곤 했다. 그럴 때마다 연우는 좋아서 꺅꺅 소리를 지르며 루이 삼촌 최고라고 외쳤다.

"어쩐 일이야?"

"내일 출발이라며?"

"응."

"잘 다녀오라고."

"사람이 싱겁긴."

"싱거워? 뭐가 싱거워? 간장 좀 쳐 줄까?"

우리는 마주보며 킬킬 웃었다. 한국말이 서툰 루이가 싱겁다는 말을 알아듣기까지 1년 넘게 걸렸던 것 같다.

아랑과 나보다 다섯 살이 많은 루이는 엄마의 수양아들이다. 중국계 이민자인 술주정뱅이 아버지와 단둘이 살던 루이는 엄마가 아빠와 같이 일요일마다 자원봉사로 다니던 무료 급식소에 종종 오던 아이였다. 큰 키에 입고 있는 낡은 티셔츠가 부대자루처럼 보일 정도로 비쩍 마른 루이가 안쓰러워 바지 주머니에 명함을 찔러 줬다고 엄마가 말한 적이 있었다.

태국인 엄마는 루이가 어렸을 때 도망갔고, 아빠는 술만 마시면 그 분노를 루이에게 풀었다. 덩치는 아빠보다 훨씬 크지만 착하고 순한 루이는 반항 한 번 하지 않은 채 그대로 맞고 종종 검푸른 멍이 들거나 삐뚤빼뚤 밴드를 붙인 얼굴로 급식소에 와서 말없이 밥만 먹고 갔다. 그러다 병원 응급실에서 연락이 왔다. 보호자가 있어야 하는데 루이가 엄마 명함을 줬다고.

응급실로 달려간 엄마는 친아빠에게 맞아서 갈비뼈가 세 대나 부러지고 한쪽 눈은 퉁퉁 부어서 뜨지도 못하는 루이를 보고 입을 다물지 못했다. 그때 루이가 17살이었다. 엄마는 매일같이 닭죽이나 소고기 야채 죽을 끓여서 루이를 보러 갔고, 루이가 퇴원할 무렵 그 아빠와 만나서 담판을 지었다. 그날 두 사람 사이에 무슨 말이 오고갔는지는 아무도 모른다. 루이조차도. 다만 루이는 퇴원한 후 우리 집으로 와서 그때부터 한 식구가 됐다.

루이는 은혜 갚는 까치처럼 엄마를 졸졸 따라다녔다. 그가 우리 식구들을 아끼는 마음은 어린 나도 느낄 수 있었지만 그가 진정으로 우러러보는 사람은 엄마였다. 루이는 은인 옆에 있기 위해 학교 끝나면 곧바로 식당으로 가서 엄마 일을 도왔다. 엄마는 말리지 않았다. 하고 싶은 대로 놔둬야 루이가 도망치지 않고 우리 집에 있을 거라는 걸 알고 있었으니까.

엄마에게 직접 요리를 배운 루이는 놀라운 속도로 실력이 늘었다. 언젠가 루이가 말한 적이 있었다. 엄마가 하라는 대로 채소를 하나하나 씻고 다듬어서 밑 준비를 하고, 도마를 소독하고, 고기 양념을 하다 보면 머릿속이 텅 비는 느낌이라고. 아빠에게 맞았던 기억도, 엄마가 보고 싶어 울던 기억도 다 사라졌다고. 그 느낌이 좋아서 루이는 고등학교를 졸업한 후 대학을 가지 않고 식당에서 계속 일하겠다고 선언했다.

점점 커지는 방대한 레스토랑 사업의 후계자를 찾고 있었던 엄마는 그때부터 루이를 눈여겨보기 시작한 것 같다. 기왕이면 아랑과 나 둘 중 하나가 사업을 물려받았으면 했겠지만 나는 언제나 책 속에 파묻혀 살았고, 가수가 되고 싶었던 아빠의 소질을 물려받은 아랑은 노래를 부르며 온 세상을 여행하고 싶다고 거절했다. 결국 루이가 엄마의 음식 솜씨와 사업 수완까지 이어받기 시작했다. 루이는 아주 영특한 수제자고, 이제는 엄마가 가슴으로 낳은 아들이 됐다.

"뭐 할 말 있어? 왜 민망하게 사람 얼굴을 빤히 보고 있어?"

"그냥. 일 다 보고 공항에 도착하면 전화해. 마중 나갈게."

"택시 타도 돼."

"전화해."

"알았어."

루이는 씩 웃고 나갔다. 안다, 말하지 않아도 안다. 엄마를 향한 루이의 눈빛이 그리운 모정을 향한 것이라면, 나를 보는 눈빛은 언제나 갈망에 차 있었다. 안아 주고, 쓰다듬고, 키스하고 싶은 눈빛. 하지만 사랑의 신은 잔인해서 루이가 나를 볼 때 나는 언제나 훈만을 바라보고 있었지. 나는 한숨을 쉬었다.

9장

P시에 도착한 건 목요일 오전이었다. 호텔에 체크인 하기엔 좀 이른 시각이었지만 프런트에 사정을 설명하고 트렁크를 맡긴 후 작은 갈색 배낭을 어깨에 메고 선글라스를 낀 채 문제의 크리스, 즉 선우가 다니는 대학으로 택시를 타고 갔다. 세계적으로 명성을 날리는 명문대답게 캠퍼스가 웅장하고 아름다웠다. 훈이 힘써 준 덕분에 그가 있는 기숙사와 강의 스케줄을 알아낼 수 있었다. 확인해 보니 지금 강의실에 있을 시간이라 도서관 앞에 있는 잔디밭에 앉아 가져온 책을 펼쳤다. 이 와중에 책에 눈이 가진 않겠지만 그렇다고 주위를 두리번거리며 그가 나타나길 기다릴 순 없으니까. 대학 도서관 앞 잔디밭에서 책을 보는 사람을 누가 수상하게 보겠는가.

주위에 앉아 있는 학생들의 수다를 들으며 내리쬐는 햇볕에 노곤해져서 슬슬 졸음이 몰려올 무렵 뭔가 가슴을 쿡 찌르는 것 같은 느낌에 고개를 들었다. 저만치서 훈이 보내 준 파일 속 사진과 똑같은 모습의 청년이 걸어오는 게 보였다. 김선우였다. 나는 금방이라도 가슴 밖으로 튀어나올 것처럼 세차게 뛰는 심장을 진정시키기 위해 한 손을 가슴에 대며 몰래 그를 살펴봤다. 연우의 기억에 나온 그 남자가 맞았다.

프로필에는 키가 178센티미터로 나와 있던데 말라서 그런지 180 정도로 보이는 큰 키에 몸의 비율이 좋아 그대로 캣워크에 서도 될 것 같았다. 무엇보다 얼굴이 탁월하게 아름다웠다. 남자의 얼굴을 보고 아름답다고 해도 될지 모르겠지만 그 말밖에는 달리 생각이 나지 않았다. 살아 움직이는 조각을 보고 있는 느낌이랄까.

선우는 책이 나오기만 하면 기본 100만부씩 팔렸다던 대중 소설가인 아버지를 많이 닮았다. 하지만 검색해서 찾아온 아버지는 왠지 모르게 비열하고 천박해 보이던 반면 그는 티 없이 맑은 느낌이라 그 매력이 한층 더 컸다. 아니나 다를까. 그가 걸어가자 잔디밭에 있는 여학생들이 힐끔힐끔 쳐다봤다.

그중 하나가 선우의 이름을 부르는 소리가 들렸다. 갈색 머리를 하나로 묶고 청바지와 흰 티를 입은 귀엽게 생긴 백인 여학생이었다. 선우는 그 여학생을 흘낏 보더니 무심하게 한 손을 들어 보이고 도서관으로 들어갔다. 나는 벌떡 일어나서 잰 걸음으로 그를 따라 도서관으로 들어갔다.

선우는 6인용 목재 테이블에 가방을 내려놓고 서가로 가서 책을 몇 권 가져오더니 앉아서 읽기 시작했다. 집중력이 무서울 정도였다. 나는 그와 대각선으로 맞은편에 앉아 가져온 책을 읽는 척하며 그를 살펴봤다. 모델이나 배우처럼 외모가 탁월하게 훌륭한 건 인정하겠지만 아랑이 좋아할 만한 타입은 아닌 것 같은데. 거기다 나이도 열 살이나 어리다. 물론 아랑이 한번 어떤 남자에게 꽂히면 나이에 개의치 않는 성격이긴 했지만. 대체 아랑은 이 아이에게서 뭘 봤던 걸까. 선우는 그 책상에 앉아 무려 세 시간 동안 꿈쩍도 하지 않고 책을 읽으면서 가끔씩 노트에 필기를 했다.

그렇게 이틀 동안 나로선 최선을 다해 들키지 않도록 노력하면서 캠퍼스 안에서 선우의 일상을 살펴봤다. 형사나 탐정도 아니니 미행에 능숙하진 않지만 그의 일상이 무척 단조로워 따라다니기 어렵진 않았다. 그는 아침에 일어나 캠퍼스 주위를 한 바퀴 뛰고, 강의를 듣고, 공강 시간엔 도서관에 가서 책을 읽거나 공부하고, 점심은 카페테리아에 들러 샌드위치 하나와 커피 하나를 사서 벤치에 앉아 혼자 먹었다. 친구는 없지만 개의치 않는 표정이었다. 오히려 그의 화려한 외모에 끌린 남자나 여자가 적지 않은 듯했지만 선우는 파리를 쫓는 것처럼 귀찮다는 표정으로 물리치는 듯했다. 인간 혐오자인가?

그렇게 이틀이 가 버렸는데 아무 소득이 없자 조금씩 초조해졌다. 집으로 돌아가야 할 시간이 다가오는데. 하긴 뭘 기대하고 여기까지 온 걸까. 선우가 날 보자마자 아랑의 행방을 줄줄 털어놓을 거라고 예상했나? 선우가 날 보고 놀라서 식겁하며 쓰러지기라도? 아랑과 내가 일란성 쌍둥이였다면 그럴 수도 있겠지만 아쉽게도 우린 닮은 구석이 거의 없는 이란성 쌍둥이다. 한참 고심하다 마지막 날 일찍 일어나 선우가 있는 기숙사로 갔다. 평소 선우의 행동 패턴을 봐선 오늘도 기숙사에 처박혀 있을 것 같은데. 어떻게든 이 자식을 끌어내서 차라도 마셔야 한다. 안 되면 찾아가서 내가 누군지 밝히고 단도직입적으로 이야기를 해 보자.

굳은 결심을 하고 기숙사를 찾아갔는데 마침 운이 좋았다. 선우는 같은 방 룸메이트로 보이는 키가 작고 마른 남학생과 같이 기숙사를 나서고 있었다. 나는 선글라스를 끼고 회색 후드 티와 블랙진에 흰색 스니커즈를 신고 그를 따라갔다. 룸메이트는 수다쟁이인지 좀처럼 말이 없는 선우를 보며 쉴 새 없이 떠들었고, 선우는 그런 그에게 간간이 웃어 주며 나란히 서서 걸어가고 있었다.

화창한 날이었다. 나는 조금 떨어져서 그들을 따라 갔다. 20분 정도 걸었을 때 시내가 나오자 그들이 가려는 곳이 짐작됐다. 거리 맞은편에 있는 차이나타운에서 축제가 한창이었다. 그걸 보자 마음이 조급해졌다. 여기서 깜박 잘못하면 금방이라도 그를 놓칠 것 같았다. 어쩔 수 없이 마지막 수를 써 보기로 했다.

선우와 룸메이트가 신호등 앞에 섰다. 사람들이 너무 많아서 비쩍 마른 룸메이트가 뒤로 떠밀렸다. 나는 대담하게 선우 옆에 가서 그를 불렀다.

"저기요. 김선우 씨."

인파 속에서 갑자기 자신의 이름이 들리자 놀란 선우가 눈을 크게 뜨고 나를 돌아봤다. 순간 내가 그의 오른팔을 잡았다. 세상이 스위치를 내린 것처럼 깜깜해졌다.

빗소리가 들렸다. 지붕을 때리는 소리. 창문틀을 두드리는 소리. 나뭇잎을 치는 소리. 점점 커지는 빗소리 속에서 주위가 조금씩 밝아 왔다. 어디선가 목소리가 들렸다. 나는 그 소리를 따라 걸었다. 조금 걷자 초록색 패브릭 소파와 목재 타원형 테이블이 있는 거실이 나왔다. 거기서 열 걸음 정도 걸어가자 긴 나무 식탁과 네 개의 식탁 의자가 있는 부억이 나왔다. 아랑의 집이었다.

그 식탁에 선우와 아랑이 마주보며 앉아 있었다. 선우의 머리는 젖어 있었다. 비를 맞은 걸까? 두 사람의 표정이 심각했다. 아랑이 뭐라고 하자 선우가 느닷없이 소리를 질렀다. 놀란 아랑이 의자에서 일어서는 순간 선우도 일어나 그녀에게 다가가 팔을 잡았다. 아랑이 뿌리치는데 울음소리가 들렸다. 연우의 울음소리였다.

눈이 번쩍 떠졌다. 내게 팔을 잡힌 선우가 날 경악한 표정으로 바라보고 있었다. 이런 일이 벌어질 때면 언제나 그렇듯 어마어마한 현기증이 일었다. 그 바람에 선우에게 몸이 기울어지자 엉겁결에 나를 받쳐 주려던 그가 내 목을 봤다. 순간 그의 얼굴이 하얗게 질리면서 조용히 속삭였다. 뭐라고 한 거지? 그러더니 내가 잡은 손을 뿌리치고 도로를 향해 한 발을 내딛었다가 비틀거렸다. 발을 헛디딘 게 분명했다. 때로 운명은 한 순간에 결정된다.

선우가 발을 헛디뎌 비틀거리는 순간 도로 저편에서 거대한 흰색 UPS 트럭이 어마어마한 속도로 달려오는 게 보였다. 나는 비명을 질렀다. 주위에 있던 사람들도 같이 비명을 질렀다. 비틀거리는 선우를 내 쪽으로 잡아 끌기엔 너무 촉박했던 순간, 초시계로도 잴 수 없을 것처럼 찰

나의 순간 트럭이 선우를 정통으로 쳐서 허공으로 날려 버렸다. 그 순간 그의 눈에서 흘러내린 눈물이 얼핏 보였다.

나는 고개를 홱 돌리고 돌아서서 미친 듯이 달렸다. 비명소리와 사람들의 고함 소리와 끼이익 소리가 합쳐져 아수라장이 된 그곳에서 한참 멀어져 외진 길가에 이르자 비로소 멈췄다. 사방을 둘러보니 조용한 주택가였다. 나는 담벼락을 잡고 울렁거리는 속을 다 토해 버렸다. 그리고 떨리는 손으로 배낭을 열어서 손수건을 꺼내 입을 닦았다.

'생각해야 해. 이제 어떻게 하지? 어떻게 해야 하냐고.'

사방이 다시 빙빙 도는 것 같아서 바닥에 주저앉아 눈을 감고 한참 동안 그대로 있었다.

그러다 핸드폰을 꺼내 훈에게 전화를 걸었다. 신호가 울린 지 세 번 만에 받았을 때 안도한 나머지 눈물이 후드득 떨어졌다. 도저히 참을 수 없어 흐느껴 울면서 훈에게 상황을 설명했다. 훈은 묵묵히 들으면서 가끔 내가 감정이 북받쳐 말을 잇지 못하면 재촉하지 않고 기다렸다. 그렇게 간신히 설명을 마치자 말했다.

"당장 호텔로 돌아가서 체크아웃하고 집에 가. 뒷정리는 내게 맡기고. 거기서 널 본 사람이 있어?"

"아니, 없을 거야. 사람이 너무 많았어. 그리고… 내가 그를 민 것도 아니야."

"알았어. 아무튼 그 선우란 놈이 어떻게 됐는지는 내가 알아볼게. 넌 집에 가서 쉬어. 당분간 아무 생각 하지 말고. 뉴스나 신문도 보지 마."

그리고 전화를 끊었다. 훈이 시킨 대로 택시를 잡고 곧바로 호텔로 돌아가 트렁크를 찾아서 공항으로 출발하면서 루이에게 전화했다. 5시간 비행 끝에 공항에 내리자 루이가 마중 나와 있었다.

루이는 퉁퉁 부은 내 얼굴을 보고 집으로 가는 내내 아무것도 묻지 않았다. 도착하자 먼저 내려서 차 문을 열어 주고 비틀거리며 내린 나를 그 자리에서 안아 들었다. 나는 축 늘어진 헝겊인형처럼 안겨서 집으로 들어갔다. 다행히 야심한 시각이라 식구들은 모두 자고 있었다. 루이는 나를 안고 2층 내 방으로 올라가 조심스럽게 침대에 눕혔다. 덜덜 떨고 있는 나에게 이불을 덮어 주고 나가려 했을 때 내가 루이의 팔을 잡았다. 그는 잠시 내 얼굴을 내려다보다 침대에 앉았다.

"씻고 싶어."

내가 말했다. 루이는 잠시 아무 말도 하지 않다가 대답했다.

"조금만 기다려."

그는 내 방에 붙은 욕실로 들어가 욕조에 물을 받기 시작했고, 시간이 조금 흐른 후에 와서 내 옷을 벗겼다. 목에 걸고 있던 반쪽짜리 하트 목걸이만 남긴 채 나를 안고 욕실로 들어가 따뜻한 물을 받은 욕조에 내려놓고 내 몸이 데워질 때까지 기다렸다가 부드럽게 씻기기 시작했다. 눈물이 쏟아졌다. 루이에게 난생 처음 알몸을 드러냈는데도 아무것도 부끄럽지 않았다. 이 모든 것이 전부터 그랬던 것처럼 극히 자연스럽게 느껴졌다.

루이가 날 씻기고, 머리를 감기고, 수건으로 물기를 닦은 후에 타월 소재의 가운을 입혀서 드라이로 머리를 말리고 다시 침대에 눕힐 때까지 울었다. 계속 울음을 그치지 않자 루이는 내 옆에 누워 나를 꼭 끌어안았다. 나는 아기처럼 그에게 매달려 울다가 마침내 잠이 들었다.

10장

꿈을 꾸었다. 꿈속에서 나는 열다섯 살 소녀로 돌아가 있었다. 그때 나는 생리가 아직 시작되지 않아 초조해하고 있었다. 쌍둥이 동생인 아랑이 먼저 생리가 시작돼서 다정하고 섬세한 성격의 아빠가 한국인이 하는 제과점에서 케이크를 사 왔다. 그날 축하 파티가 열렸고, 모두 어엿한 여자가 된 아랑에게 선물을 해 줬다. 엄마는 아랑을 따로 불러 생리대 사용법이며 그날 몸에서 냄새가 나지 않게 하는 법 같은 걸 가르치는 눈치였다. 그러나 나는 그것이 오지 않았다.

처음에는 아무렇지 않은 척했다. 엄마 말대로 쌍둥이라 해도 생리마저 같이 시작하는 건 아닐 테니까. 아랑과 내가 각각 다른 사람인 것처럼 우리 몸의 리듬도 다를 수 있으니까. 그러나 사내아이처럼 밋밋한 가슴에 평범한 외모의 나와 달리 생리가 시작되면서 가슴이 조금씩 커지고, 피부에 윤기가 흐르고, 향수를 뿌리고, 화장을 시작한 아랑에게 남학생들의 시선이 쏠리기 시작하자 왠지 모르게 가슴이 답답해졌다. 무엇보다 옆집에 살면서 항상 나와 아랑과 같이 놀던 삼총사인 훈의 시선이 자주 아랑에게 쏠리는 것 같아 불안해졌다. 그는 언제까지나 나만의 훈이어야 하는데!

그렇게 세상 모든 게 짜증나고 울화가 치밀던 어느 날이었다. 그날 아랑이 내 허락도 없이 내가 산 새 블라우스를 몰래 입고 나간 걸 알았을 때 돌아 버릴 것 같았다. 아랑이 그 옷을 입고 누굴 만나러 나갔는지 모르겠지만 어쩐지 상대가 훈일 것 같아 화를 참을 수 없었다. 나는 안방으로 달려갔다. 엄마에게 아랑이 한 짓을 일러바칠 생각에서였다. 그날따라 몸이 좋지 않아 장사를 일찍 끝내고 돌아온 엄마는 침대에 누워 있었다. 나는 방으로 들어가 누워 있는 엄마의 팔을 잡고 매달렸다.

"엄마, 엄마. 글쎄, 아랑이 말이야."

순간 주위가 어두워지면서 아무것도 보이지 않았다. 아직 저녁 7시밖에 안 됐는데 마치 대정전이 시작된 것처럼 아무것도 보이지 않았다. 소름이 오싹 끼쳤다. 나는 엄마의 팔을 잡은 손에 힘을 주며 엄마를 계속 불렀다.

어디선가 소리가 들렸다. 평생 한 번도 들어 보지 못한 요란한 소리였다. 아니, 들어 본 적이 있는 것도 같다. 엄마가 하는 한식당 벽에 설치한 텔레비전에선 계속 한국 프로를 틀어 놓는데 가끔 국악 방송이 나올 때가 있었다. 거기서 들은 음악과 비슷한 소리가 났다. '저 시끄러운 소리를 내는 악기를 뭐라고 하더라? 북이라고 하나? 꽹과리였던가?' 아무튼 몇 가지 타악기를 동시에 치며 장단을 맞추는 듯한 소리였다. 그 소리를 따라 홀린 듯 걸어갔다.

갑자기 사방이 눈부시게 환해졌다. 그곳은 어느 시골 집 마당이었다. 마당 한가운데 커다란 장대 같은 깃발이 서 있었고, 거기에 휘감긴 다섯 가지 색깔의 천이 바람에 신나게 펄럭이고 있었다. 그 깃대 앞에서 화려한 옷(한복의 한 종류인 것 같기도 한데 엄마가 평소에 입는 옷과는 달랐다)을 입고 머리에 높고 우스꽝스러운 모자를 쓴 한 여자가 펄쩍 펄쩍 뛰며 춤을 추고 흰 한복을 입은 남자가 북을 치며 장단을 맞추고 있었다. 그들 앞에 있는 커다란 교자상에 온갖 음식이 올라와 있었다. 사람들이 그들을 둘러싸고 동그랗게 모여 서서 두 손바닥을 쉴 새 없이 비벼 대며 뭐라고 중얼거리고 있었다. 무서웠다. 무슨 컬트 같은 건가? 아니면 사이비 종교일까? 그때 더 무서운 광경을 봤다.

식칼 두 개를 올려놓은 곳 앞에서 무늬 없는 흰색 치마저고리를 입은 여자가 서서 울고 있었다. 왜 그렇게 울고 있는지 모르겠지만 분위기로 봐서 사람들이 그녀가 식칼 위로 올라가길 바라는 눈치였다. 나는 컥 숨이 막혔다. 무슨 짓이야! 칼날 위로 올라가라니. 그때 울고 있던 여자가 수그리고 있던 고개를 들었다. 숨이 멎을 것 같았다. 엄마였다. 내가 한 번도 보지 못한 아주 젊은 엄마, 아니 소녀 같은 엄마였다.

다시 눈을 뜨자 나는 엄마 침대 위에 누워 있었고, 엄마가 걱정스러운 표정으로 나를 내려다보며 물수건을 이마에 올려놓고 있었다. 내 이마를 짚어 보니 깜짝 놀랄 정도로 뜨거웠다.

"엄마."

"그래, 아난아. 괜찮니? 갑자기 이게 무슨 일이야? 기절을 다하고. 한약이라도 지어야 하나? 왜 이렇게 몸이 허해졌어."

"엄마."

"그래, 말해 봐."

"나 이상한 걸 봤어."

"뭔데?"

"꿈에서 엄마를 봤어. 그게 꿈인지는 잘 모르겠는데 정말 이상했어. 엄마가 어떤 집에서 흰 치마저고리를 입고 칼날 위로 올라가려고 하는 것 같았어. 또 어떤 여자는 이상한 한복을 입고 펄쩍펄쩍 뛰며 춤을 추고 있었고. 그게 뭔지 모르겠지만 너무 무서웠어."

순간 엄마의 얼굴이 종잇장처럼 하얗게 질렸다. 이젠 내가 아니라 엄마가 기절하는 게 아닌가 싶을 정도로 넋이 나간 얼굴이었다. 엄마는 내가 본 걸 다시 자세하게 말해 보라고 했다. 나는 한 번, 두 번, 세 번, 엄마가 납득할 때까지 내가 본 장면을 묘사했다. 말을 하다 보면 아까 하지 못했던 부분이 기억나 덧붙였다. 그렇게 세 번을 듣고 나자 엄마는 땅이 꺼져라 한숨을 쉬더니 나직하게 말했다.

"팔자 도망은 못 한다더니. 그 말이 정말인 건가."

"엄마, 그게 무슨 말이야."

엄마는 수건을 물이 가득 담긴 대야에 넣었다가 꼭 짜서 다시 내 이마에 올려 주고 내 손을 잡으며 말했다.

"네 몸이 좀 괜찮아지면 다 말해 줄게. 지금은 일단 푹 자도록 해."

엄마의 말이 미처 끝나기도 전에 거짓말처럼 잠이 쏟아졌다. 그러다 눈이 번뜩 떠졌다.

루이가 내 옆에 누워서 날 물끄러미 보고 있었다.

"뭘 봐?"

"너 봐."

"왜 옆에 있어? 누가 내 옆에 누워 있으라고 했어?"

무안해진 나는 좀 전에 있었던 일을 기억하지 못하는 척 딴청을 부렸다. 그런 거짓말에 속아 넘어가기엔 루이는 날 너무 잘 알고 있었다. 그는 대꾸하지 않고 씩 웃었다.

"나 얼마나 잤어?"

"두 시간 정도."

"넌 그동안 뭐 했는데?"

"너 코 고는 소리 감상하고 있었지."

"거짓말. 나 코 안 골아."

"그걸 네가 어떻게 알아? 내가 핸드폰으로 촬영도 해 놨어. 그걸로 두고두고 협박해야지."

그만 풋 웃음이 터지고 말았다.

"그래, 웃어. 무슨 일이 있었더라도 그렇게 웃으면서 해결하면 돼. 그만 일어나."

그는 넓적한 손바닥으로 내 엉덩이를 탁 치며 말했다.

"왜? 더 누워 있을 거야."

"내려가자. 네가 좋아하는 볶음밥 만들어 줄게. 뭘 하든 일단 속이 든든해야 해."

"칫, 그건 엄마가 맨날 하는 말이잖아."

나는 코웃음을 치면서도 일어났다. 생각해 보니 하루

종일 커피 한 잔 마신 거 빼곤 여태 빈속이었다.

루이를 따라 1층 부엌으로 내려갔다. 그는 벽에 걸려 있는 앞치마를 두르고 냉장고에서 냉동 밥과 미리 썰어서 락앤락 용기에 넣어 둔 각종 채소와 달걀을 꺼냈다. 나는 식탁 앞에 앉아 그 모습을 지켜봤다. 그는 가스레인지를 켠 후 커다란 웍에 기름을 붓고 잠깐 달궜다가 달걀을 네 개 깨서 넣고 스크램블 에그를 만드는 것처럼 휘저었다. 거기에 밥을 넣은 후 커다란 국자로 밥과 달걀을 사정없이 섞어서 볶다가 어느 정도 익자 밥을 국자로 탁탁 때려 가며 바삭하게 굽기 시작했다. 그리고 냉장고에서 꺼낸 각종 채소를 넣고 웍을 흔들어 가며 볶았다.

부엌에서 요리할 때 루이의 모습은 섹시하다. 동작 하나하나가 군더더기 없고 물 흐르는 듯 유연하다. 아랑과 나는 그런 루이를 보며 무림의 초절정 고수 같다고 놀려 대곤 했는데….

루이는 그렇게 완성된 볶음밥을 희고 두꺼운 사각 접시 두 개에 나눠 담아서 식탁으로 가져왔다. 냉장고에서 엄마가 담근 배추김치도 꺼냈다. 우리는 김치에 그가 만든 볶음밥을 한동안 말없이 먹었다. 속이 따뜻해지면서 배가 조금씩 차자 내 속에서 끝없이 출렁거리던 두려움이 서서히 잦아들었다. 밥을 다 먹고 루이는 주전자 가득 재스민 차를 끓이고 찻잔 두 개를 가져와 하나를 내 앞에 놓고 따라 줬다.

"이제 말해 봐."

"뭘?"

"네가 하고 싶은 이야기. 무서워서 아무에게도 하지 못하는 이야기. 그래도 꼭 하고 싶은 이야기. 내가 너의 대나무 숲이 되어 줄게."

나는 잠시 심호흡을 하며 숨을 골랐다. 잠시 고민했지만 누군가에게 이 이야기를 해야 한다면 상대가 루이였으면 좋겠다는 생각이 들었다.

"금방 끝날 수 있는 이야기가 아니야."

"괜찮아. 우리에겐 긴긴 밤과 재스민 차가 있으니까. 차는 언제까지고 계속 끓일 수 있어. 그리고 나 이야기 좋아해. 너도 알잖아."

나는 싱긋 웃었다. 그건 사실이었으니까. 그래서 우리는 그날 밤을 새우며 부엌 창문 너머로 동이 틀 때까지, 까만 하늘에 파란 잉크 방울을 떨어뜨린 것처럼 검푸른 색이 사방으로 번질 때까지 이야기했다. 아니, 내가 말하고 루이가 들었다. 내 찻잔이 빌 때마다 계속 차를 따라 주면서. 그렇게 다 털어놨다.

열다섯 살에 초경이 시작되기 직전 나에게 이상한 능

력이 있는 걸 알게 됐고, 그걸 계기로 엄마가 한국에서 영험하기로 소문난 무당의 딸로 태어나 대를 이어 무당이 돼야 했지만 우연히 만난 아빠와 사랑에 빠져 미국으로 도망치듯 이민 온 사정을 처음 들었던 이야기, 엄마의 음식 솜씨가 그렇게 좋았던 이유는 어렸을 때부터 굿상을 차리면서 배웠기 때문이었고. 엄마는 미국으로 오면서 그 징그러운 팔자를 피했다고 생각했는데 대를 건너 무당의 피가 내게로 전해졌다는 이야기.

원래도 공부만 하는 모범생이자 장녀인 나를 아들처럼 믿음직스럽게 여기며 편애했던 엄마지만 그때부터 나를 더 보살피고 챙겼고. 그 이유를 몰랐던 아랑이 그때부터 삐뚤어지기 시작해서 나를 질투하고 미워하게 된 이야기. 그래서 어느 남자든 차지할 수 있을 정도로 매력적이고 인기도 많았던 그 아이가 굳이 나의 첫사랑이자 유일한 남자친구였던 훈을 유혹해 하룻밤 잔 이야기.

그때 연우가 생겼고, 연우의 아버지가 훈인 걸 알게 된 내가 아랑과 의절하고, 훈과 헤어지고, 엄마도 그런 내 편을 들어 아랑에게 냉정해지는 바람에 연우가 한국에서 아랑과 단둘이 살게 된 이야기.

어느새 창밖이 환해지는 걸 보며 재스민 차를 천천히 마시고 있던 루이가 입을 열었다.

"네가 열다섯 살 때면 나도 집에 있을 때였는데 나는 왜 그런 큰일을 몰랐지?"

"그건 엄마와 나만의 비밀이었으니까. 심지어 아빠도 몰랐어. 돌아가실 무렵 알게 됐지만."

"그랬구나. 그런데 네가 아랑에 대해 오해한 게 하나 있어."

"뭔데?"

"내가 열일곱 살 때 이 집에 들어왔잖아. 어머니랑 아버지는 날 친아들처럼 사랑해 주시고, 너희 자매와 똑같이 키워 주셨지만 그래도… 얹혀 사는 처지라는 게 있잖아. 그걸 한국말로 뭐라고 하지? 눈치? 관찰? 한국말은 정말 어려워. 아무튼 그러면서 알게 된 것이 몇 가지 있어. 그중 하나는."

루이는 잠시 입을 다물었다가 열었다.

"너만 훈을 오랫동안 좋아한 게 아니야."

"뭐라고?"

"너희 셋은 어렸을 때부터 소꿉친구였지? 내가 이 집에 들어왔을 때 너희는 죽이 아주 잘 맞는 단짝 친구들이었어. 난 너희보다 나이가 훨씬 많아서 거기 끼어들 수 없고, 그러고 싶은 생각도 별로 없었지. 훈도 나를 형처럼 따라줬고. 너희 셋을 지켜보다 알게 됐어. 너는 훈을 좋아하고 훈도 너를 좋아했지만, 아랑도 훈을 좋아하고 있었어. 다만 아랑은 오랫동안 그 마음을 숨겼던 것 같아. 아마 너희 둘의 마음을 알고 있어서 포기한 거겠지. 그러다 어느 순간 그 마음을 훈한테 들킨 게 아닌가 싶어. 아니면 더 이상 참지 못했을 수도 있고. 그러니까 너를 질투하고 미워하는 마음에 좋아하지도 않았던 훈을 유혹한 게 아니라 언니인 너를 좋아하기 때문에 오랫동안 숨기고 참았던 마음이 들통 난 거지."

어떻게 그런 걸 알 수 있느냐고, 어떻게 그렇게 확신하느냐고 묻지 않았다. 내가 훈을 보고, 훈이 나를 보고, 그런 우리를 아랑이 보고 있을 때, 그 뒤에서 우리 셋을 보는 루이가 있었을 테니까. 우리 집에 들어와 살게 된 루이는 언제부터인가 항상 나를 보고 있었으니까. 나는 그런 루이의 시선을 모른 척하면서도 한편으로 누군가는 아랑이 아닌 나를 좋아하고 있다는 우쭐함과 왠지 모를 든든함에 이 다정한 곰돌이에게 응석을 부리고 있었던 것이다. 나는 아무 말도 할 수 없었다.

루이가 찻잔을 내려놓고 일어나서 다가와 두 손으로 내 턱을 감싸서 치켜 올렸다.

"아난. 케이트. 너를 좋아해. 처음 본 순간부터 좋아했어. 너의 그 또랑또랑한 눈동자와 윤기가 흐르는 검은 머리카락과 딱 부러지는 태도를 사랑했어. 오늘 너에게 무슨 일이 있었는지 난 몰라. 오늘 그랬던 것처럼 언젠가 때가 되면 그 이야기도 해 주면 좋겠어. 그때 같이 해결하자. 하지만 이제부터는 그냥 집안 오빠가 아니라 연인으로, 남편으로 같이 있고 싶어. 사랑해, 아난. 결혼해 줘."

나는 그의 선량하고 큰 눈을 물끄러미 보다가 대답했다.

"반지도 없이 날로 먹게?"

루이는 껄껄 웃더니 곰같이 큰 덩치를 수그려 내 입술에 키스했다. 오랫동안 찾아 헤매던 고향에 마침내 도착한 것 같은 느낌이 드는 키스였다. 나는 두 팔을 벌려 그를 꽉 끌어안고 키스했다.

3부

연우 이야기

1장

다섯 살에 아난 이모의 손을 잡고 미국에 오기 전까지의 기억은 조각조각 흩어져 있다. 인간의 최초 기억은 몇 살까지 거슬러 올라갈 수 있을까? 어떤 영화에서 보니 주인공이 엄마 배 속에서 엄마의 심장 박동을 들으며 즐겁거나 편안하거나 슬펐다는 이야기가 나오던데 순 거짓말 같다. 대단히 독특하거나 충격적인 경험이 있거나 천재적인 기억력이나, 남들은 상상도 할 수 없는 초능력이 있지 않는 한 보통 두세 살 정도가 기억의 한계가 아닐까.

기억은 여러 개의 감각으로 펼쳐진다. 누군가에겐 뜨거운 여름날 엄마가 구슬땀을 흘리며 시장 갔다 들고 온 장바구니에서 데굴데굴 굴러 떨어진 검붉은 자두를 깨물었을 때 입속에 퍼지던 달콤새콤한 맛이 인생 첫 기억일 수도 있고. 추운 겨울 가스레인지 위에 올려놓은 고구마가 천천히 익어 가면서 사방으로 퍼지는 구수하고 달콤한 향일 수도 있고. 누군가는 아장아장 걷다가 꽈당 엉덩방아를 찧었을 때 큼지막한 두 손으로 안아 올려 주던 아빠의 넓은 가슴에서 느끼던 든든하면서도 부드러운 촉감일 수도 있다.

나의 첫 기억은 엄마가 부르던 노래의 멜로디였다. 혼자서 나를 키우던 젊은 엄마는 종종 노래를 불렀다. 아침마다 마시는 커피물이 끓을 때, 거실 마룻바닥을 물걸레로 박박 문지를 때, 저녁 먹고 후식으로 나는 아이스크림을 먹고 엄마는 잔에 이슬이 맺히는 차가운 맥주를 한 잔 마실 때도 조용히 노래를 불렀다.

나를 위해 부르고, 자신을 위해 불렀다. 동요 같은 건 엄마 취향이 아니었고, 언제나 엄마가 좋아하는 노래만 불렀다. 가요도 있고, 팝송도 있었다. 그중에서도 엄마가 가장 좋아했던 노래는 자우림의 '봄날은 간다'였다. 왜 그렇게 그 노래를 좋아하느냐고 물었을 때 엄마는 빙긋 웃으며 대답했다.

"언젠가 네가 좀 더 크면 말해 줄게."

나는 "피이이이" 토라지고 말았다. 내가 대답하기 어려운 질문을 할 때마다 항상 그렇게 피해 갔으니까. 나의 아빠는 누구야, 아빠는 어디 있어, 아빠는 왜 우리와 같이 살지 않아, 왜 우리는 둘만 살아, 같은 걸 물어볼 때마다 엄마는 좀 더 크면 말해 주겠다고 했다. 그래서 기다렸다. 기다리고 또 기다렸는데 엄마는 대답도 안 해 주고 사라져 버렸다. 내가 너무 어려운 걸 물어봤나.

가끔 내가 엄마를 난감하게 만드는 질문을 할 때를 제외하면 엄마와 나는 둘이서 그럭저럭 재미있게 살았던 것 같다. 내가 다섯 살이 되던 해 근처 영어 학원에 일자리를 구해서 일주일에 두 번 오전 네 시간씩 일을 하러 가기 전까지 엄마는 온종일 내 것이었다. 아침에 눈을 뜨면 엄마가 부엌이나 거실에 있었고, 낮잠을 자고 일어났는데 엄마가 보이지 않아 울음을 터트리면 금방 달려왔다. 엄마와 같이 아침에 세수와 치카치카를 하고, 엄마가 읽어 주는 그림책과 동화책을 보고, 엄마의 노래를 듣고, 오이와 토마토와 김치를 써는 엄마 옆에서 나도 장난감 도마와 칼을 가지고 플라스틱 채소를 써는 시늉을 하며 놀았다.

어쩌다 한 번씩 이웃집에서 키 작은 언니가 놀러 왔던 기억이 난다. 목소리가 남자처럼 걸걸하고, 웃음소리도 엄청 크고, 엄마가 내오는 음식은 뭐든 가리지 않고 잘 먹었던 언니. 언니는 엄마는 할 수 없고 알지도 못하는 기묘한 방식으로 내 머리를 묶거나 땋아 주며 인형 놀이를 하듯 나를 데리고 놀았다. 거울에 비친 그 머리가 꽤 마음에 들어서 언니를 좋아하기로 했다. 그런가 하면 키가 훤칠하게 크고 잘생긴 소년도 놀러 왔다. 엄마가 그를 선우라고 불러서 나도 그렇게 불렀다. 내가 그렇게 부를 때마다 엄마와 그는 웃음을 터트렸다. 엄마가 그러지 말라고 야단치면 그는 괜찮다며 내게 눈부시게 환한 미소를 지어 보였다.

어느 날 엄마가 보이지 않았다. 나는 언제나 그랬던 것처럼 아침 7시에 잠이 깨서 아래층으로 내려왔다. 그러면 거실에서 커피를 마시고 있거나 신문을 읽거나 라디오에서 흘러나오는 음악을 들으며 설거지를 하고 있던 엄마는 나를 보고 활짝 미소를 지으며 말하곤 했다.

"우리 연우 일어났구나? 잘 잤어, 내 새끼?"

그리고 다가와 내 뺨에 뽀뽀를 해 주고 식탁으로 데려가 먼저 물을 한 잔 마시게 했는데.

그날은 엄마가 보이지 않았다. 간밤에 비바람이 거세게 몰아치고 천둥까지 쳐서 그 소리에 자다가 한 번 깼던 것 같기도 한데. 그건 꿈이었을까? 그래서 엄마도 늦잠을 자는 걸까? 엄마는 가끔 늦잠을 잤다. 그런 날이면 식탁 위에 빈 맥주병과 와인 병들이 주르르 열을 맞춰 서 있었다. 어제 비바람을 벗 삼아 마셨던 걸까? 안방으로 가 봤지만 침대에 엄마가 잤던 흔적이 보이지 않았다. 조금씩 불안이 커지기 시작했다. 왠지 모르게 차츰 무서워지려고 했다.

이번에는 화장실로 가서 문 앞에서 외쳤다.

"엄마, 쉬야 해? 나 일어났어."

하지만 대답은 들리지 않았다. 문을 열어 봤다. 화장실 안은 텅 비어 있었다. 다시 2층으로 올라가 내 방과 서재와 옷 방을 살펴봤다. 엄마는 보이지 않았다. 엄마와 나는 종종 숨바꼭질을 하며 노는데. 이번에도 어딘가에 숨어서 내가 찾아 주길 기다리고 있는 걸까?

나는 몇 번씩 집 안을 돌아다니며 엄마를 불렀지만 대답은 들리지 않았다. 나는 해일처럼 밀려오는 거대한 두려움을 애써 누르며 큰 소리로 외쳤다.

"엄마는 시장에 갔나 봐. 전에도 몇 번 그랬잖아. 내가 낮잠 잘 때 얼른 다녀온다고 시장에 갔잖아. 이번에도 기다리면 올 거야."

나는 평소에 엄마가 그랬던 것처럼 냉장고에 가서 물병을 꺼냈다. 음료수 칸은 내 키가 닿지 않아서 식탁 의자를 끌고 가서 그 위에 서서 물병을 꺼냈다. 물이 가득 찬 차갑고 묵직한 물병이 무거워 컵에 물을 따르면서 좀 흘렸다. 의자에 걸려 있던 수건으로 그 물기를 닦고 물을 마셨다. 배가 고팠지만 엄마가 곧 올 거라고, 맛있는 과일이나 빵을 장바구니에서 내줄 거라고 믿으며 착하게 기다렸다. 그렇게 혼자서 세 밤을 잤지만 엄마는 오지 않았다.

2장

잠이 안 온다. 아무리 침대 위에서 살찐 굼벵이처럼 이리 뒹굴 저리 뒹굴 굴러 봐도 약속한 잠은 도무지 오지 않았다. 베개 옆에 둔 핸드폰을 들어서 화면을 확인했다. 새벽 3시 반. 나는 한숨을 쉬며 일어났다. 오늘은 잠이 올까 싶어 거실 벽시계가 12시를 치는 순간부터 가만히 누워서 기다렸지만 오늘도 여지없이 배신당했다. 잠이 오지 않는 밤엔 할 수 있는 것이 없다. 불면증을 겪어 보지 못한 사람들은 그 시간에 차라리 책을 읽거나 다른 일을 해 보라고 하지만 모르는 소리. 온몸이 활시위를 힘껏 당긴 것처럼 팽팽하게 당겨진 상태에서 머리는 또 그 반대쪽으로 태엽을 돌려 조인 것처럼 긴장된 몸과 마음 둘 다 어디에도 의지하지 못한 채 무간지옥에 갇혀 있는 게 불면증이다.

이럴 때는 음악도 들리지 않고, 드라마나 영화에 집중할 수도 없고, 귀여운 고양이나 판다 영상을 보며 멍을 때릴 수도 없다. 그저 침대에 누워 어두운 천장을 노려보며 이 징그러운 시간이 어서 지나가길 빌 수밖에. 밤에 한숨도 못 자고, 낮에는 꾸벅꾸벅 졸다가 깜짝 깜짝 놀라 깨면서 좀비처럼 혼미한 정신으로 지낸 지 오늘로 사흘째다.

일어나서 발꿈치를 들고 살금살금 층계를 내려갔다. 오래된 나무 층계에서 삐걱삐걱 소리가 나는 건 어쩔 수 없었다. 저택이라고 불러도 무방할 만큼 큰 집이지만 10년도 훨씬 넘게 살아서 칠흑같이 어두워도 어디가 어딘지 알 수 있다. 눈 감고도 벽에 기대서 슥 미끄러져 가면 온몸으로 방향을 느낄 수 있지 않을까. 층계에서 내려와 오른쪽으로 돌아 긴 복도를 스무 걸음 가면 널찍한 부엌이 나온다. 커다란 사각 창으로 환한 달빛이 쏟아져 들어와 부엌을 환히 비추고 있었다. 할머니는 이 집을 살 때 대대적으로 리모델링을 해서 여러 개의 레스토랑 사업을 하는 집에 어울리는 아주 근사한 부엌을 만들었다.

나는 냉장고 세 대가 나란히 서 있는 벽 쪽으로 갔다. 김치 냉장고, 일반 냉장고, 그리고 와인 냉장고다. 그러고도 모자라 지하실에 대형 냉동고가 있다. 레스토랑에서 쓸 식재료를 거기 넣어 놓기도 하고, 요리를 워낙 좋아하는 루이 이모부가 각국의 식재료를 사서 냉장고에 들어가지 않는 것들은 거기 넣어 놓는다. 나는 냉동실에서 밴 앤 제리 아이스크림 한 통을 꺼냈다. 내가 좋아하는 쿠키 앤 크림 맛. 냉장고에서 이모가 어젯밤에 구운 당근 케이크도 꺼냈다. 저녁 먹고 후식으로 이모와 나와 이모부가 한 조각씩 먹은 걸 빼고 다섯 조각이 남아 있었다. 그 아이스크림과 케이크를 식탁으로 가져와 먹기 시작했다.

아직 뜯지도 않았던 새 아이스크림 한 통을 거의 다 비우고, 좋아하지도 않는 케이크를 세 조각째 먹고 있을 때 탁 소리와 함께 스위치가 켜졌다. 고개를 들어 보니 파란색 줄무늬 파자마 잠옷을 입은 아난 이모가 서 있었다. 나는 반사적으로 고개를 푹 수그리고 말았다. 이모는 잠시 거기 서서 나를 보다가 식탁으로 다가와 말했다.

"야식 먹는 중? 나도 같이 먹어도 돼?"

참담함, 미안함, 수치심에 젖은 나는 입을 열 수 없었다. 이모는 내 머리를 부드럽게 쓰다듬고 조리대로 가서 파란색 필립스 포트에 물을 끓여서 청록색 도자기 주전자에 재스민 찻잎을 넣고 부었다. 차가 우러나길 기다렸다가 두 잔을 따라 한 잔은 내 앞에 놓고, 또 한 잔은 두 손으로 감싸 쥐면서 한 모금씩 마셨다. 식탁 위로 무거운 침묵이 흐르면서 얼마 안 남은 아이스크림이 천천히 녹고 있었다. 이모는 차를 몇 모금 마시고 내 포크를 들어서 케이크를 한 입 잘라 먹었다.

"이번엔 좀 달게 됐지만 맛있네. 역시 새벽에 먹는 간식이 최고야."

아무렇지 않은 척하려는 이모의 목소리가 슬퍼서 눈물이 주르륵 흘러내렸다. 이모가 일어서서 그런 나를 꼭 안아 줬다.

"이모, 미안해. 안 그러려고 했는데. 나도 이런 나를 어쩔 수 없어."

"그래, 알아. 내가 우리 연우의 마음을 다 안다고 할 순 없지만 괜찮아. 그래도 괜찮아."

괜찮다는 이모의 말이 더 아파서 계속 울었다. 그 소리에 잠이 깬 루이 이모부가 와서 말없이 우리 두 사람을 꼭 안아 줬다. 거대하고 푹신한 곰돌이 인형 같은 루이 이모부. 다정하고 따뜻한 아난 이모, 내가 사랑하는 사람들. 하지만 가끔은 사랑하는 사람들도 위로가 되지 않을 때가 있다.

*

시작은 단순했다. 아니, 단순하다는 건 표면적으로만 그럴지도 모른다. 얼어붙은 강물의 두꺼운 얼음이 느닷없이 부서지진 않는다. 분명 그 전에 어딘선가 아주 작은 균열이 시작되고 있었을 것이다. 그걸 알아차리지 못한 사람들이 용기를 내서, 혹은 호기를 부리며 얼음 위로 발을 내디뎠을 것이다. 그러다 그 어리석은 만용에 동참하는 사람들이 늘어나고, 그런 식으로 견딜 수 없을 만큼 압력이 커지다 보면 어느 순간 킹콩이 와서 날뛰어도 깨지지 않을 것 같던 얼음이 한순간에 쩍 갈라지면서 그 위에 서 있던 바보들을 날름 집어삼켜 버린다.

시작은 단순했다. 미국에 와서 모든 것을 낯설고 어려워하는 어린 나와 빨리 친해지고 싶었던 루이 이모부가 가르쳐 준 체스. 나는 그 체스에 의외로 소질이 있어서 어렸을 때 대회에 나가 상을 휩쓸었다. 그러다 서툰 영어가 입에 붙고 다양한 피부색의 아이들과 어울려야 하는 학교생활에 차츰 적응하면서 수영과 달리기와 문학반 같은 과외 활동에 바빠졌다. 당연히 체스를 손에서 놓은 지 몇 년 됐다.

그런데 갑자기 두 달 후로 다가온 크리스마스 기념 자선 체스 대회를 열자는 아이디어를 우리 가족이 다니는 교회 목사님이 냈다. 사실은 루이 이모부만 독실한 신자일 뿐 이모와 나는 처음에 몇 번 따라갔다 슬그머니 도망친 후로 다시는 발걸음을 하지 않았지만. 그 엉뚱한 아이디어에 더해 누군가가 왕년의 청소년부 챔피언이었던 나를 초대해 일반인들이 도전하게 하자는 황당한 생각을 해냈다.

그 인간이 누구였는지 알아낼 수만 있다면 당장 찾아가 숨이 끊어질 때까지 멱살을 잡고 흔들고 싶다.

그래서 내 눈치를 보며 대회에 참가해 주겠느냐는 루이 이모부의 말에 평소처럼 방긋 웃으며 좋다고 대답했다. 사랑하는 루이 이모부의 부탁이기도 하고, 가난하고 힘들게 살아가는 사람들을 위한 크리스마스 자선 행사라고 하니 어찌 싫다고 할 수 있을까? 언제나 그렇듯 내게 거절은 목숨을 내놓는 것보다 더 어려웠다. 그렇게 나간 행사에서 일이 터졌다.

고작 9살로 체스를 시작한 지 2년밖에 안 된 남자아이에게 어이없이 첫 판에 진 것이다. 그때부터 나는 흔들리기 시작했고, 이어서 줄줄이 지기 시작했다. 세 번째 상대와 마주 앉아서 체스 판을 보는데 갑자기 숨이 가빠지면서 금방이라도 숨이 막혀 죽을 것 같았다. 식은땀이 줄줄 흐르면서 마치 체스 판 위로 폭풍이 부는 것처럼 말들이 사정없이 흔들거리는 것 같아 잠깐 바람을 쐬겠다고 일어섰다가 그 자리에서 쓰러졌다.

깜짝 놀란 이모부와 교회 사람들이 나를 이모가 근무하고 있는 병원 응급실로 데려갔고, 거기서 심장을 비롯해 몇 가지 검사를 했지만 결과는 아무 이상 없었다. 소식을 듣고 허겁지겁 달려온 아난 이모와 루이 이모부를 앞에 앉혀 놓은 담당 의사가 퇴원해도 좋다고 하면서 소아정신과를 찾아가 볼 것을 넌지시 권했다. 아무래도 공황 발작을 일으킨 것 같다고.

그것이 1년 전이었다. 그 후로 주기적으로 찾아오는 공황 발작과 심각한 우울증에 시달리고 있다. 불과 1년 만에 18살이 된 지금은 체중이 20킬로그램이나 늘었다. 학교는 휴학을 했고, 집 밖을 언제 나갔는지 기억도 나지 않는다.

3장

처음 공황 발작이 일어난 후 한동안 침대에서 꼼짝도 할 수 없었다. 온몸을 거대한 바위 덩어리가 짓누르고 있는 것처럼 손 하나 까딱 할 수 없었고, 아무것도 삼킬 수 없었다. 수시로 숨이 차고 눈물이 났다. 한번 울음이 터지면 온 집 안을 뒤흔들 만큼 대성통곡을 했다. 그때마다 이모나 이모부가 달려와 나를 아기처럼 꼭 끌어안고 그칠 때까지 달랬다. 왜 이렇게 힘든지, 왜 이렇게 슬픈지, 왜 이렇게 아픈지 알 수 없었다.

이유를 모르긴 이모나 이모부도 마찬가지였다. 아니, 실은 우리 셋 다 알고 있었다. 내 속에 결국 언젠가는 터질 시한폭탄이 째깍거리고 있다는 걸. 그때가 언제일지 몰라 우리 셋 다 무의식중에 숨을 죽이며 살아 온 걸 각자 모른 척, 아닌 척했을 뿐.

엄마가 사라지고, 그런 엄마의 행방을 좇아 한국에 온 아난 이모와 같이 미국 땅을 밟은 지 반년 후 할머니가 자궁암으로 돌아가셨다. 당시 1차 항암 치료를 받고 계셨다던 할머니는 둘째 딸이 실종되고 태어나서 처음 본 손녀인 나와 갑자기 같이 살게 된 일련의 일들로 어마어마한 충격과 기쁨을 동시에 느꼈다고 했다. 아난 이모의 표현에 따르면 속정은 깊지만 평생 감정 표현을 아끼고 자제했던 할머니도 손녀인 내가 너무 안쓰러운 나머지 그동안 못 준 사랑을 소나기처럼 쏟아 주셨다. 할머니는 내가 이 집에 도착한 첫 날부터 아픈 몸을 일으켜 소매를 걷어붙이고 그 큰 부엌으로 가서 날 위해 닭죽을 끓이고, 식혜를 만들고, 매운 걸 아직 잘 못 먹는 나를 위해 오이김치와 물김치와 백김치같이 삼삼한 김치를 담그고, 감자전을 부쳐 줬다.

엄마와 살았던 다섯 해보다 할머니와 살았던 반년 동안 내가 먹은 한국 음식의 가짓수가 더 많았을 것이다. 그런 할머니의 애정과 기대에 보답하고자 열심히 먹었다. 때로는 입맛이 없어도, 때로는 배가 너무 불러도 안 그런 척 금방이라도 터질 것 같은 작은 배를 통통 두드려 가며 먹었다.

"할머니, 너무 맛있어요."

엄지 척을 해 가며. 그럴 때면 수척한 할머니의 얼굴이 눈부시게 빛났다. 그때부터였을까. 음식과 나의 관계가 어긋나기 시작한 것은.

공황 발작에 이어 깊은 우울의 늪에 빠지면서 끝을 알 수 없는 공허와 허전함을 음식으로 메우려는 듯 폭식을 하게 된 나를 이모는 어떻게든 낫게 해 주려고 온갖 치료법을 다 썼다. 그런 이모의 말에 따르면 내 폭식의 시작은 그보다 훨씬 전이었던 것 같다고 했다. 엄마가 사라지고 나 혼자 집에 있었던 며칠 동안 냉장고에 있던 바나나 우유를 다 마셨고, 그중에 유통 기한이 지난 우유가 있어서 결국 탈이 났던 나.

그때부터 음식에 강박이 생긴 것 같다고. 이모가 날 데리고 백화점에 처음 간 날 어린 내가 짜장면 두 그릇을 단숨에 먹어 치운 후 곧바로 토해 버리는 모습을 보고 속으로 얼마나 울었는지 모른다고 말해 줬다. 그런데 나는 왜 그 기억이 없지?

외할머니가 돌아가셨을 때는 엄마가 사라졌을 때보다 더 큰 슬픔과 공포에 시달렸다. 왜 내가 좋아하고 사랑하는 사람들은 다 내 곁을 떠나는 거지? 세상에 영원한 건 없나? 내 옆에 계속 있어 줄 사람이 이다지도 없을까? 엄마도 없고, 아빠도 없는데, 이제 할머니까지 세상을 떠났다. 마치 모래폭풍이 불어닥치는 사막 한가운데 혼자 서 있는 심정이었다.

이모와 이모부는 나를 더 없이 사랑했지만 그 애정이

언제까지 지속될 수 있을까 하는 두려움이 밀려올 때마다 아무 맛도 느끼지 못하면서 기계적으로 음식을 삼켰다. 중국계 미국인인 루이 이모부는 외할머니의 레스토랑 사업을 이어받은 후계자답게 중국과 미국과 한국 요리에 정통했고, 새로운 퓨전 요리법을 개발하는 게 취미이자 일이었다.

나는 그런 이모부가 부엌에서 음식을 만드는 걸 돕고 이모부가 만든 새 음식을 먹었다. 이모부는 자신의 새 작품을 언제나 맛있게 먹는 나를 보며 참 복스럽게 먹는다고 머리를 쓰다듬어 줬고, 이모는 내가 많이 먹어도 살이 찌지 않는 체질이라 다행이라고 말하곤 했다. 그러면서 내게 윙크를 하면 나도 윙크로 화답했다.

아무도 모르고 있었다. 내가 살이 찌지 않는 체질이라서 그런 게 아니었다는 걸. 할머니가 돌아가시고 2, 3년 정도 지난 후부터 나는 음식에 중독되기 시작했다. 이모부가 만들어 두거나, 이모가 사 와서 냉장고와 찬장이 꽉꽉 차게 넣어 두는 음식과 과일과 각종 디저트들을 끼니와 상관없이, 시간에 상관없이 먹어 치웠다. 심장에 구멍이 뻥 뚫린 것처럼 허전하고 외로울 땐 습관적으로 아이스크림이나 초콜릿이나 젤리를 찾았고, 아침에 일어나면 식빵을 구워서 버터와 잼을 꾸덕꾸덕할 정도로 두껍게 발라 다섯,

여섯 장씩 먹고 우유를 두 컵씩 마시고 나갔다. 저녁도 이모와 이모부가 놀랄 정도로 많이 먹었다. 그런 내가 너무 혐오스러워 한밤중에 일어나 내 방 옆에 있는 욕실에 가서 입속에 손가락을 넣어 토했다.

처음엔 그저 과식해서 답답한 속을 비우고 싶은 마음에 한번 해 본 것이 어느덧 습관이 됐다. 이모와 이모부는 그런 내 모습을 절대 몰라야 했고, 실제로 몰랐다. 어느 날이 모든 것이 만천하에 드러나기 전까지는. 공황 발작이 일어나기 전까지 나는 학교에서 치르는 모든 시험에 올 A를 받는 모범생에 수영과 달리기를 잘해서 아이들에게도 인기가 좋았다.

그러기까지 아무도 몰래 피나는 노력을 해야 했다. 처음에 영어를 한 마디도 모른 채 갔던 유치원에서 따돌림을 당했고, 그 후에도 넌 왜 아빠와 엄마가 아닌 이모와 이모부와 사느냐, 넌 왜 그렇게 눈꼬리가 치켜 올라갔느냐, 너에게서 왜 이상한 냄새가 나느냐는 식의 잔인한 조롱과 따돌림에 시달렸다. 그래도 어른들에게 말하지 않고 버텼다. 한국에서 살 수 없어 미국까지 왔는데 여기서도 버림받으면 더 이상 갈 곳이 없었으니까.

남들이 보기엔 완벽해 보이는 이모와 이모부. 성공한 의사와 여러 개의 레스토랑 오너로 나를 친자식처럼 사랑해 주는 두 사람에게도 문제는 있었다. 아이를 간절히 바라는 루이 이모부와 그런 이모부의 바람을 채워 주고 싶지만 좀처럼 아이가 들어서지 않아 괴로워하던 아난 이모는 결국 인공 수정을 시도했다. 돈도 많이 들고 몸과 마음 둘 다 힘들고 고통스러운 과정을 몇 번씩 시도했다가 실패하면서도 두 사람은 희망을 잃지 않았고, 나도 같이 예쁜 동생이 생기게 해 달라고 기도했다.

그러나 그게 내 기도의 전부는 아니었다. 나는 이모 부부에게 귀여운 아이가 생기게 해 달라고 빌었다가 금방 그러지 말아 달라고 신에게 기도했다. 이모 부부에게 아이가 생기면 나는 뒷전으로 밀려날까 봐, 엄마에게 그랬던 것처럼 이모에게도 버림받을까 봐 두려웠다. 그러다 세 번의 시도 끝에 마침내 임신했을 때 기쁜 한편으로 두려웠다.

세상을 다 얻은 것 같이 행복해 보이는 루이 이모부가 강보에 싸인 아기 다루듯 이모를 극진히 보살폈는데도 결국 아이가 유산되고 말았을 때 내 두려움은 극에 달했다. 내 기도 때문에 이모의 배 속에 있는 아기가 죽은 것 같았다. 어쩌면 엄마도 그런 나의 악한 본성을 알고 징그럽고 싫어서 버린 게 아닐까. 잠이 오지 않는 밤마다 그런 생각에 괴로웠다.

크리스마스를 두 달 앞두고 친선 체스 대회에 나간 열

일곱의 나는 모범생에 언제나 생글생글 웃는 아이, 미운 사춘기의 저주에 걸리지 않은 완벽한 조카딸이자 잠들지 못하는 밤마다 튀어나오는 여러 개의 어두운 얼굴을 가진 괴물로 살아가느라 괴로웠다. 그러니 공황 발작을 일으킨 것도 당연했다. 그토록 많은 얼굴을 품은 사람이 하나의 얼굴로만 살아가기란 애초에 불가능했을 테니까. 아무리 타고난 천재 배우라 하더라도.

4장

자고 있었다. 암막 커튼을 쳐서 사방이 어두워 지금 몇 시인지 알 수 없었다. 밤마다 잠이 안 와 뒤척이다 새벽에 냉장고를 습격하고 속이 부대껴서 끅끅거리다 아침나절에 가까스로 한두 시간 자는 나날이 이어지고 있었다. 그렇게 잠을 거부당한 몸이 드디어 두 손 두 발 다 든 것일까. 간밤에 이모부가 구워서 셋이 먹고 남은 양념갈비를 냉장고에서 꺼내 차가운 채로 우적우적 먹어 치운 후에 얼핏 잠이 들었던 것 같다.

커튼을 확 열어젖히며 일어나라는 이모의 목소리와 함께 쏟아진 햇살에 저절로 눈살이 찌푸려졌다. 나는 베개를 들어서 얼굴을 가렸다.

"이모, 조금만 더 잘게. 어젯밤에도 못 잤어."

"아니, 그만 일어나. 오후 4시가 다 됐어. 이러면 정말 생활 리듬이 다 깨져서 컨디션이 엉망진창이 돼. 힘들어도 그만 일어나."

"아, 나 피곤하고 졸리다니까. 한 시간만 더 잘게."

"안 된다니까. 그만 일어나!"

그동안 북극곰처럼 비대해진 몸으로 침대 위에서 눕거나 앉아만 있던 나를 참아 주던 이모도 오늘은 이상하리만치 강경하게 나왔다.

"이제 그만 일어나라니까."

"아, 씨발. 나 졸립다고!"

나도 모르게 튀어나온 욕설에 놀라 눈이 번쩍 떠졌다. 나만큼이나 놀라서 눈을 동그랗게 뜨고 내려다보는 이모의 얼굴이 보였다. 이모는 잠시 말을 잇지 못한 채 나를 빤히 보다가 느닷없이 내 손목을 잡아서 치켜들었다. 그 바람에 입고 있던 회색 파자마 소매가 주르륵 흘러내리면서 팔뚝이 드러났다. 거기에 자해의 흔적들, 잠이 안 오거나 우울감이 극에 달할 때마다 서랍 속에 넣어 둔 커터 칼로 쭉쭉 그었던 칼자국들이 나타났다. 이렇게 보니 슈퍼마켓에서 계산할 때 스캔하는 바코드처럼 보이기도 했다.

생전 처음 내가 내뱉은 욕설에 놀랐던 이모는 그걸 보고 놀란 눈이 튀어나오려고 했다. 하지만 이를 악물고 아무 말도 하지 않은 채 내 손목을 잡은 손에 힘을 주고 누워 있는 나를 기어이 일으키려고 애를 썼다. 여기서 더는 바닥을 보이면 안 될 것 같은 마음에 나도 필사적으로 저항

했다. 키 168센티미터에 이제 체중이 75킬로그램에 육박하는 거구가 된 나와 162센티미터에 체중 53킬로그램의 날씬한 이모가 잠시 소리 없이 몸싸움을 벌였다. 하지만 매일 새벽 6시에 일어나 한 시간 동안 집 근처 강변을 달리고, 저녁에는 근처 체육관에서 킥복싱을 배우는 이모와 공황 발작이 시작된 후 근 1년 넘게 운동은커녕 산책 한 번 제대로 하지 않은 나의 저질 체력을 비교해 볼 때 처음부터 승산 없는 싸움이었다.

몇 분 정도 드잡이를 하다 이모가 나를 일으켜 앉히고, 파자마 상의를 벗겼다. 나는 될 대로 되라는 심정으로 이모의 손에 내 몸을 내맡겼다. 이모는 내 왼쪽 팔뚝에 줄줄이 그어진 칼자국을 보고 나서 말했다.

"바지 벗어."

"이모."

"두 번 말하게 하지 마. 벗어."

나는 한숨을 쉬며 파자마 바지도 벗었다. 허벅지 안쪽에도 팔뚝과 비슷하게 칼자국들이 줄줄이 나 있었다. 우울한 마음이 극에 달하면 세상이 마치 까만 잉크로 가득 찬 것처럼 보인다. 그 속에 있을 때면 기쁨, 슬픔, 분노, 놀라움, 실망, 절망 그 어떤 감정도 느낄 수 없고, 살아 있다는 느낌도, 살고 싶은 마음도 없다. 전에 좋아했던 음악을 들어도 아무 감흥이 없고, 아무리 아름다운 걸 봐도, 맛난 음식을 먹어도, 인형처럼 귀여운 강아지를 봐도 그 어떤 느낌도 일지 않았다.

자해는 그럴 때 하는 최후의 저항이었다. 엷은 피부에 칼날을 대고 힘을 주어 핏방울이 송글송글 돋아날 때면 폭발하는 통증과 함께 아직은 살아 있다는 자각이 일었다. 그건 어떤 의미에서 무의식적으로 정한 마지노선이기도 했다. 죽고 싶은 마음을 마지막 순간에 잡아 주는 경계선. 어쩌면 자해는 소리 없는 절규이자 내가 스스로에게 던지는 동아줄이었을지도 모른다. 물론 이모가 비싼 상담료를 치러 가며 매주 억지로 만나게 하는 상담치료사는 다른 해석을 내놓겠지만.

이모는 내 팔다리를 샅샅이 살펴보고, 다른 곳은 다치지 않았는지 살펴본 후 파자마를 다시 입게 하고 말했다.

"이렇게까지 괴로워하는 줄 몰랐어. 미안하다, 연우야."

"이모가 미안할 게 뭐가 있어? 내가 미안해, 이모."

"뭐가 미안한데?"

"이런 내가 미안해. 이모와 이모부가 이렇게 날 사랑해주는데. 아무 걱정 없이 풍족하게 살아가고 있었는데. 나한텐 친구들도 있고, 원하면 꿈꿀 수 있는 미래도 있는데. 내가 왜 이러는지 나도 모르겠어, 이모."

이모는 잠시 아무 말도 하지 않았다. 그런 이모의 침묵이 무서워서 그만 평소에 하지 않던 말들이 쏟아져 나왔다.

"근데 이모, 나 정말 왜 살아야 하는지 모르겠어. 풍족한 환경에 넘치는 사랑을 받고 있는데 자꾸 배가 고파. 자꾸 허기가 져. 자꾸 불안하고 외롭고 우울해. 이모에게 이런 말 하는 거 정말 미안하지만 아무리 생각해도 계속 살아야 할 이유를 못 찾겠어."

말을 하다 보니 다시 눈물이 쏟아졌다. 이모는 침대에 앉아 나를 꼭 안고 말없이 등을 다독여 줬다. 요즘 나의 울음보가 터질 때면 언제나 그렇듯. 마침내 울음을 그쳤을 때 이모가 입을 열었다.

"배고프지? 하도 울어서?"

그 말이 순간 황당하기도 하고 웃겨서 픽 웃음이 났다. 이모도 나를 보며 같이 웃었다.

"나가서 아침, 아니 이제 저녁인가. 같이 치킨 수프 먹자. 이모부가 네가 좋아하는 중국식 치킨 수프 끓여 놨어."

이모가 먼저 나갔고, 나는 파자마를 벗고 미키 마우스가 그려진 큼지막한 티(루이 이모부의 취향)와 검은 트레이닝 반바지로 갈아입고 이모를 따라갔다.

부엌에 있는 갈색 오크 식탁에 앉자 이모가 물을 한 잔 따라 주고, 인덕션 위에 있는 큰 냄비에서 수프를 두 그릇 떠서 놨다. 우리는 말없이 이모부가 끓인 치킨 수프를 먹었다. <영혼의 닭고기 수프>란 책이 오래전에 유행했다고 하던데. 제목만 들어도 지독하게 감상적이고 진부할 것 같지만 정말 그런 수프가 있다면 루이 이모부가 끓인 이 수프가 아닐까 싶다. 오늘도 펑펑 울고 나서 허전한 속을 수프가 부드럽게 감싸 줬다.

수프를 다 먹고 이모는 커피를 두 잔 끓여서 한 잔을 내 앞에 놓고 말했다.

"연우야. 잠깐만 기다려. 보여 줄 게 있어."

이모는 부엌을 나가 서재로 갔다. 좀 의아하고 궁금하기도 했다. 내가 커피는 좋아하지 않는 걸 이모도 알면서 갑자기 웬 커피? 검고 뜨거운 커피를 보고 있는데 이모가 두터워 보이는 황갈색 마닐라 폴더를 두 개 들고 들어와서 식탁에 내려놨다.

"너 커피 안 좋아하는 거 알아. 하지만 이제부터 그거 마시면서 이 폴더들을 찬찬히 읽어 봐. 살아야 할 이유를 찾지 못하겠다고 그랬지? 이 파일들은 내가 해결해야 할 숙제지만 어쩌면 이게 너한테 살아야 할 이유를 줄지도 모르겠다. 언젠가 너한테 이걸 보여 주려고 했지만… 그날이 이렇게 빨리 올 줄 몰랐어."

언제나 농담하며 장난치기 좋아하는 이모부와 달리 이모는 의사답게 평소에도 진지하고 스마트했지만, 오늘 표정은 정말이지 비장 그 자체였다. 단순히 사랑하는 조카딸의 자해 흔적을 봐서 그런 것 같진 않았다. 어쩐지 이 파일 속에 나의 우울증, 공황 발작, 자해, 폭식보다 더 심각한 문제가 들어 있을 것 같아 더럭 겁이 났다.

그러나 지난 1년간 생과 사의 갈림길에서 몸부림치면서 생긴 유일한 소득이 있다면 맷집이었다. 이보다 더 무섭고 끔찍한 괴물이 파일 안에 있다 해도 도망치지 않을 수 있다는 확신이 들었다. 그래서 조금 식은 커피를 한 모금 마시고 얼굴을 찡그린 채 폴더를 펼쳤다.

5장

눈부시게 화창한 날이었다. 엄마는 늦잠을 자고 있었다. 아침에 일어나 거실로 내려갔는데 엄마가 안 보여서 안방에 갔더니 이불을 온몸에 돌돌 만 채 자고 있었다. 흰 원피스 잠옷을 입고 쿨쿨 자는 긴 머리의 엄마는 텔레비전에서 본 잠자는 숲속의 공주처럼 예쁘다. 그리고 늦잠을 잘 때는 그 공주처럼 아무리 깨워도 일어나지 않는다. 나는 포기하고 부엌으로 나갔다. 식탁 위에 빈 맥주 캔들이 한 줄로 서 있었다. 거실로 나가 텔레비전을 켜서 일요일 아침마다 해 주는 명작 만화 극장을 틀었다. 소파에 앉아 그걸 보며 깔깔 웃고 있는데 부엌에 있는 뒷문이 열리더니 선우가 들어왔다.

언젠가부터 선우가 우리 집에 자주 놀러 왔는데 그때마다 대문을 열어 주기 귀찮았던 엄마가 대문 열쇠를 하나 줬다. 선우는 엄마가 부엌 쪽 문단속은 자주 깜빡하는 걸 알고 있었다. 그래서 우리 집에 올 때는 일단 부엌문을 열어 보고 잠겨 있으면 앞에 있는 현관문으로 돌아와 두드리곤 했다. 오늘도 그렇게 뒷문으로 들어온 선우는 거실에서 텔레비전을 보고 있는 나를 보고 피식 웃었다.

"연우 뭐 해?"

"텔레비전 봐."

"엄마는?"

"코 자."

그 말에 선우는 식탁을 흘끗 보고 상황을 짐작했다.

"배고프지 않아?"

"배고파."

"라면 끓여 줄까?"

"응!"

엄마는 라면이 몸에 안 좋다면서 잘 안 끓여 줘서 가끔 먹는 라면은 꿀맛이었다. 일요일 아침에 라면이라니 상상만 해도 침이 꼴깍 넘어갔다. 선우가 부엌 찬장으로 가서 뒤져 봤지만 라면은 보이지 않았다.

"라면이 없네. 내가 가서 사 올게."

"나도 같이 갈래."

"그래. 같이 가자."

나는 선우와 손을 잡고 집을 나갔다. 집에서 5분 정도 걸어가면 길모퉁이에 럭키 슈퍼가 있다. 햇빛은 화창하고,

바람은 보들보들 내 뺨을 간질였다. 나는 조금 전까지 보던 만화 영화의 주제가를 콧노래로 흥얼거리며 걸었다. 갑자기 노란 바탕에 하얀 점이 점점이 찍힌 나비 한 마리가 내 앞을 나풀나풀 날아갔다. 그 날개가 너무 예뻐서 선우의 손을 놓고 뛰어가다가 그만 길바닥에 있는 돌멩이에 걸려 넘어졌다.

"아얏."

"연우야!"

선우가 허둥지둥 달려와서 넘어진 나를 일으켜 세웠다. 무릎이 까져서 살짝 피가 배어 나오고 흙먼지가 묻었다. 선우는 나를 안고 슈퍼 맞은편에 있는 공원의 벤치로 가서 거기 앉히고 말했다.

"잠깐만 여기 있어 봐. 저기 슈퍼에 얼른 갔다 올게. 안 울고 있으면 상을 줄게."

아파서 눈물이 찔끔찔끔 나왔지만 그 말에 참았다.

잠시 후에 선우가 슈퍼에서 검은 비닐봉지를 들고 와서 화장지와 밴드와 생수병을 꺼냈다. 먼저 내 무릎의 흙을 손으로 살살 털고, 생수병의 물에 휴지를 적셔서 더러워진 상처를 조심스럽게 닦아 준 후 무릎에 얼굴을 대고 호호 불어가며 밴드를 붙여 줬다. 그리고 고개를 들었다가 눈물이 그렁그렁한 내 눈을 보더니 머리를 쓰다듬어 줬다.

“우리 연우 씩씩하기도 하지. 아주 잘 참았어.”

만화에 나오는 왕자님처럼 키 크고 잘생긴 선우가 칭찬해 준 것이 기뻐서 나는 울음을 참으며 “응.”이라고 대답했다. 선우는 웃으며 봉지에서 바나나 우유를 꺼내서 빨대를 꽂아 내게 줬다.

그 바나나 우유를 받으려다 퍼뜩 잠에서 깼다. 내 속에 있는 줄도 몰랐던 기억이 이렇게 튀어나오다니. 어젯밤 이모가 준 파일들을 밤늦게까지 몇 번이나 읽고 또 읽은 후에 잠이 오지 않아 몇 달 동안 다녔던 정신과에서 받았을 때 안 먹고 몰래 숨겨 둔 수면제를 두 알 삼키고 간신히 잠들었다. 수면제 부작용 때문에 잠이 깨도 계속 잠 속에 빠져 있는 것처럼 나른하고 기운이 없었다.

그 파일 때문인가. 수면제 덕분인가. 까맣게 잊고 있던 선우 꿈을 꾼 건 엄마가 사라진 후 처음이었다. 그동안 한국에서 있었던 일들은 답답할 정도로 기억이 나지 않았는데. 이모 말대로 기억이 사라진 게 아니라 내 머릿속 어딘가에 차곡차곡 쌓여 있었던 걸까.

핸드폰을 보니 새벽 5시 반이었다. 네 시간 정도 잔 셈이다. 그래도 중간에 안 깨고 푹 자서 그런지 기분은 나쁘지 않았다. 욕실에 가서 세수하고 무려 1년 만에 화장대 앞에 앉아 스킨과 로션을 발랐다. 거울에 비친 내 얼굴은 한없이 낯설었다. 공황 발작을 일으킨 후 다녔던 정신과에서 받은 약들의 부작용에다 아무 맛도 느끼지 못하면서 무조건 입속에 처넣었던 음식들 때문에 내 체중은 이제 20킬로그램도 넘어서 25킬로그램이 늘었다. 나는 거대한 살 속에 파묻혀 한없이 작아진 눈과 코와 입을 보며 중얼거렸다.

"이제는 정말 더 이상 추락할 바닥도 없구나. 정신 차려, 김연우. 이제 너한테 할 일이 생겼어."

일어나서 몸에 맞는 트레이닝 바지와 상의를 간신히 찾아서(서랍이란 서랍은 다 뒤져야 했다) 입고 운동화도 찾아 신었다. 발에도 살이 쪄서 볼이 가장 넓은 운동화의 끈을 한껏 느슨하게 매서 겨우 신을 수 있었다. 그리고 1층으로 내려갔다. 새벽 달리기를 하기 전에 물을 마시러 부엌에 나온 이모가 나를 보고 깜짝 놀랐다.

"무슨 바람이 불어서 이렇게 일찍 일어났어? 잠은 좀 잤니?"

나는 놀라움과 기대가 섞인 표정으로 나를 보는 이모를 바라봤다. 언제나 변함없이 나를 사랑해 주는 이모를 보자 울음이 터지려는 걸 참고 말했다.

"오늘부터 이모랑 같이 달리려고. 하고 싶은 일이 생겼거든."

이모는 말없이 나를 바라봤다. 그동안 침대에 누워만 있는 나를 밖으로 끌어내서 단 5분이라도 같이 걷고 싶어서 이모가 얼마나 많은 방법을 시도해 봤던가. 그래도 바위처럼 꿈쩍 않던 내가 일어나 같이 뛰겠다고 나왔다. 이모의 눈에 눈물이 맺혔다. 계속 그 얼굴을 보고 있다간 나도 눈물이 터질 것 같아 고개를 홱 돌리는 순간 루이 이모부가 부엌으로 들어왔다.

"아니, 이 아름다운 풍경은 뭐지? 내가 세상에서 제일 사랑하는 두 여자가 새벽부터 뭐 하고 있어?"

이모부는 짐짓 너스레를 떨었다. 이모가 눈물을 닦고 기운차게 외쳤다.

"오늘부터 연우랑 같이 달릴 거야. 당신은 아침 준비해."

루이 이모부는 나를 보고 씩 웃었다.

"물론이지. 당신 말고 연우가 좋아하는 거 해야지."

내가 먼저 현관으로 나갔다. 꿈속에서 본 것처럼 햇빛이 찬란한 아침이었다. 불어오는 바람을 맞으며 생각했다. 오늘부터 시작이야.

6장

띠리리리리, 띠리리리리.

알람이 울리기 1분 전에 깨서 잠시 천장을 보고 있다가 알람 소리가 들리는 순간 핸드폰을 들어서 껐다. 스트레칭을 가볍게 한 후 팬티와 브래지어만 입고 침대 밑에 있는 디지털 체중계를 꺼내서 체중을 쟀다. 드디어 목표 체중에 도달! 나는 오른손 주먹을 허공에 대고 찌르며 "예스!"라고 외친 후 밑에는 레깅스와 조깅 쇼츠를 입고 위에는 기능성 스포츠 티와 기모 트레이닝을 입고 양말을 신은 후 1층 부엌으로 갔다.

오늘도 이모가 먼저 와서 물을 마시고 있다가 나를 보고 고개를 끄덕였다. 나는 이모를 가볍게 끌어안았다가 놔주고 정수기에 가서 물을 한 잔 따라 마셨다. 루이 이모부는 아직 꿈나라에 있는 것 같았다.

"준비됐니?"

"응, 이모."

"그럼 나가자."

"옛썰!"

우리는 현관에서 운동화를 신고 나왔다. 이모를 따라 달리기를 시작한 지 반년이 지났다. 그때는 뺨에 스치는 바람은 서늘해도 햇빛은 찬란한 겨울이었는데 이제 여름이 절정이었다. 나는 이어폰을 귀에 꽂고 아이폰의 플레이리스트를 누른 채 달리기 시작했다. 이모도 마찬가지였다. 아침마다 같이 달리는 한 시간 동안 우리는 서로에게 말을 걸지 않고 달린다. 따로 또 같이 달리는 셈이다.

간간이 뺨을 때리는 바람이 상쾌하다. 나는 이모의 속도와 리듬에 맞춰 달렸다. 공황 발작이 시작되기 전에는 운동을 꽤 좋아해서 수영과 달리기를 꾸준히 했지만 그 후 1년 동안 침대에 눌어붙은 폐인으로 지냈다. 그러다 반년 전 바닥을 찍고 수면으로 올라온 후 하루도 쉬지 않고 달린 덕에 전의 리듬을 거의 다 회복했다. 25킬로그램이나 늘어난 체중은 반년 동안 15킬로그램이 줄었다. 아직 10킬로그램이 남았지만 아침에 달리고 저녁에 동네 체육관에 가서 킥복싱을 하면서 비 오듯 땀을 흘리는 데다 식단도 철저하게 관리하고 있으니 크게 신경 쓸 일은 아니었다.

문제는 그동안 전보다 건강하고 강한 나를 만드는 데

주력하느라 뒤로 미뤄 온, 사실은 피해 온 이모와의 정면 승부다. 아침에 목표 체중을 찍은 걸 확인하니 조금 용기가 났지만, 고작 체중 조절 따위로 이모를 설득할 수 있을 거라 생각하진 않았다. 어쨌든 이건 내 의지의 표명이자 목적을 달성하기까지 절대 멈추지 않겠다는 신호이기도 했다. 온 세상에 보내는 나의 신호.

가볍게 한 시간을 달린 후 집으로 돌아오자 그 사이에 일어난 루이 이모부가 부엌에서 아침을 차리고 있었다. 진하면서 부드러운 커피 향, 옅은 갈색으로 구운 베이글과 크림치즈, 아난 이모를 위한 완숙 달걀 두 개, 나를 위한 반숙 달걀 두 개. 토마토와 리코타 치즈와 오이와 양상추와 크랜베리를 넣고 최고급 올리브 오일을 뿌린 샐러드와 이모부가 아침에 직접 짠 오렌지 주스가 차려져 있었다.

나는 탄성을 지르며 식탁에 앉아 갓 짠 오렌지 주스를 한 잔 따랐다. 아난 이모는 이모부의 뺨에 애정 어린 키스를 한 후 앉았다. 루이 이모부는 내 등을 한 번 토닥여 주고 같이 아침을 먹었다. 달리고 난 후 밀려든 시장기를 신선한 아침 식사로 채우느라 바쁜 한편 조금 있다 해야 할 이야기로 머릿속이 복잡했다. 아침을 다 먹어 갈 즈음, 이모부가 이모에게 커피를 따라 줄 때 입을 열었다.

"저도 한 잔 주세요."

"연우 너도?"

이모부는 의아하다는 표정을 지으면서도 이내 미소를 지으며 이모가 아끼는 웨지우드 라벤더 찻잔을 하나 더 가져와 따라 줬다. 커피를 마시며 신문을 보고 있던 이모는 순간 움찔했지만 아무 내색도 하지 않았다.

나는 커피 잔을 앞에 두고 노려보다가 입을 열었다.

"두 분에게 드릴 말씀이 있어요."

"뭔데? 살이 빠져서 옷을 다시 사야겠다는 말이라면 언제든 환영이다. 말 나온 김에 오늘 같이 나가서 살까?"

루이 이모부가 말했다. 언제나 변함없이 다정하고 친절한 이모부.

나는 빙긋 웃으며 말했다.

"그런 거 아니에요. 물론 새 옷도 좀 필요하지만. 이야기가 좀 길어질지도 모르니 이모부도 앉으세요."

그 말에 신문만 보고 있던 아난 이모가 드디어 고개를 들고 나를 똑바로 봤다.

"하고 싶은 이야기가 뭔데?"

나는 심호흡을 한 번 하고 말했다.

"오늘 아침에 체중을 쟀는데 15킬로그램이 빠졌어요. 원래 체중까지 10킬로그램이 남았지만 6개월 만에 이 정도면 대단한 거죠."

"그래. 연우는 어떤 모습이어도 예쁘지만 요즘 점점 더 예뻐지는 게 보이더구나. 이모부 말대로 상이라도 줄까? 네가 건강해져서 우린 정말 기뻐."

이모가 환한 얼굴로 말했다.

"이모, 내가 달리기를 시작할 때 했던 말 생각나요?"

잠시 침묵이 흐르다 이모가 대답했다.

"그래. 하고 싶은 일이 생겼다고 했지. 그 일이 뭔지는 말해 주지 않았고."

"네. 그때 말했다면 이모랑 이모부가 말렸을 것 같아서. 내 의도뿐만 아니라 의지를 믿어 주지 않을 것 같기도 했고. 그래서… 시간이 필요했어요. 나도 나를 믿을 수 있는 시간, 나를 증명할 시간 말이죠."

두 사람의 얼굴에 잠시 의아한 표정이 스쳐 지나갔다. 먼저 물어본 사람은 이모였다.

"뭘 증명한다는 거지?"

"이제부터 제가 하는 이야기는 중간에 끊지 말고 들어 주세요. 오랫동안 생각했던 일이고, 두 분에게 처음으로 솔직하게 드리는 말씀이기도 하니까 들어 주셨으면 해요. 아셨죠?"

두 사람은 고개를 끄덕였다.

"처음 공황 발작을 일으켰을 땐 왜 이렇게 아프고 고통스러운가, 그 생각만 들었어요. 난 그냥 열심히 살고 싶었을 뿐인데 왜 나한테 이런 일이 일어났을까? 세상이, 운명이 나한테만 너무 불공평하고 잔인한 것 같아서 우울하고 죽고 싶었어요. 너무 우울해서 시도 때도 없이 울음이 터지고, 죽고 싶어서 자해하고, 폭식하고 토하고, 매일 이러고 있을 때 이모가 날 상담치료사한테 보냈죠. 매주 두 번씩 상담 치료를 받았지만 효과가 없었어요. 병원도 소용없었고, 온갖 민간요법도 듣지 않았죠."

그때를 돌이켜보는 듯 두 사람의 얼굴에 고통스러운 표정이 떠올랐다. 그걸 보자 다시 눈물이 날 것 같았지만 꾹 참고 식은 커피를 한 모금 삼켰다. 역시 쓰디쓴 맛이었다.

"그때 샌디란 상담치료사와 어렸을 때 이야기를 많이 했어요. 엄마가 다섯 살 때 사라진 이야기. 미국에 와서 처음에 적응하던 이야기. 영어 배우느라 힘들었고, 한국에서도 다니지 않던 유치원을 미국에서 다니면서 아이들과 잘 사귈 수 없어서 밤마다 이불 속에서 울었던 이야기. 할머니가 돌아가셔서 슬펐던 이야기. 그런 이야기를 샌디에게 다 할 순 없었어요. 이유는 모르겠는데 하고 싶지 않기도 했고. 내킬 때 조금씩 했죠.

어느 날 샌디가 물었어요. 내게 엄마가 어떤 의미냐고.

굉장히 간단한 질문 같았는데 순간 가슴에 비수가 꽂힌 것 같았어요. 그날 상담은 그걸로 끝냈어요. 그 후로 내가 계속 눈물만 흘렸으니까. 이모도 기억할 거예요. 어느 날 내가 이모한테 더 이상 상담 받고 싶지 않다고 했잖아요. 이유는 묻지 말아 달라고 부탁해서 이모가 알았다고 했던 그 날 말이에요."

이모는 말없이 고개를 끄덕였다. 나는 이야기를 이어갔다.

"그 후로 매일 생각했어요. 엄마를. 사실 샌디가 그 질문을 하기 전에도 자주 생각했지만 그때부터 더 열심히 생각했어요. 그러다 어느 날 깨달았어요. 사실 하루도 엄마를 기다리지 않은 날이 없었다는 걸. 엄마가 사라진 지 10년이 훨씬 넘었지만 언젠가는 나를 데리러 올 거라고 믿고 있었던 거죠. 그래서 돌아온 엄마가 날 보고 대견해하기를, 그런 결정을 한 자신의 생각이 옳았다는 걸 보여 주려고 나 참 열심히 살았어요. 시험공부도 이모랑 이모부 몰래 각성제까지 먹어 가면서 잠도 안 자고 하고, 달리기도 수영도 쓰러질 때까지 했어요. 사람들과의 만남에서도 언제나 최선을 다했어요. 엄마에게 완벽한 딸이자, 두 분에게 완벽한 조카딸이고 싶었어요. 그래서 누구든 날 떠나고 싶지 않게, 다시는 버림받지 않게 사랑받는 사람이 되려고 정말이지 필사적으로 노력했어요."

어느새 빨개진 루이 이모부의 눈에 눈물이 고이고 있었다. 아난 이모는 얼굴이 하얗게 질린 채 이모부의 손을 꽉 잡고 있었다. 그런 두 사람을 보는 게 생각보다 더 힘들었지만 이 이야기는 반드시 끝내야 했다.

"그렇게 노력하다가도 불쑥 이런 생각이 들었어요. 엄마는 사실 그때 날 버렸고, 내가 아무리 노력해도 돌아오지 않을 거라고. 그땐 어리고 귀엽기라도 해서 돌아올 가능성이 조금이라도 있었지만 이렇게 커 버린 나는 원하지 않을 거라고. 그런 한편으로 엄마가 죽었을지도 모른다는 생각이 들기도 했지만 그건 너무나 무서워서 그럴 바에야 엄마가 날 버리고 어딘가에서 즐겁게 살고 있는 모습을 상상하기도 했어요. 제 머릿속은 뒤죽박죽 엉망진창이었죠."

루이 이모부가 갑자기 벌떡 일어났다. 이모부가 와서 나를 안아 줄까 봐, 그래서 내가 울음을 터트릴까 봐 걱정했지만 기우였다. 이모부는 냉장고에서 물병을 꺼내 큰 잔에 물을 가득 따라 주고 다시 앉았다. 그 물을 한 번에 쭉 들이켜고 나서 깨달았다. 목이 몹시 말랐다는 걸.

"그런 한편으로 이모와 이모부를 볼 때마다 너무 죄송했어요. 내가 열 살 때 이모가 아이를 가졌다가 유산했죠. 그때 하느님에게 기도했어요. 이모가 예쁘고 건강한 아이를 낳게 해 달라고. 그래 놓고 또 다음 날에는 동생은 필요 없다고 기도했어요. 사실 무서웠어요. 이모에게 아이가 생기면 두 분이 날 더 이상 사랑하지 않을까 봐. 내가 필요 없다고 할까 봐. 아무도 없는 한국으로 돌려보낼까 봐 무서웠어요. 죄송해요."

나는 고개를 푹 숙였다. 참고 또 참았던 눈물이 흘러내렸다. 이모가 다가와서 내 턱을 두 손으로 잡고 부드럽게 올려 내 눈을 바라봤다.

"연우야. 넌 우리 딸이야. 어린 네가 그런 생각을 한 건 충분히 이해할 수 있어. 그때 우리 아이는 세상에 태어나지 못할 운명이었던 거야. 그 아이가 태어났다 해도 우린 너와 그 아이를 똑같이 사랑했을 거고. 루이와 나한테 연우 너는 언제나 아주 소중한 선물이었어. 지금도 그렇고."

나는 눈물을 닦고 잠시 숨을 고른 후에 말했다.

"고마워요, 두 분 다. 이제 제가 하고 싶은 걸 말할게요. 두 분의 도움도 필요한 일이에요."

루이 이모부가 말했다.

"말해 봐. 뭐든 다 해 줄게. 내가 할 수 있는 일이라면."

"이모는?"

이모는 잠시 복잡한 눈빛으로 나를 보다가 말했다.

"먼저 이야기를 해 봐."

"한국으로 돌아가서 엄마를 찾고 싶어요."

잠시 침묵이 흘렀다. 이모부가 입을 열려고 했을 때 내가 손을 흔들었다.

"잠깐만요. 아직 끝나지 않았어요. 6개월 전 이모가 준 파일 속 선우란 남자. 다섯 살에 엄마가 사라졌을 땐 충격이 커서 기억이 잘 안 났지만 그 파일을 받은 후 매일 그 사람을 생각했어요. 조금씩 기억이 났어요. 그때 우리 두 식구와 가장 가까웠던 사람은 선우뿐이었어요. 선우란 남자는 분명 엄마를 사랑했고, 그가 어떤 식으로든 엄마의 실종에 관련된 게 확실하다는 느낌이 들어요. 이미 오랜 시간이 지났으니 쉽지 않겠지만 그 남자를 찾아서 엄마에 대해 물어볼 생각이에요. 그렇게 하려면 두 분의 도움이 필요해요."

이모는 한숨을 쉬면서 이제는 비어 버린 잔에 커피를 다시 가득 따르고 루이 이모부에게 말했다.

"자기, 이제부터는 연우와 둘만 이야기하고 싶은데. 자리 좀 비켜 줄래. 나중에 다 이야기해 줄게."

루이 이모부는 고개를 끄덕이며 일어나서 내게 다가와 이마에 키스해 준 후에 나갔다.

7장

얼마 만에 들어온 한국인가. 공항에 내리자 깜짝 놀랐다. 미국으로 간 후 식구들과 같이 휴가철에 해외여행은 몇 번 갔지만 한국에 돌아온 건 처음이다. 다섯 살 때 떠나서 스무 살에 돌아왔다. 생일은 아직 돌아오지 않았지만 한국식 나이로 치면 스무 살이다.

12월 31일 밤을 셋이 같이 보내고 새해를 맞은 지 몇 시간 후 우리는 공항으로 갔다. 레스토랑 때문에 우리와 같이 한국에 갈 수 없는 루이 이모부는 애틋한 눈빛으로 우리 둘을 바라봤다.

"나도 같이 갈 수 있다면 얼마나 좋을까."

루이 이모부는 한숨을 쉬었다. 아난 이모가 이모부를 다정하게 안았다.

"우리 걱정은 너무 하지 마. 서울에서 잘 지낼 테니까. 당신이나 끼니 거르지 말고 건강 잘 챙기고 있어. 우리 매일 통화하기로 했잖아."

둘의 별거 아닌 별거를 초래한 장본인인 나는 미안하고 죄스러운 마음에 한 발짝 떨어져서 두 사람을 바라보고 있었다. 루이 이모부가 그런 나를 보더니 서글픈 미소를 지으며 나를 손짓해 불렀다.

"연우야, 넌 어렸을 때부터 항상 어른들을 놀라게 하는 아이였지. 넌 서울에 가서도 멋지게 해낼 거야. 이모를 부탁해. 그리고 사랑한다, 연우야."

"나도 사랑해요, 이모부. 이모는 걱정 마세요. 제가 잘 지킬게요."

이모가 다가와 우리 둘을 꼭 끌어안았다. 묵은 한 해를 보내고 새해를 시작하는 날인 만큼 공항은 우리처럼 포옹하고 키스하며 복받쳐 오르는 감정을 애써 추스르는 사람들로 가득 차 있었다. 그렇게 12시간 비행 끝에 서울에 도착했다.

우리는 수하물 벨트를 타고 나온 트렁크들을 챙겨서 택시 승강장으로 갔다. 이모가 택시 기사에게 W 호텔로 가자고 하자 기사는 고개를 끄덕이고 차를 출발시켰다. 내가 택시 차창으로 시원하게 뚫린 넓은 도로와 주위 풍경을 보느라 여념이 없는 동안 이모는 눈을 감고 뒷좌석 시트에 기대 앉아 있었다. 장시간에 걸친 비행에 지친 것 같아서 말을 걸지 않았다.

한 시간 정도 달리자 산을 끼고 있는 호텔에 택시가 도착했다. 꽤 깊은 산에 자리 잡은 호텔은 고풍스러운 아름다움과 현대적인 감각이 보기 좋게 어우러져 있었다. 젖은 길바닥을 보니 간밤에 비가 온 것 같았다. 택시에서 내리자 알싸하고 상쾌한 공기가 느껴졌지만 그와 동시에 얼음같이 차디찬 바람이 인정사정없이 옷 속을 파고 들었다. 나는 얼른 입고 있던 검은 모직 코트의 깃을 세워 여몄다.

1층 로비에서 체크인을 하고 15층 객실로 올라와 트렁크들을 한쪽으로 밀어 두고 침대에 몸을 던졌다. 이모는 창가로 가서 커튼을 열어젖혔다.

"다른 건 다 변해도 이곳 경치는 변함없군. 그때처럼 아름다워."

이모는 혼잣말처럼 중얼거렸다.

"이모, 언제 이 호텔에 왔었어? 누구랑? 혹시 애인이랑?"

이모의 기분이 착 가라앉은 것 같아 일부러 농담을 던졌다.

"그랬으면 좋았을 텐데. 하하하. 너 데리러 한국 왔을 때 여기서 묵었어."

말문이 막혔다. 이모는 그때 어떤 마음으로 이 창가에 서서 밖을 바라봤을까. 내가 한국에 가서 엄마를 찾고 싶다고 선언한 후 이모와 단둘이 아주 오랫동안 이야기를 나눴다.

오전에 시작한 이야기는 해가 저물어 가도록 그치지 않았고, 우리는 쓰디쓴 커피를 마시다 어느 순간 아무것도 입에 대지 않은 채 서로의 이야기에 귀를 기울였다. 주로 이모가 말하고 내가 들었다. 그때 나도 몰랐던 이모의 특이한 능력, 나도 몰랐던 내 출생의 비화와 아빠에 대해서. 나도 몰랐던 엄마와 이모와 할머니 세 모녀의 오해와 애정이 뒤섞인 슬픈 사연에 대해 들었다.

그동안 나만큼 고통받은 사람은 세상에 없을 거라 생각하며 살아 왔는데, 이모 역시 나만큼이나 힘들었을 거라는 생각을 그때 처음 했다. 그날을 기점으로 우리 셋은 함께 고민하고, 조사하고, 머리를 모아 작전을 짜기 시작했다. 그 준비를 하고, 고등학교를 졸업하고, 한국 대학에 입학 절차를 밟는 데 반년을 보내고 여기까지 왔다. 우리가 어떤 대가와 희생을 치르고 여기까지 왔는지 생각하자 이렇게 빈둥거릴 때가 아니란 생각이 들어 벌떡 일어났다.

"이삿짐은 모레 들어와?"

"응. 내일은 용건 몇 가지 해결하고, 쇼핑하고, 모레 그 집으로 들어가면 돼. 우리가 주문한 가구들은 내일 들어갈 거고. 자잘한 수리도 내일이면 마무리될 거야. 인테리어

디자이너가 다 알아서 할 거니까. 우리는 모레 가서 짐정리만 하면 돼. 오늘은 푹 쉬자."

"응, 엄마."

엄마 소리에 아난 이모가 흠칫 놀랐다가 날 보며 빙긋 웃었다. 한없이 그립고 애달픈 엄마란 이름. 아랑 엄마가 날 낳아 주고 다섯 살까지 키워 줬다면 아난 이모는 그 후부터 내 몸과 영혼을 길러 준 두 번째 엄마다. 어쩌면 훨씬 전부터 이모를 엄마라고 불러야 했을지도 모르겠다. 나는 이모를 한번 안아 주고 샤워하러 욕실로 들어갔다.

인테리어에 검은색과 흰색 두 가지만 쓴 욕실은 특급 호텔답게 굉장히 호화로웠다. 나는 검은 대리석 선반 위에 속옷을 내려놓고, 골드 수전이 달린 세면대로 가서 손을 씻다 무심코 거울을 봤다. 이모에게 엄마라고 부르는 게 아직은 좀 어색한 것처럼 아직은 낯선 내 얼굴. 하지만 빠르게 적응 중이다. 호칭도, 내 얼굴도, 몸도, 제스처와 표정도.

욕실에서 나오자 미니 냉장고에 있던 하이네켄 캔 맥주를 따서 마시고 있던 이모가 말했다.

"내일 인사드릴 분이 계셔."

"누군데?"

"우리 계획에 결정적인 역할을 해 주실 분."

"내가 아는 분?"

"글쎄. 그렇다고 할 수 있겠지."

이모는 묘한 미소를 흘리더니 다시 맥주를 한 모금 마셨다. 이모가 이렇게 나오면 더 이상 물어봐야 소용없다는 걸 안다. 이모가 들고 있는 맥주 캔을 뺏어서 한 모금 마셨다. 냉장고에서 막 꺼냈는지 시원했다.

8장

아침에 이모와 호텔 주위를 한 바퀴 달렸다. 이렇게 달린 지 벌써 1년이 넘었다. 달리기를 나갔던 첫날은 운동화 끈을 제대로 묶지도 못했는데, 달리기 덕분에 원래 체중으로 돌아가고도 5킬로그램이 더 빠졌다. 거기다 매일 저녁 동네 체육관에서 킥복싱을 배우면서 몸을 열심히 쓴 덕분에 제법 탄탄한 복근이 잡혔다. 하지만 이제부터 감행할 작전에서 지나치게 스포티해 보이는 모습은 어울리지 않을 것 같아 킥복싱 수업은 중단했다. 당분간 운동을 쉬겠다는 말에 코치는 무척 아쉬워하며 나중에 돌아오면 선수로 뛰어 볼 생각이 없느냐고 물었다. 글쎄. 그런 미래까지 계획할 여유는 없다.

호텔 1층에 있는 베이커리 겸 카페에서 간단하게 아침을 해결하고 이모가 예약해 둔 청담 미용실로 갔다. 밖에서 보기엔 갤러리처럼 우아하면서 격조가 있어 보이는 곳으로 유리문을 열고 카운터로 가자 베이지색 원피스를 입고 커트 머리에 골드 이어링이 굉장히 잘 어울리는 늘씬한 몸매의 여자가 활짝 웃으며 우리를 맞아 줬다.

"오전 11시 예약하신 손님들이시죠? 오늘 머리를 하실 분은 김지아 님인가요?"

"맞아요."

나는 고개를 끄덕였다. 그녀는 캐비닛에서 회색 가운을 꺼내 건넸다.

"코트 벗으셔서 핸드백과 같이 저에게 주시고, 이 가운을 입어 주시겠어요? 같이 오신 분은 어머님이신가요?"

"네, 맞아요."

"어머님도 오늘 머리를 하실 건가요?"

"아뇨, 저는 됐습니다."

"그럼 어머님은 저기 소파에서 기다리시면 될 것 같아요. 곧 차를 내오겠습니다. 지아 님은 저를 따라오세요."

커트 머리의 디자이너는 능숙하게 내 가방과 코트를 챙겨서 캐비닛에 넣고 나를 자신의 자리로 안내했다.

"어떤 스타일을 원하세요? 특별히 생각해 둔 스타일이 있나요? 아님 제가 추천해 드릴까요? 손님 얼굴형에 딱 어울릴 만한 스타일이 있는데."

"제가 가져온 사진이 있는데. 그 스타일로 해 주세요."

"한번 보여 주시겠어요?"

나는 가방에서 꺼낸 사진을 건넸다. 엄마 사진이었다. 길고 검은 머리에 갈색 물방울무늬 원피스와 흰 카디건을 입고 카메라 앞에서 찬란하게 웃고 있는 모습.

"어머, 예전에 찍으신 사진인가요? 얼굴이 아주 앳돼 보이시는데 패션은 살짝 복고풍 같고. 뭐 유행은 돌고 도는 거니까요."

나는 거울을 보며 빙긋 웃었다.

"사진에 나온 사람이 저로 보이세요?"

그녀는 눈을 동그랗게 뜨고 다시 사진을 보다 거울 속의 나를 봤다.

"아, 자세히 보니 손님이 아니군요. 혹시 쌍둥이 자매인가? 아님 친언니? 아무튼 굉장히 많이 닮았는데요. 이렇게 해 드릴까요?"

"네. 길이는 똑같이 해 주시고 웨이브를 살짝 넣어 주시면 좋을 것 같아요."

"알겠습니다. 손님은 턱이 갸름한 미인형이라 잘 어울릴 것 같아요. 그렇게 해 드릴게요."

세 시간 동안 디자이너와 그의 조수가 허리까지 찰랑거리던 내 긴 머리를 자르고 웨이브를 넣은 펌을 하느라 분주한 동안 이모는 커피를 마시며 어딘가로 전화를 하고, 노트북으로 일을 보느라 바빴다. 마침내 머리가 완성돼서 디자이너가 물었다.

“어때요? 마음에 드세요?”

내 옆으로 다가온 이모가 거울을 보며 말했다.

“아주 마음에 들어요. 우리가 생각한 바로 그 스타일이에요.”

우리는 서로를 마주보며 빙긋 웃었다.

*

세 시간 동안 파마를 하는 건 생각 외로 체력을 요구하는 일이었다. 반쯤 진이 빠진 상태로 이모를 따라 백화점에 가서 겨울 코트 여러 벌과 블라우스와 스커트와 청바지를 사고, 가방과 화장품도 샀다. 미국에 있을 땐 립스틱 한 번 바르지 않았지만 한국에서 대학생으로 살려면 가끔은 화장도 해야 할 것 같았다. 쇼핑이 끝나고 백화점 8층에 있는 식당가의 중국 레스토랑으로 갔다. 이번에는 짜장면과 볶음밥과 탕수육을 시켰다. 볶음밥은 루이 이모부가 해 주는 것에 비교할 수도 없었지만 그럭저럭 먹을 만했다.

두 팔이 휘어지도록 사들인 옷과 가방과 화장품이 들어 있는 쇼핑백들을 택시에 싣고 호텔로 돌아와 한숨 돌리려던 차에 이모가 말했다.

“쇼핑한 것들은 이따 정리하고 1층에 있는 카페에 가서 커피 한잔 마실까?”

“좀 피곤한데 룸서비스로 시키면 어때?”

“아니, 거기가 널찍하고 분위기도 좋아. 그런 데서 마시면 커피가 더 맛있는 법이지.”

“그래? 그럼 엄마 말대로 하지, 뭐.”

침대에 널브러져 있다가 일어나자 이모가 나를 안았다.

“뜬금없는 이 포옹은 뭐지?”

“네가 엄마라고 불러 주니까 너무 좋아서.”

“이렇게 좋아할 줄 알았으면 더 일찍 불러 주는 건데, 미안. 엄마.”

“미안하긴. 이제 내려갈까.”

우린 팔짱을 끼고 1층 로비로 내려갔다. 눈부시게 흰 와이셔츠에 나비넥타이를 메고 검은 조끼를 입은 웨이터의 안내를 받아 창가 쪽 좌석으로 갔다. 그가 안내한 테이블에 한 여자가 앉아 있었다. 나이는 60대 초반으로 보였고, 회색 투피스 정장을 갖춰 입은 모습이 기품이 있었다. 그녀는 앞에 물 잔을 놓은 채 창밖을 멍하니 보고 있다가 우리가 도착하자 일어섰다.

“안녕하세요, 박윤희 선생님.”

이모가 먼저 미소를 지으며 그녀에게 인사했다. 나는

영문도 모른 채 꾸벅 고개를 숙였다. 그녀는 이모를 보고 희미하게 미소를 짓다가 도무지 의미를 해석할 수 없는 불가사의한 표정으로 나를 봤다.

"아가씨가 연우, 아니 지아 아가씨인가요?"

"아, 네. 안녕하세요. 김지아라고 합니다."

"만나서 반가워요. 어머님은 전에 한 번 뵀지만 아가씨는 처음이군요."

"네. 그러세요?"

나는 빨리 설명해 달라는 눈빛으로 이모를 보며 대충 얼버무렸다. 이모는 나를 똑바로 보며 말했다.

"박윤희 선생님은 너도 아는 분의 어머니셔. 김선아 씨의 어머니시지. 네가 어렸을 때 앞집에 살던 언니 생각나니? 종종 집에 와서 너랑 같이 놀아 주고 머리도 땋아 주고 했다던 언니 말이야."

나는 순간 작게 탄성을 지르며 다시 그녀의 얼굴을 찬찬히 뜯어봤다. 키가 작고 아담하지만 한편으로 다부져 보이는 체구, 길고 가는 눈, 살집이 좀 있는 코, 가무잡잡한 피부, 동그란 얼굴. 내가 기억하는 선아 언니랑 닮은 것 같진 않았다.

선아 언니가 넘치는 생명력과 활기로 빛나 보이는 사람이었다면 이 부인은 상대적으로 지치고 아파 보이면서 어딘가 차가워 보였다. 어린 내 기억 속의 선아 언니는 참 따뜻하고 정이 많은 사람이었는데.

“그러시군요. 선아 언니 물론 기억나죠. 만나 뵙게 돼서 반갑습니다.”

그녀는 말없이 내 얼굴을 물끄러미 보더니 대답했다.

“우리 선아를 기억하다니 기뻐요. 그나저나 엄마를 참 많이 닮았어요. 아니, 엄마 본인이라고 해도 믿을 정도군요.”

“선아 언니는 잘 있나요? 못 본 지 너무 오래됐네요.”

나는 웃으며 말했다. 순간 그녀의 얼굴이 어두워졌다.

“우리 선아는… 오래전에 세상을 떠났습니다.”

9장

집이다. 드디어 집으로 돌아왔다. 이 집에서 산 시간보다 미국 할머니 집에서 산 시간이 훨씬 더 길고 오래됐는데도 언제나 집이란 단어를 들으면 이곳이 떠오른다. 내 인생의 첫 기억들, 기쁜 기억도 슬픈 기억도 아픈 기억도 무서운 기억도 모두 다 여기 있어서일까? 엄마를 찾기 위해 이 집으로 돌아왔지만, 어쩌면 처음부터 이러고 싶었는지도 모르겠다. 참 이상하기도 하지. 끔찍한 일이 일어난 곳이니 지금이라도 최대한 멀리 도망쳐야 할지도 모르는데. 왜 이 곳이 그렇게 그리웠을까? 엄마가 이 집에서 사라졌으니 엄마를 찾는 것도 여기서 시작해야 한다는 생각이 무의식중에 들었던 걸까.

대문을 여는 순간 이런 복잡한 생각들은 순식간에 날아가 버렸다. 루이 이모부가 한국의 인테리어 디자이너를 섭외해서 리모델링한 집은 뼈대만 놔두고 완전히 새로 지은 것처럼 보였다. 문을 열면 바로 보이는 작은 테라스는 여전했지만 엄마가 자주 나를 태우고 밀어 주던 흔들 그네는 사라졌고, 철제 테이블과 라탄 의자 세트도 사라졌다. 그 자리에 요즘 한창 유행하는 정원용 티 테이블과 의자 세트가 있었다. 나쁘지 않았지만 흔한 디자인이었다.

이모와 같이 현관문 앞에 섰는데 속이 울렁거려서 눈을 꼭 감았다. 이모가 내 손을 꼭 잡아 줘서 눈을 뜨자 애정에 찬 이모의 눈이 보였다. 그래, 해낼 수 있어. 해내야만 해. 이모에게 받은 열쇠로 현관문을 열었다. 거실 역시 싹 다 바뀌었다. 색이 바래고 여기저기 갈라졌던 진한 갈색 마룻바닥은 이제 해사한 해링본 무늬 마루로 변했고, 벽엔 동그랗고 까만 시계와 이모와 내가 같이 찍은 사진 액자가 하나 걸려 있었다.

거실 한가운데는 검은색 가죽 소파와 유리 테이블 세트가 차지하고 있었다. 부엌에서 최신식 가전들이 반짝반짝 빛나고 있는 모습이 마치 모델 하우스에 들어온 느낌이었다. 1층에 있는 안방은 이모가 쓰기로 하고, 내 짐을 가지고 2층으로 올라갔다. 어렸을 적 내 방, 그러니까 육아실로 쓰던 방을 내 방으로 다시 꾸몄다.

문을 열자 침대와 윤기가 흐르는 갈색 책상과, 깔끔한 흰색 화장대와 옷장이 보였다. 가방을 바닥에 내려놓고 창가로 가서 창문을 열고 맞은편에 있는 창문을 바라봤다.

저기 그의 방이 있다. 지금은 휴가로 집을 비우고 있지만 며칠 내로 돌아오겠지. 그가 나를 어떤 얼굴로 맞을지 기대되는걸.

*

이 집에 들어온 지 열흘째 되는 날 선우가 휴가에서 돌아왔다. 그가 매년 겨울 경기도에 있는 별장에서 혼자 몇 주 동안 지내다 집으로 돌아온다는 말을 박 여사에게 들었다. 선우가 돌아오기로 한 날 하루 종일 아무것도 할 수 없었다. 해가 저문 후부터 2층 창문에 들러붙어서 앞집만 바라보고 있었다. 드디어 선우를 본다고 생각하니 이모가 차려 놓은 저녁도 입에 들어가지 않아 고성능 망원경을 창턱에 내려놓고 계속 거리를 노려보고 있었다.

7시쯤 되자 저쪽에서 파란 볼보 한 대가 천천히 오는 모습이 보였다. 숨이 멎을 것 같았지만 부랴부랴 망원경을 집었다. 차가 차고 앞에서 멈췄는데 문이 열리지 않았다. 자동문인데 잘 안 열리는 모양이었다. 당연하지, 우리가 손을 좀 썼거든. 잠시 시간이 흐르고 나서 차문이 열리더니 키가 훤칠한 남자의 뒷모습이 보였다. 주위가 어둡긴 했지만 아주 깜깜하진 않아서 어느 정도 보였다.

청바지와 흰 옥스퍼드 셔츠 위에 두툼한 갈색 스웨터를 입은 그는 차 밖으로 나오자 추운지 어깨를 움츠리고 차고 문으로 가서 여기저기 살펴보는 눈치였다. 걸을 때 오른쪽 다리를 조금씩 저는 모습이 보였다. 차고 문은 자동 개방 시스템이 작동되지 않을 경우를 대비해 수동으로 조작하는 버튼이 달려 있었다. 그걸 누르자 차고 문이 열리면서 차고에 불이 켜졌다.

그 순간 차를 향해 돌아선 그의 얼굴이 정면으로 망원렌즈에 들어왔다. 선우는 오랜 세월이 흘렀는데도 그다지 변하지 않았다. 언제나 내게 다정하게 대해 주던 키다리 소년이 시간이 흘러 키다리 청년이 됐을 뿐이다. 30대 중반이니 청년이라고 하기엔 무린가? 순정만화의 주인공 같던 얼굴은 어른의 깊이가 더해져 성숙해 보였다. 그러나 혈색이 지나치게 해쓱했고, 장시간 운전해서 피곤했는지 그늘져 있었다. 지난 1년간 매일같이 파일에 있는 그의 사진을 보며 묻고 또 물었던 질문이 떠올랐다.

'당신인가요? 당신이 우리 엄마가 있는 곳을 알고 있나요? 엄마는 어디 있죠?'

10장

선우가 휴가에서 돌아온 후 외출할 때마다 몰래 미행했다. 그는 외출을 자주 하지 않는 편이라 기회가 많진 않았다. 대신 비나 눈이 와서 길이 위험할 정도로 미끄럽지 않는 한 매일 같은 시간에 지팡이를 짚고 동네를 한 바퀴 산책했다. 그 외엔 주로 집에서 시간을 보내는 눈치였다. 대학도 방학이라 나가지 않았고, 가끔 차를 몰고 나가 자주 가는 백화점의 남성복 코너에 들러 셔츠를 한두 장 사거나 넥타이나 구두를 보고, 서점에 들러서 책을 보다가 사거나 오디오 매장에 들러 주인과 이야기를 나누다 나오는 게 고작이었다.

산책을 마치면 동네 편의점에 들러 캔 커피를 하나 사서 맞은편에 있는 공원의 벤치에 앉아 마셨다. 주말 아침에는 웬즈데이란 동네 브런치 카페에 들러 브런치 세트를 먹고 항상 메고 다니는 검은 가죽 크로스백에서 노트와 만년필을 꺼내 뭔가를 열심히 적었다. 다이어리 같은데 외출

할 때는 언제나 가지고 다녀서 박 여사도 거기 뭐가 적혔는지 보지 못했다고 한다.

그렇게 따라다니다 보니 파일에는 나오지 않는 면들이 조금씩 보였다. 그는 파란색과 회색을 좋아하고(셔츠와 수트도 그 계열을 선호하는 듯했다), 시집과 추리 소설을 좋아하는 것 같았다. 매번 서점에 갈 때마다 시집이나 추리나 스릴러 신간을 한 권 사서 점원이 넣어 주는 종이봉투에 들고 갔다. 사고가 난 지 오래돼서 그런지 지팡이를 짚고 걷는 데 익숙해 보였지만 가끔 다른 날보다 더 심하게 다리를 저는 날이 있었다. 그럴 때는 걷는 속도도 느려져서 미행하기 쉽지 않았다.

웬즈데이에 가서 노트에 뭔가를 적을 때면 나도 시간차를 두고 따라 들어가 저만치 떨어진 테이블에 앉아 주스를 마시면서 그를 관찰했다. 그가 노트에 쓰는 건 시인가? 소설인가? 아니면 아무 의미 없는 낙서일까? 그렇다고 보기엔 좀 진지하게 쓰는 것 같기도 하고.

그러던 어느 날이었다. 그는 여느 때처럼 주말 아침에 웬즈데이에 가서 브런치 세트를 주문했고, 나는 조금 있다 들어가 구석진 자리에 앉아 아이스 아메리카노를 주문했다. 그날따라 카페 안은 브런치를 먹으러 나온 사람들로 시끄러웠고, 부모와 같이 온 아이들도 많았다. 둘밖에 안 되는 직원들이 여기저기서 주문을 받고 음료와 식사를 테이블로 나르느라 정신없어 보였다.

선우는 그런 번잡한 분위기에도 아랑곳하지 않고 독서에 열중해 있는 듯했다. 그때 내가 주문한 커피를 가지고 오던 직원이 테이블 밑에서 장난감 자동차를 가지고 놀던 한 사내아이의 팔에 걸려 바닥에 꽈당 넘어지고 말았다. 공교롭게도 선우의 테이블 앞에서 벌어진 일로, 얼음 덩어리들과 커피가 그만 선우한테 날아가고 말았다.

와글와글 시끄러웠던 카페 안이 순식간에 조용해졌다. 다행히 유리잔은 깨지지 않고 데굴데굴 굴러서 테이블 밑으로 떨어졌지만 선우는 아이스커피 날벼락을 정통으로 맞았고, 아이는 저 때문에 일어난 사고인 걸 알고 울음을 터트렸다. 넘어졌던 직원이 허둥지둥 일어나 선우에게 사과하려고 다가갔다. 그때 선우가 천천히 일어나서 절뚝거리며 바닥에 앉아 우는 아이에게 다가가 머리를 쓰다듬으며 말했다.

"어디 다친 곳은 없니? 괜찮아? 울지 말고. 다음부턴 이런 곳에선 바닥에서 놀면 안 돼, 알았지?"

겁이 나서 눈이 동그래진 사내아이는 고개를 끄덕였다. 부모가 우는 아이를 껴안았다. 미안해서 어쩔 줄 모르는 직원에게 선우는 괜찮으니 테이블을 좀 닦아 달라고 하고 화장실로 갔다. 그 틈에 일어나서 그의 테이블 옆을 지나치면서 다이어리를 슬쩍 넘겨봤다. 다이어리 앞부분에 그립다, 라는 글자가 얼핏 보인 것 같아 자세히 보려는 순간 저쪽에 있는 화장실 문이 열리는 소리가 났다. 나는 얼른 밖으로 나가서 골목 모퉁이에 숨었다.

선우는 조금 후에 커피 얼룩이 진 셔츠 위에 검은 카디건을 입은 채 크로스백을 메고 지팡이를 짚은 채 카페에서 걸어 나왔다. 주인과 직원이 따라 나와 다시 사과를 하는 눈치였지만 그는 미소를 지으며 괜찮다고 오히려 직원을 다독였다. 그걸 보자 오래전 그의 얼굴이 떠올랐다.

엄마나 선아 누나의 농담에 시원스럽게 웃고, 아이스크림 사 달라고 조르는 날 놀리며 활짝 웃던 그 얼굴. 요 며칠 따라다니면서 지나칠 만큼 무표정한 얼굴만 봐서 많이 변했다 싶었는데 저 표정은 예전의 선우와 똑같았다. 그때와 달리 지금은 웃고 있어도 슬퍼 보이지만. 그 얼굴을 보자니 묘하게 승부욕이 솟았다. 언젠가는 저 얼굴에서 다채로운 색깔의 감정들이 폭발하는 걸 보고 싶다. 그나저나 그립다니, 뭐가 그리운 걸까.

오늘은 선우와 정면으로 대결하는 첫날이다. 그가 재직 중인 한국 대학교의 영문과에 입학해서 그의 강의에 들어가기 위해 치열한 경쟁을 거쳐 수강 신청을 했다. 그는 알고 보니 꽤 인기 있는 교수여서 미친 듯이 마우스를 클릭해서 간신히 성공할 수 있었다. 매주 수요일 오전 11시부터 1시까지 두 시간 강의.

나는 아침 일찍 일어나 샤워하고 가볍게 화장을 했다. 하얀 스웨터에 블랙진을 입고 강렬한 인상을 심어 주기 위해 무릎 위까지 내려오는 빨간 코트를 입고, 토트백을 어깨에 걸쳤다. 준비 완료. 아래층으로 내려가자 소파에 앉아 있던 이모가 벌떡 일어났다. 긴장한 표정이 역력했다.

"엄마가 그렇게 긴장하면 나도 긴장되잖아."

"그러게. 마음 편하게 다녀오라고 말해 주려 했는데. 미안하다, 지아야."

나는 이모의 손을 잡아 내 두 손으로 감싸면서 말했다.

"엄마, 걱정하지 마. 나 잘해 낼 수 있어."

"그래. 우리 지아 잘할 거야."

현관을 나가려는데 이모가 말했다.

"아침 뉴스에 오늘은 비가 올 거라고 하더라. 우산 가져가!"

"응."

현관에 있는 우산꽂이에서 빨간 장우산을 하나 꺼내 들고 나갔다. 이모에게 걱정하지 말라고 말했지만 우산을 든 오른손이 사정없이 떨리고 있었다. 선우와 제대로 눈을 맞추고 마주볼 수 있을지, 전혀 모르는 사람처럼 침착하게 대할 수 있을지, 혹시 그가 날 알아보면 어떡해야 할지 도통 알 수 없었다. 아무리 이 날을 대비해 치밀하게 계획을 세웠다 해도 내가 대비할 수 없는 미지수는 여전히 차고 넘쳤다.

박 여사의 정보에 따르면 선우의 차가 정비소에 들어가 있어서 오늘은 택시를 탈 거라고 했다. 나는 골목 모퉁이에서 기다리고 있다가 선우가 나오자 몸을 벽에 딱 붙이고 숨었다. 어느새 손에서 땀이 배어 나오고 있었다. 선우는 한 손에는 지팡이를 짚고, 다른 손에는 얇고 검은 브리프케이스를 든 채 천천히 큰 길가로 걸어갔다. 그가 손을 들자 택시가 한 대 와서 섰다. 그 택시가 출발하자 곧바로 대로로 나가서 발을 동동 구르며 다음 택시를 기다렸다. 다행히 바로 택시가 왔다. 뒷좌석에 앉자마자 앞에서 달리는 택시를 가리키며 말했다.

“저 택시 좀 따라가 주세요. 너무 바짝 붙진 마시고요.”

희끗희끗한 머리에 파란색 유니폼 셔츠 소매가 지저분한, 늙수그레한 기사가 나를 비릿한 시선으로 훑어보더니 씩 웃었다.

“예쁜 아가씨가 남친 미행이라도 하는 건가? 왜? 남친이 바람이라도 피웠어?”

나는 한숨을 쉬었다.

"네. 아주 나쁜 새끼니까 놓치지 말아 주세요. 꼭 현장에서 잡아야 해요! 제시간에 도착하면 요금을 두 배로 드릴게요."

그러자 기사는 두말없이 택시를 따라가는 데 집중했다. 어느덧 소나기가 쏟아지기 시작했다. 비 때문에 선우의 택시를 놓칠까 걱정했지만 다행히 제때 도착했다. 교문에서 조금 떨어진 곳에 택시를 세우고 급한 마음에 요금의 두 배가 넘는 돈을 기사에게 던지듯 주고 우산을 펴고 나갔다. 선우는 비가 올 줄 몰랐는지 난감한 표정으로 잠시 비를 맞고 서 있다가 결심한 듯 교문 안으로 들어갔다.

조금 거리를 두고 따라갔다. 심장이 터질 것 같아서 좀처럼 다가갈 수 없었다. 그러다 그가 운동장 중간쯤 갔을 때 마침내 용기를 쥐어짜서 재빨리 걸어가 말했다.

"저기, 괜찮으시면 우산 같이 쓰실래요?"

그러면서 그의 머리 위에 우산을 받쳤다. 멍하니 생각에 빠져 걷던 그가 흠칫 놀라며 고개를 돌렸다가 나를 보고 얼굴이 하얗게 변했다. 그래, 바로 이거야!

나는 짐짓 아무것도 모르는 척 앞에서 비를 흠뻑 맞고 가셔서 이렇게 왔다는 식으로 둘러댔다. 선우는 내 말을 듣는 둥 마는 둥 넋이 나간 표정으로 허둥대다 지팡이를 떨어뜨렸다. 내가 최대한 침착하게 주워서 돌려주자 선우의 볼이 붉게 물이 들었다. '뭐야, 의외로 소년 같은 구석이 있잖아.' 하지만 방심은 금물이다.

우리는 수업이 있는 건물까지 걸어가서 인사를 나누고 헤어졌다. 그는 유령이라도 본 표정으로 간신히 고맙다고 인사하고 허둥지둥 자신의 연구실로 절뚝거리며 걸어갔다. 보기에 안타까울 정도로 평소보다 더 심하게 절뚝거렸다. 나는 화장실에 들어가 비에 젖은 코트의 물기를 손수건으로 닦아 내며 숨을 골랐다. 침착해, 이제부터 시작이야.

화장실 거울을 보며 화장을 고치고 강의실로 들어간 지 얼마 후 젖은 옷과 머리를 대충 수습한 선우가 들어왔다. 그는 출석을 부르다가 강의실 뒤쪽에서 "김지아"라는 이름에 대답하는 나를 보자 또 다시 얼굴에 핏기가 사라졌다. 엄마를 닮은 나를 보고 이 정도로 놀란다면 뭔가 사연이 있는 것이다. 엄마와 관련된 사연 혹은 비밀이. 그가 정말 기억을 잃었든 아니든.

11장

아난 이모와 나는 계획대로 선우와 마주치는 횟수를 조금씩 늘려서 그의 경계심을 풀어 갔다. 먼저 그가 산책 나가는 시간에 맞춰 우리도 대문 밖에 나왔다가 우연히 마주친 척 인사를 나눴다. 강의실에서 선우를 매주 보는 나와 달리 오래전 그 교통사고 후 선우를 처음 본 이모는 내 예상보다 훨씬 더 자연스럽게 그를 대하면서 이 동네에서 새로 오픈한 통증 치료 클리닉의 명함을 건넸다.

하지만 선우는 병원에 오지 않았고, 치료를 빙자해 이모가 그의 기억을 잠깐이라도 볼 수 있지 않을까 싶었던 계획은 수포로 돌아갔다. 하지만 그 정도 변수는 이미 생각해 뒀고, 아직 시간이 많으니 걱정할 일이 아니었다. 정작 문제는 엉뚱한 곳에서 터졌다.

선우의 산책 루트를 익히기 위해 어느 날 오후 나 혼자 동네를 한 바퀴 돌았다. 작은 동네지만 그래도 넓게 한 바퀴 도니까 한 시간 정도 걸린 끝에 목이 말라서 공원 맞은

편에 있는 편의점에 들어갔다. 어렸을 때 이 자리에 럭키 슈퍼가 있었는데 그동안 편의점으로 바뀐 모양이었다.

나는 다양한 음료수와 우유가 있는 냉장고로 가서 습관적으로 바나나 우유를 하나 집어 계산대로 갔다. 평소에는 나와 비슷한 또래의 알바로 보이는 젊은 여자가 계산을 해 줬는데, 오늘은 촌스러워 보일 정도로 염색을 새까맣게 한 파마머리에 새빨간 립스틱을 입술에 칠한 60대 중반 정도로 보이는 여자가 서 있었다.

내가 바나나 우유를 내밀자 여자가 받아서 스캐너로 찍은 후에 1,400원이라고 말했다. 그러더니 내 카드를 받은 여자가 계산은 안 하고 잠시 나를 찬찬히 뜯어봤다. 무심결에 마주 보자 갑자기 여자의 눈이 휘둥그레 커지더니 느닷없이 소리쳤다.

"혹시 너 연우 아니니?"

순간적으로 허를 찔린 나는 아무 대답도 할 수 없었다.

"너 연우 맞지? 세상에. 어쩜 이렇게 엄마를 빼닮았어? 처음에 너 보고 어디서 많이 본 얼굴이다 했는데 역시. 어렸을 때는 엄마를 별로 안 닮았는데 크면서 완전 판박이가 됐구나. 나 모르겠어? 너 어렸을 때 우리 가게에 자주 왔잖아. 그때 너희 엄마가…."

흥분해서 정신없이 말을 쏟아 내던 그 사람이 순간 아

차, 하는 표정으로 입을 다물었다. 이제야 누군지 생각났다. 순식간에 머릿속이 하얗게 변했다. 어떡하지? 나는 잠시 고민하다 결단을 내렸다.

"안녕하셨어요, 아주머니?"

"그래, 너 연우 맞지? 역시 내 기억은 정확해. 내가 다른 건 몰라도 사람 얼굴 하나는 기가 막히게 잘 기억하거든. 못 본 사이에 아가씨가 다 됐네. 아주 예뻐졌어. 호호호."

아주 지각이 없는 사람은 아닌지 엄마 이야기는 더 이상 묻지 않았다. 나는 마음속으로 안도의 한숨을 내쉬었다.

"그런데 여긴 어쩐 일이야? 그 후로 이 동네를 떴잖아. 소문에 이모를 따라 갔다고 하던데. 거기가 미국이라고 했나, 아니면 일본이었나?"

"네. 미국에 사는데 일이 있어서 잠깐 한국에 나왔다가 들렀어요. 아주머니가 여기서 계속 장사하고 계신 줄은 몰랐어요."

바나나 우유고 뭐고 당장 나가고 싶었다. 아줌마의 수다에 대충 고개를 끄덕이면서 계산하면 바로 나가려고 했는데. 아줌마는 내 카드를 꼭 쥔 채 좀처럼 결제할 생각을 하지 않았다. 답답한 마음에 고개를 돌려 밖을 보다가 심장이 멈추는 줄 알았다. 저만치서 선우가 지팡이를 짚은 채 편의점을 향해 천천히 걸어오고 있었다.

"내가 뭐 달리 할 줄 아는 게 있어야지. 여기서 슈퍼 하다가 나중에 편의점이 유행하기 시작할 때 얼른 갈아탔지. 타이밍이 좋아서 여기 말고도 다른 곳에 편의점 두 곳을 더 냈어. 여기는 알바들 돌리고 있는데 알바 하나가 갑자기 아파서 못 나온다지 뭐야. 그래서 간만에 나왔어. 매장 세 곳을 돌리기가 만만하지 않네. 난 강남으로 이사 가서 여기 오기가 쉽지 않거든. 가격만 적당한 작자가 나오면 얼른 여기는 정리했음 싶은데."

그녀는 "강남"이란 단어를 유독 강조하며 하나도 궁금하지도 않은 자신의 근황을 끝없이 늘어놨다. 선우가 점점 더 가까워지고 있었다. 어쩌면 좋지? 어쩌면 좋아? 뭐라고 둘러대고 여기서 빠져나가지?

"아이고, 나도 참 주책이지. 오랜만에 본 너를 붙잡고 별 이야기를 다한다. 그나저나 넌 어렸을 때도 바나나 우유를 그렇게 좋아하더니 지금도 여전하구나. 참, 너 선우 기억나니? 어렸을 때 가끔 너랑 같이 와서 우유도 사 주고 아이스크림도 사 주던 오빠 있잖아. 그 선우 총각은 아직도 이 동네 살아. 가끔 이 앞을 지나가는 게 보이더라. 선우도 너 돌아온 거 알면 정말 반가워할 텐데."

"그런가요? 전 그때 기억이 잘…."

"그래? 하긴 뭐 그럴 수 있지. 그때 넌 네 살인가 다섯 살인가밖에 안 됐으니까. 아무튼 반갑다. 나중에 또 놀러 와."

다행히 다른 손님들이 들어와 내 뒤에서 줄을 서서 아주머니의 수다는 막을 내렸다. 아주머니는 카드를 긁으면서 또 놀러 오라고 했다. 내가 고개를 꾸벅 숙이는 틈에 선우가 문을 열고 들어와 맞은편 진열대를 향해 천천히 걸어갔다. 나는 카드와 우유를 쥔 채 아무렇지 않게 가게를 나오자마자 미친 듯이 집으로 뛰어갔다. 현관문을 쾅 닫고 거실 소파에 허물어지듯 쓰러진 나를 부엌에 있던 이모가 나와서 보고 깜짝 놀랐다.

"왜 그래? 무슨 일 있었어? 아니, 식은땀까지 흘리고."

"엄마, 나 어떡해?"

"무슨 일인데? 어서 말해 봐."

나는 이모에게 자초지종을 털어놨다. 편의점에서 옛날 슈퍼 아줌마를 만난 것. 그 사람이 나를 알아보고, 선우와 연결하기까지 한 이야기를 다 했다. 그 와중에 선우가 편의점으로 들어왔지만 다행히 들키지 않고 무사히 빠져나왔다고. 다만 그 아줌마가 선우에게 내 이야기를 했을지 안 했을지는 모르겠다고 설명했다. 이모는 내 이야기를 침착하게 들으며 가끔 고개를 끄덕이다가 말했다.

"그 사람 편의점이 세 개라고 그랬니? 이 동네 편의점은 정리하고 싶다고 했고."

"응, 왜?"

"정리하고 싶다면 그렇게 해 주지. 앞으로 동네에서 너랑 선우랑 같이 다닐 수도 있을 텐데. 그 아줌마가 선우에게 지나가는 말로라도 입을 놀리는 순간 우리 계획은 물 건너가잖아. 너무 걱정하지 마. 이건 생각보다 간단하게 해결할 수 있는 문제야. 저녁 준비나 도와주렴."

별거 아니라는 이모의 표정에 몸의 떨림이 멈췄다. 그래, 앞으로 어떤 난관이 기다리고 있을지 모르는데 고작 이 정도 일로 호들갑을 떨 순 없다. 무엇보다 이모의 저런 침착한 태도는 배워야 해. 그날 밤 이모는 미국에 있는 루이 이모부와 그 상황에 대해 의논했다.

얼마 후 이모부가 지정한 법률 대리인이 동네 터줏대감인 공인중개사 김 사장을 찾아가 문제의 편의점을 인수하고 싶다는 의향을 비쳤다. 권리금을 시세보다 50퍼센트나 높이 쳐 주면서 인수하겠다고 하자 거래는 일사천리로 이뤄졌다. 그렇게 루이 이모부의 사업체에 한국의 편의점 하나가 추가됐다.

12장

다음 작전에 돌입했다. 여기까지 어떻게 왔는데 마냥 선우의 강의실에서 노트 필기만 하다 시간을 보낼 수는 없었다. 지난 1년간 피눈물 나는 노력 끝에 원래 체중으로 회복되면서 살 속에 깊이 파묻혀 있던 이목구비도 되찾았다. 이모와 이모부는 내가 클수록 엄마를 닮아 간다고 했지만 미국 집에 있는 가족 앨범 속의 엄마 얼굴은 나와 사뭇 달랐다.

얼굴형이나 전체적인 분위기는 엄마를 닮았지만 이모가 준 사진 속 아빠를 닮은 끝이 동그란 코와 무엇보다 눈이 달랐다. 엄마는 쌍꺼풀이 없는 길고 큰 눈이 매력적인데 나는 아빠를 닮아 눈에 쌍꺼풀이 깊게 지고 동그란 편이었다. 그래서 이모와 이모부의 결사반대에도 불구하고 엄마 사진을 들고 성형외과에 찾아가 똑같이 수술을 해 달라고 했다. 부기가 다 빠지고 난 내 눈을 보고 이모와 이모부는 말없이 고개를 끄덕였다.

그러니 선우의 기억이 돌아오기만 하염없이 기다리기보다 내가 좀 도와줘야 할 때가 됐다. 나는 수요일 오전 강의 시간에 맞춰 골목 입구에서 기다리고 있다가 선우가 방금 차고로 갔다는 박 여사의 문자를 받고 앞집에서 조금 떨어진 곳에서 고통스러울 정도로 천천히 대로를 향해 이어폰을 끼고 걸었다. 예상대로 선우는 나를 보고 차를 세웠다. 천만다행이었다. 나를 못 보고 지나쳤으면 다음 기회를 노려야 했는데.

선우가 같이 차를 타고 등교하겠냐고 물었을 때 얼른 탔다. 선우는 나의 그런 적극적인 태도에 조금 놀란 표정이었다가… 활짝 미소를 지었다. 그를 지켜본 지난 몇 달 만에 처음 보는 미소였다. 어두운 밤하늘에 환한 보름달이 둥실 떠오르는 것 같은 미소. 그걸 보고 나도 모르게 따라 웃었다가 바로 후회했다.

'지금 이게 뭐 하는 짓이야? 정신 차려, 김연우.'

나는 마음을 가다듬고 볼보에 대해, 파란색에 대해, 영시 수업에 나오는 19세기 낭만주의 시인들에 대해 이야기를 나눴다. 선우가 좋아하는 주제인 걸 알고 일부러 꺼냈지만 의외로 즐거운 대화였다. 나도 공황 발작을 일으키기 전까진 문학을 좋아해서 용돈을 받으면 항상 책을 사던 아이였으니까.

누군가, 그것도 남자와 책과 시인에 대해 이야기를 나눌 수 있어서 신기하고 놀라웠다. 무엇보다 학교 다닐 때 잠깐 만나다 몇 번의 가벼운 키스 끝에 금방 헤어져 버린 풋사랑들과 달리 선우와 있을 때는 아주 편했다. 어렸을 때 알고 지내던 사람이어서 그럴까. 물론 그는 나를 기억하지 못하고, 나도 그다지 기억나는 게 없지만.

의미 없는 수다만 떨다가 곧 학교에 도착할 것 같아 초조해지려는 찰나에 먼저 선우가 구원의 손길을 뻗어 왔다.

“아까 뭔가 들으면서 가는 것 같던데?”

“네, 좋아하는 노래예요. 교수님도 한번 들어 보실래요?”

나는 대답도 듣지 않고 이어폰을 꺼내서 한쪽을 그의 오른쪽 귀에 꽂아 주고, 하나 남은 이어폰을 내 귀에 꽂은 채 핸드폰의 플레이 리스트를 눌렀다. 내가 아무렇지 않게 그의 몸에 손을 대서 선우가 움찔한 순간 ‘봄날은 간다’ 노래가 흘러나왔다. 선우의 반응은 기대 이상이었다.

노래가 흘러나오는 순간 급정거를 하는 바람에 안전벨트를 안 맸더라면 나는 차 앞 유리에 박치기할 뻔했다. 그는 몹시 당황하면서 정신없이 사과했다. 노래 제목을 물어보는 그에게 아무렇지 않게 대답하면서 그가 크게 동요하고 있는 걸 모른 척했다. 학교에 도착해 인문학부 건물 앞에 나를 내려 주고 교수 주차 구역으로 들어가는 그의 얼굴이 새파랗게 질려 있었다.

*

그날, 내가 한국으로 돌아가 선우를 찾아가겠다고 선언한 날. 나와 이모는 주전자에 가득 들어 있는 재스민 차를 다 비울 때까지 이야기를 나눴다. 그 노래에 대한 이야기도 그때 들었다. 엄마는 나를 낳기 전 몇 년 동안 밴드 보컬로 순회 공연을 다녔다. 그렇게 떠도는 생활에 지친 엄마는 마침내 집으로 돌아와 한국인이 하는 뮤직 클럽에서 노래를 불렀다.

어느 날 이모의 남자친구인 훈의 생일 파티를 그 클럽에서 하기로 했는데 의대 공부에 바빴던 이모가 깜박 잊고 있었다. 뒤늦게 케이크를 들고 간 이모는 무대 위에서 그 노래를 부르고 있는 엄마를 객석에서 보고 있는 훈을 봤다. 그 눈빛이 심상치 않아 그만 나가자고 하려고 훈의 팔을 잡았던 이모는 엉겁결에 그의 기억을 보고 말았다. 그 기억 속엔 이모가 아닌 엄마가 그와 같이 있었다. 얼마 후 엄마가 임신했다는 폭탄선언을 했다.

나는 몰랐다. 엄마와 단둘이 살 때 왜 그렇게 그 노래를 즐겨 불렀는지. 잠들지 못하고 칭얼거리는 나에게 자장가로 불러 주고, 어린 나를 카시트에 태우고 가끔 드라이브 갈 때도, 거실 마룻바닥을 걸레로 박박 문질러 닦을 때도, 가끔 식탁에 마주보고 앉아 나는 바나나 우유로 엄마는 캔맥주를 맞대며 장난스럽게 건배를 할 때도 언제나 그 노래가 흘렀다.

엄마에게 그 노래는 일종의 '화양연화', 즉 자신의 인생에서 가장 아름다웠던 시절의 주제가 같은 것이었으리라. 오랫동안 짝사랑했던 남자가 언니가 아닌 자신을 바라봐 준, 바로 그 잊을 수 없는 밤에 부른 노래.

선우는 몰랐을 것이다. 그 노래가 엄마에게 어떤 의미가 있는지. 엄마는 그런 내밀한 이야기를 남에게 쉽게 털어놓는 사람이 아니었다. 하지만 기분 내키면 종종 기타를 들고 나와 선우에게 그 노래를 불러 줬으니까 그도 잊을 수 없었겠지. 오늘 선우를 보며 그가 모든 기억을 잃은 건 아니라는 걸 느낄 수 있었다. 어쩌면 자신이 원하는 것보다 더 많은 걸 기억하고 있을지도 모른다.

13장

이모와 와인을 마시고 있다. 두 병째다. 병원에서 퇴근한 이모는 평소보다 훨씬 더 지치고 우울해 보였다. 드디어 오늘 선우가 병원에 찾아왔다. 선우를 병원에서 만나기 위해 매일같이 나도 안내 도우미로 데스크에 서 있었는데 오랜 기다림이 보답을 받은 것이다. 선우는 흰 면바지와 파란 셔츠 차림에 예의 그 지팡이를 짚고 들어와 조심스럽게 실내를 둘러보는 눈치였다. 그러다 핑크색 유니폼을 입고 서 있는 나를 보자 눈도 제대로 마주치지 못했다. 파란색 셔츠가 그의 흰 피부와 잘 어울린다는 생각이 무심코 들었다.

"오늘 어땠어, 엄마? 선우 말이야."

"그게… 예상했지만 쉽지 않더라."

"그 사람을 치료했을 때 아무것도 안 보였어?"

"너도 알겠지만 내가 어떤 사람의 팔이나 신체 일부를 만진다고 해서 그의 기억이 다 보이는 건 아니야. 나와 감정적으로 특별한 관계가 있는 사람이나, 그 사람과 관계를 맺은 사람의 기억만 보이지. 그것도 다 보이는 것도 아니고. 그걸 보겠다는 내 의지가 강하거나 혹은 상대가 품고 있는 기억이 너무 강렬해서 내 의지와 상관없이 보이는 거야. 엄마를 잃은 어린 너의 기억이나 그날 신호등 앞에 서 있었던 선우의 기억이 그런 경우지. 내 의지도 어느 정도 작용했지만 둘 다 몸에 깃들어 있는 기억이 너무 강해서 자연스럽게 내게 흘러들어온 거야."

"그렇겠지. 스치는 사람마다 다 보이면 엄마가 어떻게 살아갈 수 있겠어? 그게 어느 정도 엄마를 보호해 주는 장치도 되는 거 같아. 물론 엄마가 의도한 건 아니겠지만."

"맞아. 그리고 나와 가까운 사람들의 기억을 보는 건 고통스러울 때가 더 많아. 차라리 안 봤으면 싶은 기억들이 더 많거든. 거기다 너도 알겠지만 기억이란 게 항상 100퍼센트 진실은 아니야. 예를 들어 너와 내가 어떤 일을 같이 겪었다 해도 너와 나의 기억은 똑같지 않잖아. 특히 오래된 일이라면 더 그렇고."

"맞아. 오래전 같이 겪었던 일에 대한 기억이 사람마다 다른 경우는 아주 많지. 사실 사람들의 기억이 판에 박은 듯 똑같은 건 불가능하기도 하고. 당시 각자가 처한 상황과 감정과 처지가 뒤죽박죽 섞인 결과물이 기억이니까."

“그래서 기억을 맹신하는 건 위험하기도 해. 아무튼 오늘 선우를 치료하면서 그의 기억을 슬쩍 보려고 했는데… 안 보였어.”

“하나도?”

“응. 마치 그의 기억에 두꺼운 장막이 덮여 있는 것 같았어. 어쩌면 선우가 무의식적으로 기억하지 않으려고 애를 쓰고 있는 것 같기도 했고. 오래전에 봤던 그의 기억은 무척 생생했는데. 오늘은 한 시간이나 치료를 하면서 몸을 계속 만졌는데도 물처럼 투명해. 아무것도 비치질 않아. 이런 경우는 또 처음이야.”

이모는 땅이 꺼져라 한숨을 쉬었다.

“그건 그것대로 수상하네. 아무리 기억상실증이라고 해도 기억의 파편들은 분명 남아 있을 텐데. 지난번에 내가 아랑 엄마로 분장하고 가서 간호했을 때는 뭔가 떠오르는 눈치였는데.”

“그때 선우가 너보고 뭐라고 했는지 다시 말해 볼래?”

“고열에 시달리는 와중에 한 헛소리였을지도 모르지만, 내가 물수건을 이마에 올려놓고 있을 때 갑자기 눈을 번쩍 뜨더라고. 엄마가 아닌 걸 들킬까 봐 조금 무서웠지만 아무렇지 않은 척 마주보고 있었더니.”

“그랬더니.”

"마치 꿈을 꾸는 것 같은 눈빛으로 나를 봤어. 그러다 내 하트 목걸이에 시선이 가는 것 같더니 느닷없이 내 손을 잡았어. 아픈 와중에도 힘이 무척 셌던 게 기억나. 뿌리치고 싶은 걸 참고 가만히 있으니까 이렇게 말했어. '아랑, 나랑 같이 가는 거지? 이번엔 정말 같이 가는 거지? 제발 날 두고 가지 마.'라고. 그러더니 다시 잠들어 버렸어."

"아랑과 어딜 가려고 했는데 아랑이 싫다고 했을까? 분명 이 자식에게 뭔가 있는데. 그게 뭔지 도무지 보이질 않아."

"너무 신경 쓰지 마. 아직 기회는 더 있으니까."

"그래…. 난 이만 자야겠다. 오늘은 좀 피곤하네. 식탁은 네가 치워 줄래?"

"응. 오늘 너무 애썼어. 푹 쉬어."

이모는 고개를 끄덕이고 안방으로 들어갔다.

*

조금만 걸어도 어느새 이마에 땀이 고이는 여름이 시작됐다. 학교에 있을 때면 늘 선우 주변을 맴돌아 걸림돌이 됐던 조교 성철이 방학을 맞아 부산 고향집으로 내려갔다. 덕분에 두 달 넘는 황금 같은 시간이 주어졌다. 나는 선우의 연구실 앞에서 얼쩡거리며 복도 벽에 붙은 게시판의 공고문을 보다가 우연히 그와 마주친 척 연기해서 연구실에 들어가는 데 성공했다. 그리고 돈이 필요하다는 핑계를 대서 영시 번역 프로젝트를 같이 하기로 했다. 이로써 가까이서 선우를 지켜보며 그의 기억을 다각도로 흔들 수 있는 통로가 생겼다.

우리는 그의 연구실에서 테이블을 사이에 놓고 앉아 같이 시선집에 들어갈 시들을 고르면서 어느 시인의 어느 작품이 좋을지 토론하고, 내가 한 번역에 대한 피드백을 듣고, 교수 식당이나 학교 근처 식당에서 같이 밥을 먹고, 번역이 안 풀릴 때면 요즘 인스타에서 핫한 카페를 찾아가서 커피와 디저트를 먹기도 하고, 교내를 같이 걷기도 했다.

계절 학기를 듣거나 취업 준비를 하러 방학에도 계속 도서관에 나오는 같은 과 아이들이 우리 둘을 보고 뒤에서 쑥덕거리는 건 알고 있었다. 상관없었다. 지금은 선우와 스캔들이 날까 봐 걱정할 때가 아니다. 오히려 우리 작전에 도움이 될지도 몰라서 부러 모른 척했다.

정작 선우는 시종일관 나에게 예의바르고 정중하게 대하면서 결코 교수와 제자로서의 선을 넘지 않았다. 내게 관심이 없나 하면 그런 것 같진 않았다. 번역하느라 프린

트물에 코를 박고 있다가 문득 고개를 들었을 때 열띤 시선으로 나를 훔쳐보고 있다가 홱 고개를 돌리거나, 일하다 무심코 우리의 손이나 팔이 스칠 때 불에 덴 듯 놀라는 모습을 보면 내게 관심이 있는 건 확실했다.

하지만 거기서 한 발도 나아가지 않았다. 번역할 때 적절한 한국어 단어가 떠오르지 않아 끙끙대는 나를 위해 몇 가지 예를 들어 주고, 집에 갈 때 차로 데려다주고, 밥이나 차를 먹을 땐 나는 지갑도 꺼내지 못하게 하지만 그런 내내 내 손끝 하나 건드리지 않았다. 어쩔 수 없다. 산이 움직이지 않는다면 마호메트가 산을 향해 가는 수밖에.

어느 날 나는 흰색 폴로 반팔 티에 데님 반바지를 입고 맨발에 샌들을 신은 채 평소보다 일찍 학교로 갔다. 어제 내린 비로 교정은 사방이 축축하게 젖어 있었다. 완벽했다. 먼저 교수실 벽에 걸려 있는 엔텔로프 캐넌 사진 액자에 몰래 카메라를 설치했다. 그 액자는 번역 아르바이트를 주선해 준 선우에게 감사 표시로 내가 준 선물이었다. 그리고 인문대 뒤편의 계단으로 가서 심호흡을 한 번 했다. 한 번 더, 한 번 더. 한 번 더.

그리고 여섯 계단을 올라갔다가 일부러 발을 헛디뎌 밑으로 굴러 떨어졌다. 떨어지는 순간 본능적으로 두 팔로 얼굴을 가리는 바람에 팔꿈치가 돌계단을 퍽 치면서 순간

100만 볼트의 전기에 감전된 것처럼 찌르르 통증이 올라왔다. 그와 동시에 뾰족뾰족한 돌계단에 천이 북북 찢어지는 것처럼 무릎과 허벅지가 거칠게 찢어지는 것 같은 아픔에 절로 신음이 터져 나왔다.

각오는 했지만 생각보다 너무 아파서 잠시 그대로 뻗어 있다가 땅바닥에 두 손을 짚은 채 천천히 몸을 일으켜서 살펴봤다. 퍽 소리가 날 정도로 돌계단에 세게 부딪친 팔꿈치에서 올라오는 통증에 눈물이 핑 돌았고, 벌써 주위 피부가 멍이 드는 기미가 보였지만 피는 나지 않았다. 무릎과 허벅지에 세로로 길게 긁힌 상처들은 피범벅에 흙과 먼지가 묻어 엉망이었다. 혹시라도 본 사람이 없나 싶어 주위를 둘러봤지만 방학이고 이른 아침이라 다행히 아무도 없었다. 나는 바지 주머니에 넣어 둔 손수건을 꺼내 흙을 대충 털어 내고 절뚝거리며 연구실로 걸어갔다.

그리고 소파에 엉거주춤하게 앉아 선우를 기다렸다. 평소보다 조금 늦게 도착한 선우는 내 몰골을 보고 크게 놀랐다. 평소엔 소리 없이 흐르는 물처럼 고요한 표정의 그가 오늘은 지팡이를 짚은 채 정신없이 걸어와서 내 상처를 살폈다.

"아니, 어쩌다 이랬어? 이 피 좀 봐! 많이 다쳤잖아!"

"아까 학과장실에 자료 좀 가지러 갔다가 내려오는 길

에 계단에서 미끄러졌어요. 갑자기 현기증이 나는 바람에."

"잠깐만 기다려 봐. 응급 처치함이 여기 어디 있을 텐데."

다리가 부러진 것도 아닌데 혼비백산한 그는 사무실 한쪽 구석에 있는 캐비닛에 가서 응급 처치함을 꺼내 상처를 탈지면으로 닦고 소독부터 했다. 그런 내내 아프지 말라고 상처에 얼굴을 대고 후후 불어 주는데 웃음이 나오려는 걸 간신히 참았다. 평소엔 근엄한 표정의 그가 안달하는 모습은 생각보다 재미있었다. 그는 허벅지 상처에 붕대를 감고 밴드를 붙여 준 후 내 옆에 앉아 머리를 쓰다듬으며 말했다.

"에구, 우리 지아. 씩씩하기도 하지. 아주 잘 참았어."

좀처럼 감정을 드러내지 않던 그의 친근한 표현에 놀랐지만, 그도 무의식중에 한 행동이었는지 민망해서 고개를 들지 못했다. 불현듯 어린 내가 넘어져서 다쳤을 때 그가 이렇게 머리를 쓰다듬어 주며 칭찬했던 기억이 떠올랐다. 그때 우리는 정말 좋았는데. 그때 우리는 세상 아무 걱정이 없었는데.

아직 고개를 들지 못하는 선우의 얼굴을 빤히 바라보자 그가 고개를 들었다. 나는 그에게 다가가 그의 입술에 내 입술을 포갰다. 그의 몸이 잠시 굳어졌다가 이내 부드럽게 풀렸다. 그는 내 뺨을 부드럽게 두 손으로 감싼 채 다시 오랫동안 키스했다. 그 순간 아무것도 생각나지 않았다. 엄마도, 이모도. 선우와 나 우리 둘뿐이었다.

14장

잠이 오지 않는다. 자려고 침대에 누우면 생각이 꼬리에 꼬리를 물고 떠오르고, 그 꼬리를 잡다 보면 어느새 창밖이 환하게 밝아 왔다. 며칠 후 아침 식탁에서 이모가 물었다.

“너 요즘 괜찮니?”

“응. 갑자기 왜 그런 걸 물어, 엄마?”

“요새 통 못 자는 거 같아서. 얼굴도 영 까칠하고. 혹시… 우울증이 재발한 건 아니지?”

나는 고개를 들어 수심이 가득한 얼굴로 나를 보는 이모를 바라봤다.

“아니야. 요새 선우랑 하는 번역이 힘들어서 그래. 하루 종일 책상에만 앉아 있었더니 운동 부족인지 잠도 잘 안 오고.”

“그래. 날씨가 많이 덥다. 그래도 좀 걷거나 동네 체육관이라도 가서 달려. 끼니 거르지 말고. 요즘 먹는 것도 시원찮던데. 선우 일도 중요하지만 나한텐 네가 더 중요해."

"옛썰!"

내가 장난스럽게 경례하자 이모가 피식 웃었지만 눈빛은 여전히 어두웠다.

"이러다 출근 늦겠어, 엄마. 식탁은 내가 치울 테니 어서 출근해."

이모가 나간 후 설거지를 하다가 며칠 전 공원 산책길에서 만난 선우와의 대화를 생각했다. 그날 그 키스 후 우리는 조금씩 가까워지고 있었다. 아니, 선우가 용기를 내서 조금씩 다가오고 있다고 하는 표현이 정확하겠지. 원래 그게 목표였지만 그럴수록 기쁘기보다 혼란스럽고 두려워졌다. 그의 마음을 사로잡아 그의 머릿속에 떠도는 기억과 비밀을 캐낼 가능성이 커지는 건 기쁘지만 그런 한편으로 나에 대한 그의 감정이 궁금해졌다.

어제 공원에서 선우와의 만남은 의도적이었다. 그의 마음을 떠보기 위해 일부러 공원에 먼저 가 있다가 내가 인기가 많았다는 말을 슬쩍 흘렸다. 아주 근거 없는 거짓말은 아니었다. 아프기 전에는 나를 따라다니는 남학생들도 제법 있었으니까. 지금 내 눈에 선우만 보인다는 말도 사실이다. 그 풋내기 소년들에 비해 선우는 성숙한 남자고, 무엇보다 그는 내 목표물이자 사냥감이니까. 다만 우리 엄마를 납치하거나 죽였을지도 모르는 남자에 대한 내 감정을 갈수록 나도 모르겠는 게 문제지만….

이모는 요즘 규칙적으로 병원에 치료받으러 오는 선우를 저녁 식사에 초대하겠다고 했다. 그날 선우의 기억을 끌어내야 한다. 적어도 증거가 될 만한 이야기를 유도하거나. 그 저녁 초대를 위해 이모와 백화점에 가서 고급 와인 몇 병과 식재료를 샀다. 내 옷도 몇 벌 샀다. 이건 어디까지나 작전에 필요한 무기일 뿐이다. 선우가 나한테서 엄마의 모습을 보고 동요하게 만들기 위한 무기.

며칠 후 약속한 시간에 맞춰 선우가 초인종을 울렸다. 나는 아침부터 이모가 사준 옷들을 침대에 펼쳐 놓고 뭘 입을지 고민하고, 화장하고, 집 안 청소를 하고, 요리 준비를 하느라 하루 종일 바빴다. 대문을 열자 선우는 언뜻 봐도 무거워 보일 만큼 풍성한 장미 꽃다발과 와인 한 병을 들고 있었다. 한 손에는 지팡이를 짚고 남은 한 손으로 와인을 들고 겨드랑이에 꽃다발까지 끼고 있느라 힘들어 보였다. 이마에 땀까지 맺혀 있었다. 나는 재빨리 꽃다발을 받아 들고 평소보다 과장되게 기뻐했다.

왠지 표정이 어두웠던 선우는 반가워하는 내 얼굴을 보고 비로소 표정이 풀렸다. 나는 그를 이끌고 집 안으로 들어갔다. 이제 막 사귀기 시작한 연인답게 그가 날 소파에 앉히고 키스하고 있을 때 이모가 들어오는 소리가 들렸다. 천만다행이었다.

저녁 식사는 즐거웠다. 평소엔 말수가 적은 선우도 오늘만큼은 이모가 계속 따라 주는 와인을 사양하지 않고 요리를 먹으며 미국에서 교수로 일할 때 있었던 이야기들을 재미있게 들려줬다. 선우에게 이런 사교적인 면도 있었나 싶었다. 그야말로 완벽한 식사 파트너이자 센스 있는 손님이었다. 이모는 그런 선우를 적당히 부추기거나 구슬려서 쉴 새 없이 이야기를 끌어내고 있었다. 그런 두 사람을 보며 나도 계속 와인을 마시다 보니 어느새 취기가 오르고 있었다. 이모는 내 뺨이 달아오르는 걸 보고 선우 몰래 내게 눈짓을 하더니 말했다.

"교수님, 음악 좋아하세요?"

"네, 좋아하죠."

"그럼 우리 지아 노래 한번 들어 보실래요?"

"좋죠."

"우리 지아가 노래도 잘하고 기타도 수준급으로 쳐요. 기타 좀 가져와 봐."

"교수님 앞에서? 이거 쑥스러운데."

나는 각본대로 부끄러워하는 척 빼려고 했다. 선우가 빙긋 웃더니 말했다.

"한 곡 불러 줘. 잘할 것 같은데."

"그럼 어쩔 수 없지. 가서 기타 가져올게요."

나는 못 이기는 척 일어섰다. 선우는 그런 내게서 눈을 떼지 못하고 있었다. 그때 이모가 선우의 와인 잔에 뭔가 슬쩍 넣었다. 하얀 가루가 순식간에 붉은 와인에 섞여 드는 모습이 보였다. 저건 계획에 없었는데! 나는 애써 태연하게 2층으로 올라가서 기타를 가져왔다.

아래층에 내려왔을 때 이모와 선우는 뭔가에 대해 이야기를 나누고 있었다. 내가 옆에 없어서 그런지 선우는 조금 불안해 보였다. 그걸 보자 안쓰러운 마음도 들었지만 계획은 계획이었다. 나는 자우림의 '봄날은 간다'를 먼저 불렀다. 이 자리를 위해 몇 달 동안 노래 코칭을 받았던 기억이 떠올랐다. 그 시간이 헛되지 않았던 모양이었다. 선우는 지난번에 차에서 그 노래를 들었을 때보다 훨씬 더 창백해진 얼굴로 의자에서 벌떡 일어났으니까.

"죄송해요. 갑자기 속이 좀 안 좋아져서. 음식이 다 너무 맛있어서 과식했나 봐요. 이만 가 봐야 할 것 같습니다."

"아니, 이렇게 갑자기요? 안색이 너무 안 좋으신데 잠깐 쉬었다 가시는 게 어떨까요? 집에 약도 있는데."

이모는 선우의 표정을 찬찬히 뜯어보면서 그의 팔을 잡고 만류하려 했다. 그러나 선우는 이모의 손을 뿌리치고 식탁 의자 옆에 세워 둔 지팡이를 짚고 일어섰다.

"아닙니다. 빨리 가서 집에서 쉬는 게 나을 것 같습니다."

내가 배웅하려고 일어서자 선우는 그냥 앉아 있으라고 손짓을 하더니 절뚝거리며 나갔다. 이모와 나는 말없이 서로 마주봤다. 선우가 현관문을 열고 밖으로 걸어가는 소리가 들렸다.

"이모, 아까 와인 잔에 뭘 넣은 거야?"

"별거 아니야. 선우가 평소에 너무 다운돼 있어서 오늘도 별 이야기를 안 할 것 같아 기분이 좋아지는 약을 넣었을 뿐이야. 해로운 거 아니야."

"정말 해롭지 않은 거 맞아? 선우 얼굴색이 너무 안 좋아 보이던데. 그것 때문에 저러는 거 아니야?"

"지아야, 난 의사야. 일부러 사람을 해치는 짓은 하지 않아."

"이모, 아무리 그래도 선은 넘지 말자. 우린 선우의 기억을 끌어내려고 이러는 거지, 선우를 해치려는 게 아니잖아. 아직은 선우가 엄마를 해친 범인이란 증거도 없는데. 이모는 꼭 선우가 범인이어야 할 것처럼 몰고 가잖아. 혹시 그때 그 교통사고 때문에 죄책감을 느껴서 그런 거야?"

나도 모르게 흥분해서 해선 안 될 말까지 해 버렸다. 와인 때문에 불쾌해진 이모의 안색이 갑자기 창백해졌다.

"너야말로 지금 너무 흥분한 거 아니니? 선우의 와인 잔에 넣은 건 별거 아니라고 내가 그랬잖아. 날 못 믿어? 그리고 아까 날 보고 이모라고 하던데. 왜 그래? 우리 약속도 잊었어?"

난 당황하고 미안해서 아무 말도 할 수 없었다.

"너 설마 선우에게 무슨 감정이 생긴 건 아니겠지? 여기까지 와서 엄마를 찾기로 한 건 애초에 너의 계획이었어. 김연우, 정신 똑바로 차려!"

평소 이모답지 않게 매서운 목소리였다.

"그런 거 아니야. 단지 아직 결정적인 증거가 나오지도 않았는데 혹시라도 사람이 다치는 일이 있어선 안 되니까 그런 거지. 거기다 루이 이모부가 이모를 잘 보살펴 달라고 부탁한 것도 있고. 내 일 때문에 이모가 선을 넘는 건 싫어. 미안한데 나 너무 취해서 오늘은 그만 잘래. 설거지는 내일 아침에 일어나서 할게."

더 이상 이모의 눈을 마주볼 수 없어서 그렇게 얼버무리고 2층 내 방으로 올라갔다. 침대에 몸을 던지고 날 위해 지팡이를 짚고 다니는 몸에 와인과 꽃다발까지 들고 오느라 땀을 뻘뻘 흘린 선우를 떠올리자 왈칵 눈물이 솟았다. 이 감정은 뭐지? 대체 너 왜 이래? 나는 내 뺨을 세게 쳤다.

지금 너 연애질 하냐? 엄마를 사랑한 남자를? 엄마를 죽였을지도 모르는 남자에게 반했어? 이건 어디까지나 네가 세운 작전이었잖아? 정신 차려, 이 바보야!

15장

그 저녁 식사 이후로 선우와 나는 조금 더 가까워졌다. 그러나 선우가 전보다 적극적으로 나오는 반면 나의 경계심은 점점 더 커지고 있었다. 이모에게 한소리 들은 것도 있지만 마냥 다정하고 친절하던 선우가 남자로 다가올수록 어쩐지 두려워졌다. 내가 원한 건 그저 13세 관람가의 꽁냥꽁냥 사랑놀이로 그를 유혹하는 게 전부였던 것 같다. 그의 스킨십이 점점 더 농밀해지면서 나를 원하는 그의 욕망이 커질수록 그를 대하기가 거북해졌다.

이 이율배반적인 심리는 뭘까? 볼수록 선량하고 맑은 선우에게 점점 끌리면서 엄마가 아닌 나를 그가 좋아했으면 싶다가도, 이모와 내가 던진 미끼들을 무는 그의 모습과 흔들리는 눈동자나 당황하는 모습을 보면 마음 한편이 서늘해졌다. 나의 고민이 깊어지면서 나에 대한 이모의 걱정도 커져만 갔다.

무엇보다 이제 시간이 얼마 없었다. 선우와 함께 한 공동 번역 프로젝트도 끝이 보이고 있다. 기말고사도 끝나서 곧 방학이 시작될 텐데 겨울엔 또 무슨 구실로 선우 옆에 붙어서 감시할 건가? 1년 가까운 시간을 오로지 선우에게 쏟으면서 나나 이모나 지쳐 가고 있었다. 미국에서 혼자 지내는 루이 이모부의 인내심도 슬슬 한계에 달하는 눈치였고. 이제 승부수를 던질 때라는 생각이 들 때쯤 뜻하지 않게 선우의 친구를 만났다.

선우의 중, 고등학교 동창인 명수라는 남자. 연구실에 갔다가 선우가 그와 통화하는 모습을 보고 일부러 둘의 대화에 끼어들었고, 덕분에 둘이 술 마시는 자리에 나가게 됐다. 명수를 처음 보고 어딘가 낯익어 보인다고 생각했는데 알고 보니 백화점에 다니는 선우를 미행했을 때 본 남자였다. 오디오 매장을 운영하는 남자.

명수와 같이 술을 마시며 나와 명수의 대화를 듣고 있던 선우의 표정은 평소보다 훨씬 더 부드럽고 긴장이 풀려 있었다. 단순히 술기운이 올라와서가 아니라 좋아하는 사람들과 같이 있다는 사실에 아이처럼 기뻐하는 표정을 보니 나도 모르게 뭉클했다. 그러다 화장실을 다녀오는 길에 둘의 대화를 듣게 됐다. 이제 그만 행복해져도 되지 않느냐는 친구의 말에 내가 그래도 될지 모르겠다는 선우의 대답을 듣고 이제 그만 결단을 내려야 할 때가 됐다는 생각이 들었다. 내가 가장 궁금해하는 질문을 선우에게 해야 할 때가.

그래서 명수가 화장실에 갔을 때 선우에게 그와 자고 싶다고 선언했다. 그동안 그의 애정 표현에 소극적으로 반응하던 내가 그렇게 나오자 선우는 뛸 듯이 기뻐했다. 근사한 호텔을 잡을까, 선우가 물어보자 좀 더 은밀한 곳이 좋겠다고 대답했다.

은밀한 곳, 남의 눈에 띄지 않는 곳, 아무도 모르는 곳, 그러니까 그의 추잡하거나 끔찍하거나 무서운 비밀을 숨길 수 있는 그런 곳. 이는 애초에 우리가 세운 계획이기도 했다. 물론 이모는 나와 선우 둘이 그런 곳에 간다는 발상 자체를 끔찍하게 생각했고, 종내에는 이 단계까지 가지 않길 바랐지만.

선우는 경기도의 A시에 별장이 있다고 했다. 그렇다면 거기로 가 주지. 경기도가 아니라 지옥 끝까지라도 가겠어. 나는 우리의 첫날밤을 좀 더 로맨틱하게 만들기 위해 크리스마스 이브에 가자고 했다. 그 밤을 생각하며 들뜬 선우는 대번에 수락했다. 나는 그날 병원에 일이 있어서 저녁 시간에 맞춰 가고 선우가 먼저 가서 별장 청소를 해 놓고 날 기다리기로 했다. 그동안 나는 할 일이 있었다. 박 여사와 함께….

선우가 별장으로 떠났다는 박 여사의 전화를 받고 곧바로 선우의 집으로 건너왔다. 지난번에 선우가 고열에 시달렸을 때 박 여사가 연락해서 엄마가 평소 즐겨 입었던 갈색 물방울무늬 원피스와 똑같은 옷을 맞춰서 입고 머리도 엄마와 똑같은 스타일의 가발을 구해서 쓰고 선우의 방으로 들어갔다. 그때는 선우의 간호를 하면서 기억을 되살린다는 목적이 있었지만 이번에는 목적이 다르다. 이번에는 찾아야 할 물건이 있었다.

선우에게서 결정적인 증언을 끌어내지 못했을 경우를 대비해 이모와 나는 실질적인 증거물을 찾아보기로 했다. 엄마가 실종되기 전까지 항상 하고 다녔고, 나도 생생하게 기억나는 하트 목걸이였다. 그건 할아버지가 간암으로 돌아가시기 몇 달 전 이모와 엄마를 불러서 주신 선물이었다고 한다. 쌍둥이지만 걸핏하면 싸우는 두 딸을 위해 할아버지가 보석 가게에 가서 직접 맞추셨다고.

하트를 절반으로 쪼갠 24K 금목걸이의 왼쪽 하트는 엄마에게, 오른쪽 하트는 아난 이모에게 주셨다고 한다. 엄마가 받은 목걸이 뒤쪽에는 아난 이모의 약자인 AN이 새겨져 있고, 이모가 받은 목걸이에는 엄마의 약자인 AR이 새겨져 있었다. 두 사람의 목걸이를 합치면 완벽한 하트가 되는 디자인이었다. 할아버지는 두 딸이 보는 앞에서 그 하트를 반으로 쪼개서 하나씩 목에 걸어 주시면서 말했다.

"너희 둘은 엄마 배 속에서부터 같이 있었지만 언젠간 각자의 길을 갈 날이 오겠지. 그래도 잊지 마. 너희 둘은 피를 나눈 자매라는 걸. 이 목걸이는 그 징표니까 항상 차고 다녀야 한다."

죽음을 앞둔 할아버지의 심각한 표정에 주눅이 들어 엄마와 이모 둘 다 그러겠다고 맹세했다. 엄마가 실종됐을 때 그 목걸이도 사라졌으니 그걸 가지고 있는 사람이 엄마 행방의 열쇠를 쥐고 있는 것이다.

나는 박 여사와 함께 선우의 방을 샅샅이 뒤졌다. 평소 선우는 외출할 때 항상 자기 방문을 잠그고 다녀서 박 여사가 들어갈 수 없었다. 나는 선우와 자겠다고 선언한 그날 선우와 키스하면서 그의 주의를 돌려서 크로스백에 들어 있던 열쇠를 슬쩍해서 복사한 후 다시 돌려 놨다. 선우 방에 있는 옷장과 책상 서랍 하나하나까지 다 빼서 한참 뒤지고 있는데 느닷없이 핸드폰이 울렸다. 화면을 보니 선우였다. 나는 박 여사에게 조용히 하라고 신호를 보낸 후 심호흡을 한 번 하고 전화를 받았다.

"여보세요?"

"지아니? 출발했어?"

"아니, 아직요. 스키 타러 가는 친구들이 같은 방향이라고 데려다준대서 기다리고 있는데, 한 친구가 좀 늦는다고 연락이 와서요. 지금 집에서 기다리는 중이에요."

"그렇구나. 하늘을 보니 눈이 장난 아니게 쏟아져서 말이야."

"아, 그럼 화이트 크리스마스가 확실하네요. 하하하."

"그래, 넌 화이트 크리스마스면 좋겠다고 했지."

그 순간 선우의 침대 머리맡에 있는 자명종 시계가 느닷없이 삐꾹 삐꾹 소리를 내며 울리기 시작했다. 내가 이것저것 뒤지다 뭔가를 건드린 걸까? 나와 눈이 마주친 박여사 둘 다 까무라칠 듯 놀랐다. 핸드폰 너머로 잠깐 침묵이 흘렀는데 마치 영원 같은 시간이 흐른 느낌이었다.

"이 소린 뭐야?"

선우가 물었다.

"아, 제 자명종 시계 소리예요. 짐 꾸리다가 제가 건드렸나 봐요, 참나. 바보 같긴."

"그래? 소리가 내 거랑 똑같은데?"

"어머, 진짜? 이거 기분 좋은 우연의 일치인데요?"

"그래… 정말 놀라운 우연이네. 아무튼 친구들에게 운전 조심히 하라고 해. 우리 지아 다치면 안 되니까."

"알았어요. 빨리 갈게요. 보고 싶어요. 하하하."

나는 바보처럼 웃고 나서 전화를 끊고 방바닥에 털

썩 주저앉았다. 박 여사가 와서 내 등을 토닥거렸다. 이젠 정말 시간이 없다. 출발해야 했다. 집으로 다시 건너가서 미리 싸둔 여행가방을 들고 나왔다. 평소보다 병원을 일찍 닫은 이모가 차를 가지고 집 앞으로 왔다. 뒷좌석에는 박 여사가 탔다. 우리는 말없이 선우의 별장을 향해 출발했다.

"지아야."

"응, 엄마."

"나한테 가장 중요한 건 너의 안전이야."

"나도 알아."

"오늘 밤 어떤 식으로 결말이 나건 여기까지만 하자. 무슨 일이 있어도 그 후엔 미국으로 돌아가는 거야."

"알았어, 엄마. 나도… 여기까지로 만족할 수 있어."

"그래, 우리 지아 장해."

이모는 내 머리를 쓰다듬어 준 후 다시 운전에 집중했다. 잔뜩 찌푸린 하늘이 심상치 않아 보였다. 선우 별장에선 눈이 펑펑 쏟아지고 있다던데. 연인과 처음 맞는 크리스마스가 화이트 크리스마스라니 대단히 로맨틱하군. 나는 씁쓸한 마음으로 생각했다.

눈이 내리기 시작했지만 우리 셋은 아무 말도 하지 않은 채 각자 창밖만 바라봤다. 그렇게 흩날리는 눈발을 뚫고 별장 가까이 왔을 때 차에서 내렸다. 혹시라도 선우가 이모와 박 여사를 보면 안 되니까. 나는 여행가방을 들고 그곳으로 향했다. 원래 별장은 어땠는지 모르겠지만 눈이 펑펑 쏟아지는 가운데 옹기종기 모여 있는 다른 별장들과 달리 외따로 떨어져 있는 그 건물은 근사했다. 목재와 콘크리트를 반반씩 섞어서 지은 세련된 단층 주택으로 거실 한가운데 커다란 통창이 있었다. 나는 선우를 놀라게 하려고 통창으로 슬금슬금 다가갔다. 그는 그 앞에 서 있었다. 무척이나 심각한 표정으로. 왜 저렇게 무서운 얼굴을 하고 있지?

나는 마음을 단단히 먹고 주먹으로 창문을 톡톡 쳤다. 깊은 생각에 잠겨 있던 선우가 날 보고 깜짝 놀랐다가 금방 굳어져 있던 얼굴이 풀어지면서 현관으로 오라고 손짓했다. 눈이 끝도 없이 쏟아지고 있었다. 문을 연 선우는 눈사람이 된 나를 보고 피식 웃더니 내 머리에 쌓인 눈을 툭툭 쳐서 털어 줬다. 그런 그를 힘껏 껴안았다. 이럴 수 있는 시간도 얼마 안 남았다. 선우는 그런 나를 보며 활짝 미소 지었다.

우리는 박 여사가 공들여 준비한 식사를 양껏 먹었다. 이것이 우리의 마지막 식사라는 생각이 들자 입맛이 깔깔했지만 참고 억지로 평소보다 더 많이 먹었다. 그리고 그와 같이 창가에 서서 펑펑 쏟아지는 눈을 바라봤다. 완벽한 순간이었다, 선우가 내게 키스하기 전까지는.

분명 이런 순간이 닥칠 거라 생각하고, 이 장면을 머릿속에 셀 수 없을 정도로 그려 보기도 했지만 역시 현실은 상상과 달랐다. 그는 내 뒤에 서서 나를 안고 있다가 내 뒷목에 키스하면서 귓불을 살짝 깨물었다. 뒷목에 닿는 그의 숨결이 느껴지자 이 여행의 진정한 목적이 떠올라 온몸이 굳어졌다.

이 여행이 우리의 사랑을 확인하는 의식과 같다고 생각하는 선우와, 그의 기억을 끌어내거나 증거를 찾아내야만 하는 나. 점점 뜨거워져 가는 그의 애정 공세에 브레이크를 걸어야 하는데, 대체 언제? 어떻게? 그렇게 고민하다가 그가 서투르게 내 블라우스 단추를 끄르기 시작하자 정신이 번쩍 들었다.

생각해 보니 오늘은 아침부터 너무 바빴고, 오후엔 선우의 집을 뒤지다가 느닷없이 선우의 전화를 받아서 들킬 뻔한 바람에 목걸이를 빼고 오는 걸 깜박했다. 선우가 그걸 보기 전에 어서 숨겨야 했다.

나는 블라우스 단추를 마저 끄르려는 그의 두 손을 잡고 말했다.

"서두르지 마요. 겨울밤은 길어요."

그는 잠시 망설이더니 평소처럼 다정한 미소를 지으며 말했다.

"그래, 밤은 아직 시작도 안 했지."

나는 몰래 안도의 한숨을 쉬며 말했다.

"가서 좀 씻고 올게요. 양치질도 하고."

서둘러 욕실로 갔다. 샤워기의 물을 틀어 놓고 세면대 앞에 서서 떨리는 손으로 목걸이를 풀었다. 손이 너무 떨려서 체인 뒤쪽의 걸쇠가 손에 잘 잡히지 않았다. 몇 번을 실패한 끝에 간신히 목걸이를 풀었다. 이걸 어디에 숨길까 하다가 선우의 별장이니 선우가 모르는 곳에 숨기기는 힘들 것 같아서 일단 스커트 주머니에 넣고 손을 씻고 나왔다.

그런데 선우가 소파 위에 올려놓은 내 핸드백을 보고 있었다. 우리 둘의 모습을 찍을 수 있는 각도로 돌려 놓은 카메라가 있는 바로 그 핸드백을. 지금 내가 서 있는 자리에선 그의 등밖에 볼 수 없었지만 그것만으로도 충분했다. 그 어떤 변명을 한다 해도 여기서 빠져나갈 수 없었다. 순간 숨이 막힐 것 같으면서 심장이 쿵쿵 뛰기 시작했다. 이러다 다시 공황 발작을 일으킬 것 같아 심호흡을 하다가 그가 앞에 서 있는 소파의 팔걸이에 세워 놓은 지팡이가 보였다. 나는 몰래 그의 뒤로 다가가 그 지팡이를 잡고 말했다.

"지금 뭐 하는 거예요? 내 핸드백을 뒤지고 있었어요?"

그 소리에 놀란 선우가 고개를 돌렸을 때 지팡이로 그의 머리를 힘껏 내리쳤다. 그는 엇 소리를 내더니 쓰러져 버렸다. 지팡이를 정통으로 맞은 부분에서 잠시 후에 피가 흐르기 시작하더니 선우의 이마를 타고 얼굴로 흘러내렸다. 피를 보자 아까부터 거세게 뛰던 심장이 당장이라도 폭발할 것처럼 몇 배 더 빨리 뛰기 시작했다. 머리가 어질어질했다. 이러다 내가 먼저 죽을 것 같아 핸드백이 있는 곳으로 기어가서 핸드폰을 꺼내 이모의 번호를 눌렀다. 이모는 한 번에 받았다.

"이모, 빨리 와 줘!"

"그래, 바로 갈게!"

이모와 박 여사가 오길 기다리는 동안 소파 옆에 서서 벌벌 떨다가 혹시 선우가 죽지 않았는지 보려고 가까이 다가가 목을 짚어 봤다. 다행히 그는 숨을 쉬고 있었다. 잘 쉬어지지 않는 숨을 가까스로 몰아쉬면서 상처가 어느 정도 깊은지 보려고 그의 이마로 손을 뻗는 순간 바닥에 뭔가 반짝이는 게 보였다.

저게 뭐지? 이미 바닥에 흘러내리기 시작한 그의 피를 건드리지 않으려고 조심하면서 그걸 들어 올렸다. 거실의 우윳빛 전등 불빛을 받은 그것이 번쩍 빛났다. 그것은 반쪽으로 쪼개진 하트 목걸이였다. 오른쪽 하트가 아니라 왼쪽 하트. 뒤집어 보지 않아도 알 수 있었다. 뒷면에 AN이라고 새겨져 있다는 걸.

4부

모두의 이야기

1장

아비의 장례를 치르고 삼우제까지 끝났다. 혼자 있는 나를 안쓰럽게 여긴 박 변호사 아저씨 부부가 와서 많이 도와줬다. 원래는 선아 누나의 장례까지 같이 치르려 했지만 고아인 줄 알았던 선아 누나의 먼 친척인지 뭔지 하는 사람이 찾아와 누나의 시신을 수습해 갔다. 그쪽에서 장례를 치를 거라고 했다. 그렇게 몇 년 동안 같이 살았던 누나와의 인연이 단 며칠 만에 정리돼 버렸다. 아저씨는 내 어깨를 다독이며 내일 미국으로 떠나기 전에 잊은 것 없이 잘 챙겨서 가라고 당부하고 갔다. 이 집은 당분간 아저씨가 맡아서 관리해 주기로 했다.

두 사람이 가고 나서 한동안 부엌 식탁 앞에 멍하니 앉아 있었다. 아주머니가 설거지까지 다 해 놓고 가서 달리 할 일도 없었다. 냉장고를 열었다가 훅 끼쳐 오는 냉기에 마음이 더 허전해져서 닫아 버렸다. 내 방으로 올라가 침대에 누웠다가 다시 일어나 창가로 갔다. 낮부터 조용히 내리던 비가 지치지도 않고 쏟아지는 데다 이제 휘파람 소리 같은 바람까지 불어 왔다. 사방이 어두운 빗속에서 환하게 불이 켜진 아랑의 집이 보였다. 그 불빛에 홀리듯 무의식중에 문을 나섰다. 초인종을 눌렀다. 아랑이 잠깐씩 집을 비울 때마다 혼자 있는 연우가 염려돼서 들러 봐 달라고 아랑이 나와 선아 누나에게 하나씩 내준 열쇠가 주머니에 있었지만 오늘은 왠지 그러고 싶었다. 인터폰으로 날 본 아랑이 아무 말 없이 열어 줬다.

우산도 없이 무작정 나오는 바람에 머리칼에서 빗물이 뚝뚝 떨어지고, 미처 갈아입지 못한 상복도 흠뻑 젖은 내 몰골을 본 아랑이 천천히 걸어와 안아 줬다. 나는 아랑을 힘주어 안고 까마귀 깃털처럼 까맣고 윤기가 흐르는 그녀의 머리칼에 얼굴을 파묻었다. 이대로 시간이 멈춰 버렸으면. 이대로 그냥 죽어 버렸으면. 그 순간 얼음처럼 차디찬 물이 나를 세차게 후려쳤다.

*

차가운 물에 몸서리치다 눈을 떴다. 이 물은 빗물인가, 아니면 내가 흘린 눈물인가? 조금 전 그건 꿈이었을까? 그나저나 여기가 어디지? 머릿속에 짙은 안개가 낀 것처럼 흐리멍덩한 와중에 오른쪽 머리가 지끈거렸다. 거기에 뭔가 끈적끈적한 게 들러붙은 것 같아 만져 보려고 손을 들었는데 움직일 수 없었다. 이건 또 왜 이래? 고개를 숙여 보니 몸이 묶여 있었다. 정확히 말하면 의자에 앉혀진 채 두 손이 등 뒤로 교차돼 밧줄로 묶여 있었다. 이 의자는 별장 부엌에 놔둔 식탁 의자인데 이 밧줄은 뭐지? 대체 이건 어디서 난 거야?

이런 황당한 상황에서 고작 이런 게 궁금하다니, 나도 모르게 피식 웃음이 나왔다. 나는 물에 젖어 축축하고 색이 진해진 셔츠를 내려다보다 고개를 들었다. 앞에 흐릿하게 사람 같은 형상이 보였는데 아직 눈의 초점이 맞지 않아 가물가물했다. 고개를 흔들어 봤지만 여전히 화질이 심하게 안 좋은 화면을 보는 것처럼 흐릿해서 더 세게 고개를 흔들면서 눈을 사정없이 깜박였다. 주정뱅이처럼 이리저리 흔들리던 형체가 비로소 움직임을 멈췄다. 여자였다.

의식을 잃기 전까지는 지아와 같이 있었는데 지금 내 앞에는 저승사자 같은 표정의 케이트가 서 있었다. 케이트라. 과연 이 이름은 본명일까? 당장 내 심장이라도 도려낼 것 같은 눈빛으로 나를 노려보고 있군. 뭐지? 순진한 딸을 꼬여 낸 늑대에게 분노한 엄마라고 쳐도 표정이 너무 살벌하잖아. 대체 내가 무슨 짓을 했다고 생각했기에 저런 음산한 표정으로 보는 거지?

내가 깨어난 걸 본 케이트가 가까이 다가왔다. 한 손에 텅 빈 유리잔을 잡고 있었다. 거기 있던 물로 찬물 세례를 퍼부은 건가? 일자 청바지에 검은 폴라 티를 입은 그녀의 눈빛은 평소와 달리 기분 나쁠 정도로 빛나고 있었다. 정상과 광기 사이의 경계에 선 것 같은 그 쨍한 눈빛에 나도 모르게 침을 꼴깍 삼켰다. 뒤쪽 어딘가에서 목소리가 들렸다.

"일어났어요? 아주 곤히 주무시던데."

지아의 목소리였다. 이윽고 지아가 시야에 들어왔다. 아까 봤던 진주색 단추가 달린 블라우스와 감색 스커트 대신 흰색 맨투맨에 블랙진을 입고 있었다. 지아도 달라 보였다. 귀엽고 생기발랄하면서도 순간순간 떠오르는 당찬 표정이 돋보이던 얼굴이 딱딱하게 굳어 있었다. 한일자로 굳게 다문 입술에서 차디찬 냉기가 풍겼다.

말 그대로 뒤통수를 맞은 충격 때문에 두뇌 회전에 문제가 생겼는지 이 상황이 도무지 이해되지 않았다. 지아와 나는 이제 막 사랑을 시작한 연인으로 밀회를 가지려 했을 뿐이다. 그러다 사소한 오해가 생겨서 지아의 핸드백을 보게 됐고, 그게 그렇게 지팡이로 뒤통수를 가격당할 행동 같지는 않지만 그런 사소한 견해 차이는 대화로 풀 수 있을 것이다. 그러니 제발 두 사람 다 나를 그렇게 징그러운 벌레 보듯 보지 말고 양식 있는 성인들답게 대화로 풀어 보자고 말하고 싶었다. 하지만 내 입에는 재갈이 물려 있었다.

내가 끙끙거리자 케이트가 지아에게 눈짓을 했다. 지아가 다가오는 순간 주위로 부드럽게 퍼져 가는 달콤한 향기에 목이 메고 말았다. 내가 지아에게 선물한 향수 끌로에의 향기다. 지아가 거칠게 재갈을 풀어 주자 컥컥 소리와 함께 마른기침이 터져 나왔다. 얼마나 오랫동안 의식을 잃었는지 모르겠지만 참을 수 없이 목이 말랐다. 입을 열어도 목소리가 나오지 않았다. 그걸 본 지아가 물을 한 잔 가져와 입술에 대줬다. 물을 마시면서 눈을 맞추려 했지만 계속 내 시선을 피했다.

"이제 정신이 좀 들었나요, 선우 씨? 뭔지 모르지만 대단히 감동적인 꿈을 꾸고 있었나 봐요? 눈물까지 뚝뚝 흘리고."

케이트가 방금 맞은 물벼락보다 더 차가운 목소리로 말했다. 그러니까 그건 정말 꿈이었구나. 영원은 아니라도 아랑과 조금만 더 있을 수 있었다면….

"자, 물도 한 잔 시원하게 마셨겠다. 이제부터 본격적으로 이야기를 나눠 봅시다."

"대체 나한테 왜 이러는 겁니까? 내가 뭘 잘못했다고 이렇게 묶어 놨죠? 지아 핸드백에 있는 그 카메라는 또 뭐고요?"

"네, 궁금한 게 많겠죠. 하지만 지금은 선우 씨가 아니라 우리의 궁금증을 풀 시간이에요. 우린 아주 오랫동안 선우 씨에 대해 궁금했거든요."

"오랫동안이라고요?"

"그래요. 선우 씨가 상상할 수 있는 이상으로 아주 오랜 시간이죠."

"대체 무슨 말을 하는지 모르겠군요. 궁금한 게 있다면 그냥 물어보면 되잖아요. 왜 이렇게까지 하는 겁니까? 이건 납치에다 협박과 폭행까지 더한 중범죄라고요."

"우리는 그동안 충분히 물어봤는데 선우 씨가 시치미를 떼서 선택의 여지가 없었거든요. 그러니까 나쁜 건 우리가 아니라 선우 씨죠."

"대체 궁금한 게 뭡니까?"

"좋아요. 괜히 시간 낭비할 것 없이 본론으로 들어가죠. 자, 이걸 당신이 왜 가지고 있죠?"

허리에 두 손을 짚은 채 이맛살을 찌푸린 얼굴로 대화를 주도하던 케이트가 지아에게 고개를 끄덕여 보였다. 그러자 지아가 소파 앞에 있는 테이블에서 뭔가를 집어서 내게 내밀었다. 하트 목걸이. 반쪽으로 쪼개진 게 아니라 완전한 모양의 하트.

지아는 하트 앞면을 먼저 보여 준 후에 뒷면을 보여줬다. 한쪽에는 AN이라고 새겨져 있었고, 나머지 한쪽에는 AR이라고 새겨져 있었다. 그걸 보자 등허리에 식은땀이 흘러내리면서 숨이 가빠졌다. 케이트가 니트 폴라 소매를 걷어 올리면서 내 코앞까지 뚜벅뚜벅 걸어왔다.

"이런, 이런. 이제부터 시작인데 고작 이 정도에 놀라면 실망인걸. 등이라도 두드려 드릴까요?"

나는 필사적으로 고개를 흔들면서 눈을 감고 심호흡을 한 후에 다시 입을 열었다.

"당신이… 아랑의 언니겠군요."

얇은 주름이 잡힌 케이트의 눈가가 파르르 떨렸다.

"알고 싶었던 게 이건가요? 당신이 내게 묻고 싶었던 게. 그날 그 저녁 식사에서 내게 물었던 앞집 여자에 대한 이유가 결국 그거였군요."

나는 길게 한숨을 쉬었다.

"이걸 왜 당신이 갖고 있지? 이건 아랑의 목걸이였는데. 교통사고를 당해서 기억을 잃었다면서 이런 은밀한 곳에 숨겨 둔 이유는 뭐고? 모든 게 너무 수상하잖아. 거기다 내가 봤어. 당신과 아랑은 보통 사이가 아니었어. 아니, 정확히 말하면 당신이 아랑에게 이웃집 누나 이상의 감정을 가지고 있었지."

"봤다고? 미국에 있던 당신이 어떻게? 뭐 그건 지금 중요한 게 아니지만. 아랑이 떠나기 전에 당신에게 말했나요? 자매니까 그럴 수도 있겠지. 맞아요. 난 아랑을 사랑했어요."

순간 뒤에서 거칠어진 숨소리가 들렸다. 케이트와의 대화에 열중하느라 지아를 잠깐 잊고 있었다. 의자에 묶여 있어서 고개를 돌릴 수 없지만 뒤에서 지아의 향기가 은은하게 풍겼다.

"그런데 당신이 아랑의 언니라면 지아는. 설마…. 아니겠지. 그럴 리 없어!"

고개를 사정없이 흔들고 있는데 지아가 내 시야에 들어왔다. 아까부터 내 눈을 피하던 지아가 이제는 날 똑바로 보고 있었다. 처음 만났을 때처럼 아무 감정도 읽을 수 없는 그 눈을 보고 알았다. 그동안 지아를 만날 때마다 왜 그렇게 그리운 느낌이 들었는지. 왜 그렇게 보고 또 봐도 여전히 아쉬웠는지.

"네가… 네가… 연우였구나. 미안하다. 좀 더 일찍 알아봤어야 했는데. 어렸을 때 얼굴과 너무 많이 달라져서 설마 너일 줄 몰랐어."

지아는 아무 대꾸도 하지 않았고, 느닷없이 케이트가 내 뺨을 짝 후려치는 바람에 정신이 번쩍 들었다.

"헛소리는 그만 집어치우고 내 질문에 집중해. 당신이 왜 아랑의 목걸이를 가지고 있지? 아랑은 어떤 상황에서도 그걸 벗지 않아. 그건 내가 맹세할 수 있어. 아랑과 함께 목걸이도 사라졌으니 그걸 가진 사람이 범인이 분명해."

케이트는 내가 알던 지아의 엄마이자 나를 치료하는 의사와 같은 사람이라고는 볼 수 없을 정도로 달랐다. 나를 노려보는 눈빛이 금방이라도 내 살갗을 태울 것처럼 활활 타오르고 있었다.

"아랑이 준 거야."

"뭐라고, 아랑은 절대 그런 짓은 하지 않아!"

"당신이 아랑에 대해 다 안다고 생각하지 마. 나도 당신만큼 아랑을 사랑했어. 아니, 당신보다 더 사랑했어. 당신이 아랑과 인연을 끊고 지낸 세월 동안 아랑의 가족은 당신이 아니라 나였어. 아랑은 그런 내게 작별 선물로 그걸 준 거야."

"말도 안 되는 소리!"

"자매로서 아랑을 찾고 싶은 마음에 이런 극단적인 수단까지 동원한 건 이해할 수 있어. 하지만 연우까지 동원하다니 선을 넘어도 한참 넘었군. 연우의 신원까지 바꿔

가면서 내게 접근해서 캐내려고 한 게 고작 이건가? 덕분에 나야 지난 몇 달간 행복하긴 했지만. 마치 아랑이 돌아온 것 같았거든."

"이 자식이 진짜!"

케이트가 다시 내 뺨을 후려쳤다. 눈앞에서 번개가 번쩍 했다. 케이트가 씩씩거리면서 다시 손을 들었을 때 지아가 다가와 그 손을 부드럽게 잡고 말했다.

"이제 내가 기억나?"

지아를 마주보자 심장이 찢어질 것 같았다. 조금 더 일찍 알아봤어야 했다. 그동안 나를 보며 얼마나 속을 끓이고 고민했을까. 얼마나 답답하고 불안했을까. 할 수만 있다면 지아와 둘이서 긴 이야기를 나누고 싶지만 여기서 이들의 페이스에 말려들 순 없었다. 지금은 그럴 때도, 장소도 아니다.

"그래, 지아, 아니 연우야. 그동안 몰라봐서 미안해. 그 꼬마가 이렇게 커 버리다니. 정말 너일 줄은 꿈에도 몰랐어."

나는 다시 케이트를 보며 말했다.

"이 모든 일을 주도한 게 당신이었군. 덕분에 아랑과의 그리운 추억도 꽤 많이 떠올랐으니 고맙다고 해야 하나. 하지만 안타깝게도 나한텐 두 사람한테 들려줄 이야기가 별로 없어. 나도 아랑의 행방을 찾고 있었지만 지금까지 별 소득이 없었으니까. 그나저나 고작 내 기억을 찾자고 조카딸을 동원해 이런 짓까지 하다니 어른으로서 부끄럽지도 않아? 나 몰래 동영상을 찍어서 나를 협박하려고 했나? 조카딸의 명예와 미래까지 희생시켜 가면서?"

내 말에 케이트가 입을 떡 벌린 채 얼굴이 하얗게 질리자 지아가 한 발 앞으로 나서서 침착하게 말했다.

"착각하지 마, 김선우. 당신이 뭐 대단한 존재라서 이런 일을 꾸몄다고 우쭐해하지 말라고. 이건 처음부터 내가 원했던 일이었어. 어디까지나 엄마의 행방을 찾기 위해 내가 다 계획하고 실행한 일이야. 이모는 그런 나를 도와줬을 뿐이고."

센 척하지만 엄마라고 하는 순간 지아의 목소리가 미세하게 갈라졌다. 그걸 듣는 내 마음도 같이 으드득 금이 가고 있었다.

지아가 이어서 말했다.

"우리는 오랫동안 당신을 조사해 왔어. 엄마가 실종되기 전까지 가장 가깝게 지내던 사람들은 선아 언니와 당신 두 사람이었어. 선아 언니는 그 전에 사고로 죽었지. 그 사고도 이상하지만, 그 직후 우리 엄마까지 실종됐단 말이야. 당신 주위에서 사람들이 자꾸 죽거나 실종되는 상황

자체가 평범하지 않은 건 당신도 인정할 거야. 누가 봐도 당신을 의심할 수밖에 없잖아? 무엇보다 엄마가 실종되던 날 밤 당신이 우리 집에 왔던 걸 난 기억해. 그날 자다 깨서 울면서 1층에 내려온 날 당신이 달래려고 애썼지."

지아는 다시 힘 있는 목소리로 내 눈을 똑바로 보며 말했다. 지아와 같이 보낸 순간들이 떠올랐다. 맑은 눈빛으로 나를 보며 생긋 웃던 지아. 내 키스에 살짝 붉어지던 뺨. 내 농담에 깔깔 웃던 표정. 그때 그 표정, 그 눈빛은 진심이었으리라. 결국 지팡이로 내 뒤통수를 내려치긴 했지만.

"두 사람이 꽤 열심히 조사한 건 알겠어. 하지만 도통 실마리를 찾을 수 없으니까 만만한 나를 범인으로 몰고 가는 거 아니야? 마치 내가 반드시 범인이어야 하는 것처럼. 목걸이 하나를 증거랍시고 내민 것도 너무 억지고."

케이트의 표정이 일그러졌다.

"뻔뻔한 자식. 순진한 호인인 척하더니 다 연기였군. 증거, 증거 운운해서 말인데 그럼 이건 어때?"

"또 무슨 억지를 쓰려고? 당신 심정은 이해가 가지만 지금 이 상황은 도저히 납득할 수 없는데."

"납득할 수 없다고? 그럼 잠깐 화제를 바꿔서 새로운 이야기를 하나 들려주지."

"마음대로. 겨울밤은 길고, 무엇보다 이제부터 시작이

니까.”

그 말에 지아가 움찔했지만 못 본 척했다.

“네 부친은 유명한 대중 소설가였지. 김성중 씨라고.”

나는 대답하지 않았다.

“김성중 씨는 장르를 넘나드는 소설가였더군. 주로 음모론을 다룬 사회나 정치 소설을 썼지만 로맨스도 쓰고, 때로는 추리 소설도 썼어. 안타깝게도 추리 소설은 반응이 영 시원치 않아서 몇 권 쓰다 접었고. 그런데 그중 한 작품의 작풍이 평소와 많이 달랐단 말이야. 뭐 작가로서 새로운 스타일을 시도해 본 걸 수도 있지. 그런데 말이야.”

케이트는 잠시 말을 끊으면서 내 표정을 찬찬히 살폈다. 나는 지루하다는 표정으로 그녀를 바라봤지만 심장 박동이 조금씩 빨라지고 있었다.

“그 소설은 네 아버지가 사망하기 3년 전에 발표됐다가 1,000부도 안 팔리고 절판됐는데 운 좋게 내가 한 권 구해서 읽어 봤어. 생각보다 굉장히 흥미롭더군. 특히 별장 가스 폭발 사건이 참 절묘했지.”

나는 아무 말도 할 수 없었다.

“인기 소설가인 부친이 사망한 후 너는 막대한 유산을 물려받았어. 사람들은 불행한 사고로 고아가 된 너를 동정했지만 그들은 모르는 내막이 있었지. 그때 선아 씨가 네 아버지의 아이를 임신하고 있었거든. 만약 선아 씨가 살아서 아이를 낳았다면 그 아이도 유산을 상속받을 수 있었을 텐데. 결국 그 사고에서 가장 큰 이득을 본 사람은 바로 너야. 상속 경쟁자인 배다른 동생과 아버지의 내연녀를 한 큐에 날려 버리고, 넌 미국 유학 가서 호화판으로 살 수 있었지."

"오, 이건 기대 이상의 상상력이군. 선아 누나가 아버지의 아이를 임신하고 있었다니 너무 신파 같지만."

그때 침실 문이 열리면서 한 사람이 걸어 나왔다.

2장

"안녕하세요, 교수님. 이런 데서 뵙게 되네요."

"아니, 당신이 왜?"

침실에서 나와 케이트 옆에 선 사람은 박 여사였다. 항상 검은색이나 갈색 스커트에 셔츠를 입고 흰색 앞치마를 두른 평소 모습과 달리 오늘은 회색 모직 투피스를 입고 있는 모습이 영 낯설었다. 순간 몇 달 전 고열에 시달렸던 날 내 방 창가에서 박 여사와 지아가 같이 서 있던 모습을 본 기억이 떠올랐다. 맥이 탁 풀렸다. 그런 거였나. 처음부터 세 사람이 손을 잡고 나를 속인 거였나.

"내가 여기 왜 있는지 궁금하겠죠? 하지만 당신이 정말 궁금한 건 그게 아니지 않습니까?"

말투까지 달라진 박 여사는 완전히 딴 사람 같았다.

"당신은 누구죠?"

"기억을 더듬어 봐요. 우린 작년에 처음 만난 사이가 아니에요. 그보다 훨씬 오래 전에 만났죠. 스쳐 지나가듯 딱

한 번 만났지만."

마치 벌린 입 속으로 한꺼번에 물이 쏟아지는 것처럼 끝없이 쏟아지는 새로운 정보 속에서 그만 빠져 죽을 것 같았다.

박 여사는 혼란스러워하는 내 표정을 물끄러미 보다가 말했다.

"난 선아 엄마예요."

"당신이 선아 엄마라고? 선아 누나는 고아인데?"

박 여사는 씁쓸한 미소를 지으며 말했다.

"친엄마는 아니에요. 선아를 다섯 살 때 입양했다가 열 살 때 파양했으니까. 불임이었던 우리 부부가 보육원에서 데려왔어요. 처음엔 행복했는데 선아가 여덟 살 때 갑자기 아이가 들어섰어요. 기적이었죠. 아들을 낳아서 한동안 같이 키웠는데 언젠가부터 남편이 달라졌어요. 선아를 차별하면서 아들만 싸고 돌고. 그러다… 그러다 선아와 아들 둘만 있을 때 아들이 좀 다쳤어요. 나중에야 선아 때문에 다친 게 아닌 걸 알게 됐지만 남편이 어찌나 선아를 심하게 혼내던지… 결국 파양했어요."

그녀는 한숨을 쉬었다. 주위 공기가 무거워졌다. 케이트와 연우는 이미 알고 있었던 사연인 듯 아무 말도 하지 않았다.

"그러면 엄마라고 주장할 수도 없잖아요. 무정하게 버려 놓고 이제 와서 엄마라고 나서다니 부끄럽지도 않아요? 박 여사님."

"네가 뭘 안다고 그래?"

박 여사가 버럭 소리를 질렀다.

"우리 형우는… 형우는 사고로 죽었어. 상심한 남편이 결국 암에 걸려 죽기 전에 그랬어. 천벌을 받은 것 같다고. 선아를 찾아서 이제라도 잘해 주라고. 나도 선아를 잊은 적 없어. 선아를 찾았을 땐 이미 네 집에 들어가서 살고 있더군. 그때부터 선아와 연락하고 지냈어. 그렇게 알게 된 거야. 선아가 네 아버지의 아이를 임신한 걸. 선아가 그렇게 비명에 가기 전에 얼마나 들떠 있었는지 알아? 이번에는 배 속의 아이를 키울 거라고 그랬단 말이야. 그 아이를 낳아서 나랑 같이 살자고 했어. 선아는 그렇게 죽어선 안 되는 아이였는데…."

박 여사는 울컥하면서 잠시 말을 잇지 못하다가 가까스로 다시 입을 열었다.

"그때 선아의 시신을 수습하러 갔다가 널 처음 봤어."

나는 케이트를 보며 말했다.

"조사를 철저히 한 것 하나는 존경해야겠군. 그래서 내가 아버지의 소설에 나온 트릭대로 두 사람을 살해했다고 주장하는 건가?”

“그 소설을 아는 사람은 거의 없었어. 너는 아버지를 평소에 증오하고 있었지? 그 살인은 사고로 위장하기 쉬웠고.”

케이트가 한 단어 한 단어 씹어 뱉듯 말했다.

“박 여사님.”

내가 부르자 어느새 눈물이 그렁그렁해진 그녀가 흠칫 놀라며 나를 봤다.

“그때 그 일은 선아 누나와 나만의 비밀이라고 생각했는데 이젠 어쩔 수 없군요.”

“그게 무슨 말이야?”

케이트와 박 여사가 동시에 외쳤다. 지아도 눈을 동그랗게 뜨고 나를 봤다.

“지아야, 아니 연우야. 부탁 하나만 들어줘. 저 방에 들어가면 책상이 하나 있을 거야. 거기 세 번째 서랍에 편지가 한 통 있는데 그것 좀 갖다 줘.”

지아는 말없이 나를 빤히 보다가 침실로 들어갔다. 그동안 아무도 입을 열지 않았다. 지아가 누렇게 절은 편지봉투 하나를 가지고 나왔다.

“박 여사님에게 드려. 직접 읽어 보시죠.”

박 여사는 금방이라도 눈물이 떨어질 것 같은 눈으로

봉투를 바라봤다. 거기에 굵직하게 적힌 건 선아 누나의 글씨였으니까. 선우에게, 라고 적혀 있었다. 그는 떨리는 손으로 편지를 꺼냈다.

"선우야, 밥 잘 챙겨 먹으라고 누나가 그랬지? 내 말을 잘 들었다면 지금쯤 냉장고에서 이 편지를 찾아냈겠네. 네가 무뚝뚝하고 냉정한 척하지만 사실은 마음이 따뜻한 아이란 걸 난 알고 있어.

비밀 하나 알려 줄까? 한집에서 오랫동안 같이 살았으니 새삼 비밀이라고 할 것도 없지만. 네가 작가님과 서재에서 싸웠던 그날 사실 밖에서 다 듣고 있었어. 네가 아랑 언니를 좋아하는 건 알고 있었지만 그래도 놀랐다. 우리 꼬맹이가 언제 그렇게 남자가 된 거지?

작가님은… 작가님은 그런 줄 알고 있었지만 여전했고. 그런 인간 말종을 사랑하는 나는 뭐지 싶다. 이 편지를 적는 순간에도 그의 전부를 갖고 싶으니 말이야. 하지만 그는 언젠가는 날 버리고 새 여자를 찾겠지? 그 전에 내가 선수를 치고 싶었어. 기왕이면 아주 통쾌하게.

너 그거 아니? 몇 년 전에 나왔던 그 추리 소설. 그 소설은 나와 작가님이 같이 쓴 거야. 거기 나온 살인 트릭도 내가 낸 아이디어였지.

그게 뜨면 날 정식으로 데뷔시켜 준다고 했는데 처참한 실패였지. 역시 난 재능이 없었던 거야. 아무튼 우리의 마지막을 내가 생각해 낸 아이디어로 장식하다니 완전 끝내주지 않니? 내 아기를 죽인 그에 대한 복수이기도 하고. 이거야말로 시적인 정의라고 할 수 있겠지.

선우야, 혼자서도 씩씩하게 잘 살아야 해. 하지만 잊지 마. 사랑은 항상 널 실망시킬 거야."

박 여사는 그 편지를 바닥에 떨어뜨리고 털썩 주저앉아 버렸다. 지아가 와서 그런 박 여사의 어깨에 한 손을 올렸다. 박 여사는 두 손에 얼굴을 묻은 채 아무 말도 하지 않았다. 지아는 바닥에 떨어진 편지를 주워서 케이트에게 가져가 같이 읽었다.

"왜 이 편지를 경찰에 넘기지 않았지?"

케이트가 물었다. 사포처럼 까끌까끌한 목소리는 여전했지만 어쩐지 조금 힘이 빠진 것 같은 건 그저 내 느낌일까?

"선아 누나를 위해서. 사후에 살인범보단 사고 희생자로 기억되는 편이 낫다고 생각했어. 그 편지는 사고가 일어난 다음 날 냉장고에서 찾아 냈고."

"그런 중요한 편지를 이런 곳에 두다니 너무 편리한 거 아닌가?"

지아가 물었다. 내가 똑바로 바라보자 지아는 잠시 내 눈을 마주보다가 고개를 돌려 버렸다. 고개를 돌리기 전에 지아의 눈동자가 살짝 흔들린 것 같다는 느낌을 받은 건 내 착각이었을까.

"아버지는 증오했지만 선아 누나는 내게 소중한 사람이었어. 별장을 이곳에 다시 지었을 때 누나의 유품을 여기에 보관하는 게 맞는다고 생각했어. 여기 올 때마다 한 번씩 꺼내서 다시 읽어 보기도 했고."

"선아 씨 건은 우리 오해라고 쳐. 그렇다고 해서 이 일이 쉽게 끝날 거라고 생각하진 마."

케이트가 말을 이어 갔다.

"내가 한 짓이라고 박박 우길 땐 언제고. 이거야말로 굉장히 편리한 거 아닌가?"

케이트가 다가오자 나는 순간적으로 움찔했다. 케이트의 입가가 씰룩거리더니 미소 같기도 하고 찡그리는 것 같기도 한 오묘한 표정을 지었다.

"이제 그만하는 게 어때? 팔도 저리고, 손목 살도 배겨서 아프고. 무엇보다 오른쪽 머리가 끈적끈적한 게 심상치 않아. 내가 여기서 죽으면 당신한테도 좋을 건 없잖아."

내가 말했다.

"내가 의사라는 걸 잊었나 봐. 네가 진실을 말하기 전까진 죽게 놔두지 않아."

"진실이 아니라 당신이 듣고 싶은 말이겠지. 그럼 어디 들어 볼까? 내가 아랑의 실종에 책임이 있다는 당신의 그 이론."

나는 일부러 이론이란 말에 힘을 주어 말했다. 케이트는 코웃음을 쳤다.

"첫째, 아랑이 실종된 날 넌 아랑을 찾아갔어. 그리고 말다툼을 벌였지. 아니라고 하지 마. 그날 연우가 한밤중에 깼을 때 달래 준 너의 오른손에 피가 묻어 있었어. 멀쩡한 손에 왜 피가 묻어 있었던 거야?"

그 말에 한숨을 쉬자 케이트의 얼굴에 이것 봐라, 하는 표정이 떠올랐다.

"그걸 대체 당신이 무슨 수로 알아냈는지 모르겠지만 잘 들어. 당신도 알다시피 내가 지금 몸이 썩 좋은 편이 아니니 간단하게 설명할게. 그날 밤 나는 아랑에게 청혼을 하러 갔어."

"뭐라고?"

지아가 외쳤다. 순간 가슴이 철렁했지만 태연하게 말했다.

"오래전부터 계획한 일이었어. 미국으로 유학 갈 때 아랑과 연우를 데리고 가서 셋이서 사는 게 내 꿈이었으니까. 아랑을 반대했던 아버지도 세상을 떠났으니. 날 막을 사람은 아무도 없다고 생각했어. 실은 미국에서 자리를 좀 잡고 다시 한국에 나와서 정식으로 청혼하려 했지만. 혼자가 되고 보니 외롭고 절박한 마음에…."

나는 필사적으로 심호흡을 하며 마음을 가다듬고 계속 이야기를 이어 갔다.

"장대비가 쏟아지던 밤이었다는 게 기억나. 아랑을 찾아가서 결혼하자고 했어. 일단 내가 먼저 미국으로 가서 우리가 살 집을 구한 후에 두 사람을 데리러 다시 오겠다고 했는데 아랑은."

"당연히 거절했겠지. 아랑이 너랑 같이 갈 이유가 없잖아."

케이트가 말했다.

"…."

나는 한숨을 쉬었다.

"아랑이 널 거절한 건 아주 당연한 일이지만 그래도 예의상 물어봐 주지. 거절한 이유가 뭐였지?"

케이트의 빈정거림을 무시하려고 해도 결박당한 손에 힘이 들어갔다.

"아랑은, 아랑은… 사랑하는 사람이 생겼다고 했어."

그건 예상하지 못했는지 케이트는 아무 대꾸도 하지 못했다. 날 뚫어져라 보고 있던 지아의 눈동자가 격렬하게 흔들렸다. 그때 케이트가 다가와 내 다리에 한 손을 올렸다. 사고로 다친 오른쪽 다리였다. 케이트는 그 손으로 내 허벅지를 안쪽에서 바깥쪽으로 밀기 시작했다.

그 손이 닿는 순간 다리에 힘을 주면서 저항했지만 소용없었다. 오늘 하루 동안 너무 많은 일과 부상을 겪은 내 몸은 내 뜻을 따라 주지 않았다. 다리가 천천히 벌어지기 시작했다. 조금씩 살이 찢어지는 것 같은 통증이 허벅지부터 아래로 퍼지기 시작했다. 이마에 땀이 고이면서 꽉 깨문 이빨 사이로 악 소리가 새어 나왔다.

"네가 툭 하면 잊어버리는 습관이 있으니 다시 한 번 일깨워 주지. 내가 네 몸을 직접 치료하는 의사란 사실 말이야. 조금이라도 허튼 수작을 하면 이 의자에서 영영 못 일어나게 되는 수가 있어."

나는 숨결이 느껴질 정도로 바짝 다가온 케이트를 노려봤다. 보다 보니 어두운 수면 속에서 소리 없이 떠오르는 고래 등처럼 뭔가 떠오를 것 같았다. 뭐지? 이 여자 어디선가 본 적이 있어. 그게 어디였지? 언제 봤지? 그때 케이트가 내 다리를 잡은 손에 힘을 주면서 더 힘껏 벌렸다.

"아악!"

내 비명 소리를 들은 지아의 얼굴에서 핏기가 사라지고 있었다. 지아는 금방이라도 뭐라고 말할 것처럼 입을 벙긋거리다 다시 다물었다.

"그 수학 강사! 아랑은 그놈을 사랑하고 있었어! 둘이 떠날 거라고 했다고!"

나는 소리를 질렀다. 케이트가 내 다리에서 손을 뗐다.

"그럴 리 없어. 엄마가 날 두고 다른 남자랑 떠날 리 없어."

지아가 와서 내 어깨를 잡고 사정없이 흔들며 소리를 질렀다. 애써 울음을 참느라 입술을 비쭉거리고 있는 얼굴을 보니 내 마음도 찢어질 것 같았다.

"미안해, 연우야. 하지만 그게 진실이야. 그 남자 부모가 아랑이 미혼모라고 반대가 심해서 잠시 둘이 떠나 있겠다고 했어. 자기가 사라지면 미국에서 가족들이 와서 연우 너를 보살펴 줄 거라고. 그러니까 금방 널 데리러 올 거라고 했어."

그 말에 지아가 풀썩 바닥에 주저앉았다. 케이트가 지아에게 허겁지겁 다가가려 했지만 지아가 손을 내저었다.

"그래서 네놈이 아랑을 죽인 거 아니야? 그래서 손에 피가 묻은 거고. 그건 아랑의 피였던 거지. 네 손에 흉터도 남았잖아. 내가 모를 줄 알아?"

케이트가 밧줄에 묶인 내 오른손을 잡고 비틀었다. 거기엔 15년 전 밤에 내가 쥐고 있던 유리잔이 깨지면서 다친 흉터가 남아 있었다.

"당신이 그때 그 일을 어떻게 알았는지 모르겠지만 맞아. 그 말을 듣고 참을 수 없었어. 오랫동안 사랑한 여자가 다른 남자에게 간다는 말을 듣고 돌지 않을 남자가 어디 있어? 미칠 것 같아서 들고 있던 물잔을 내리쳐서 다친 거야. 하지만 아랑에겐 손도 대지 않았어. 아랑을 너무나 사랑하니까. 죽을 것처럼 힘들지만 알았다고 했어. 그때 아랑이 그 목걸이를 벗어 준 거야. 작별 선물이자 어렸을 때 연우의 목숨을 구해 준 대가라면서. 그때 이미 아랑이 꾸려 놓은 트렁크가 거실 한쪽에 세워져 있었어."

"연우를 구해 줬다고?"

케이트의 목소리가 조금 갈라져서 나왔다.

"오래전에 차 사고를 당할 뻔한 연우를 구해 줬어. 그것 때문에 아랑과 가까워졌고."

나는 마지막 힘을 쥐어짜서 말했다. 이젠 케이트가 내 다리를 분질러서 영원히 이 의자에서 일어나지 못한다 해도 상관없었다.

"그런데 아랑은 어디로 사라진 거야? 윤이형이란 남자와 아랑은 도망친 게 아니야. 아랑은 그와 같이 떠나지 않았단 말이야."

"그걸 내가 어떻게 알아? 아랑과 그날 밤 그렇게 헤어지고 나는 다음 날 바로 미국에 갔어. 더는 한국에 있고 싶지 않았어. 사랑하는 사람이 떠난 곳에 있고 싶지 않았다고. 그건 조사광인 당신이 이미 확인했겠지."

나는 있는 힘껏 조소를 담은 눈빛으로 케이트를 보며 말했다. 그 순간 케이트가 다가와서 느닷없이 내 목을 잡고 조르기 시작했다.

"네놈이 잘도 떠들어 대지만 난 하나도 믿기지 않아. 진실을 말하란 말이야!"

가녀린 체구 어디에서 그런 힘이 나오는 건지. 케이트의 손힘은 무시무시하게 셌다. 나는 컥컥거리며 숨을 쉬려고 안간힘을 썼다. 놀란 지아가 다가와 케이트의 손을 잡고 떼려고 애를 썼지만 케이트는 꿈쩍도 하지 않았다.

"말해, 말하라고!"

케이트가 새된 소리를 질렀다.

"내가 말, 말…."

목이 졸린 상태에서는 말도 나오지 않았다.

"이모. 제발 이러지 마."

지아가 눈물을 흘리며 케이트의 팔을 잡아당겼다. 방바닥에 주저앉아 두 손에 얼굴을 파묻고 있던 박 여사가 휘둥그레진 눈으로 우리를 보고 있었다. 순간 케이트가 휘청하더니 비틀거리며 뒤로 물러났다. 그녀는 어딘가 먼 곳을 보는 눈빛으로 허공을 바라봤다. 마치 귀신을 보는 것 같은 표정이었다. 잠시 침묵이 흐르는 가운데 캑캑거리는 내 기침 소리만 들렸다. 박 여사와 지아는 걱정스러운 표정으로 케이트를 바라보고 있었다. 마침내 지아가 작은 목소리로 케이트를 불렀다. 케이트가 창백해진 얼굴로 돌아보자 지아가 다가가서 그녀를 껴안았다. 케이트의 눈에서 눈물이 흘러내렸다. 지아가 떨리는 손으로 그 눈물을 닦아 주며 말했다.

"이제 됐어, 이모. 우리 둘 다 할 만큼 했어. 선아 언니가 죽은 건 사고였다는 걸 알았잖아. 선우가 날 구해 줬다는 이야기는 사실이고. 어렸을 때 엄마에게 자주 들었어. 차라리 잘됐어. 엄마가 몹쓸 일을 당한 게 아니라 선우 말대로 어딘가로 떠났다면 다행인 거야."

"연우야."

케이트는 연우의 머리를 쓰다듬으며 울먹이는 목소리로 불렀다.

"나는 이만 풀어 주면 안 될까. 오늘 밤 일은 잊을게. 덕분에 나도 연우를 다시 만날 수 있어서 좋았으니까."

케이트는 연우를 놔주고 다시 나에게 돌아섰다.

"마지막으로 하나만 더 묻지. 그동안 기억이 안 난다더니 어떻게 이렇게 술술 이야기가 나오지?"

"노트."

"뭐라고?"

"사고가 일어난 후 15년 동안 노트에 썼어. 단편적으로 떠오르는 기억 하나 하나를 빼놓지 않고 다. 그렇게 기억을 짜 맞췄어. 아랑을 찾기 위해. 두 사람만큼이나 나도 아랑을 간절히 찾고 있었어. 아까도 말했지만 아랑에 대한 내 마음은 당신보다 가볍지 않아."

케이트는 한숨을 쉬었다.

"연우야. 네 말대로 여기서 할 일은 다 끝난 것 같다."

"응."

두 사람은 거실에 있는 자신들의 옷가지와 가방을 챙겨서 밖으로 나갈 준비를 했다. 케이트가 잠시 나를 돌아보더니 주머니에서 뭔가를 꺼내 지아에게 주고 나갔다. 지아는 내게 다가와 잠시 나를 보며 서 있었다. 눈물이 나오려는 걸 꾹 참고 있을 때 내 손에 커터 칼을 쥐어 줬다.

"이제 정말 마지막이네. 안녕, 선우야."

지아가 나갔다. 칼로 밧줄을 끊고 일어서는 순간 휘청했다. 이대로 바닥에 쓰러지고 싶은 마음을 누르고 비틀비틀 통창으로 가자 세 여자가 차에 타는 모습이 보였다. 박 여사가 뒤에 타고, 운전석에 지아가 타고, 조수석에 케이트가 탔다.

나는 케이트를 바라봤다. 검정색 목 폴라에 검은 코트를 입은 그녀. 동그란 이마, 오뚝한 코, 굳게 다문 얇은 입술. 이제야 생각났다. 케이트는 15년 전 그 사고가 일어나기 직전에 내 팔을 잡은 바로 그 여자였다. 아랑과 똑같은 하트 목걸이를 걸고 있던 그녀. 내 시선을 느낀 케이트가 내 쪽을 바라봤다.

나는 케이트를 보며 말했다. 들리진 않겠지만 입모양을 보면 알 수 있을까. 나는 15년 전 그때 신호등 앞에서 케이트에게 했던 말을 다시 했다. 케이트가 미간을 찌푸린 순간 지아가 차를 출발시켰다.

*

지아도, 케이트도, 박 여사도 다 떠났다. 그들이 떠나고 시간이 얼마나 흘렀는지 알 수 없었다. 오늘 밤 지아와 사랑을 나누기 전에, 그리고 사랑을 나눈 후 마시려고 가져온 와인 세 병과 위스키 한 병을 하나씩 마셔서 비웠다. 지아가 휘두른 지팡이에 다친 머리 상처는 생각보다 크지 않았다. 고작 이 정도 상처에 기절하다니 창피할 정도였다.

그러나 상처는 작아도 두통은 거대했다. 오랜만에 별장에 오는 바람에 진통제 같은 걸 하나도 챙겨 오지 않아서 와인을 진통제 삼아 한 병씩 비우기 시작했다. 의외로 효과가 있었다.

지아가 좋아하는 디저트 와인인 모스카토 다스티부터 시작해서 레드 와인으로 넘어갔다. 한 모금씩 마실 때마다 지아가, 케이트가, 선아 누나가, 무엇보다 아랑이 생각났다. 그러다 박 변호사 아저씨가 생각나서 소파에 던져 놓은 핸드폰을 더듬더듬 찾아서 버튼을 눌렀다.

“아저씨? 메리 크리스마스입니다. 어쩐 일이냐고요? 인사드리려고 전화했죠. 취했냐고요? 조금이요. 하하하.”

나는 와인을 한 모금 더 마시고 다시 말했다.

“아저씨, 궁금한 게 하나 있어요. 오늘 서재 청소하다가 오래전에 나왔던 범칙금 고지서를 하나 찾았는데. 제가 미국으로 간 직후에 나온 고지서더라고요. 그거 아저씨가 처리하셨나요?”

나는 잠시 아저씨가 하는 말을 들었다.

“그렇군요. 네, 기억은 잘 안 나지만 제가 그 차를 몰고 갔던 것 같아요. 미국 가기 전에 다시 한 번 별장을 보고 싶었던 것 같아요. 그러다 속도위반으로 걸렸고. 알겠어요. 그동안 해 주셨던 조사는 이제 그만하셔도 됩니다. 아저씨

말대로 잊기로 했어요. 감사합니다. 아저씨, 정말 감사했어요."

통화를 끝내고 와인 병을 들었는데 너무 가벼웠다. 눈에 힘을 주고 병 속을 들여다보니 텅 비어 있었다. 그렇다면 이제 위스키인가? 위스키를 보니 아비가 떠올랐다. 허접한 인간. 시시한 인간. 결핍으로 똘똘 뭉친 그 인간이 뭐가 좋다고 여자들은 그렇게 부나방처럼 덤벼들었을까? 그런 천박한 인간이 쓴 소설 나부랭이에 환호하는 대중은 뭐고. 그래도 케이트 말대로 그런 아비 돈으로 호사하고, 그런 인간의 핏줄이라고 급하니 구라가 술술 나오네. 결국 나는 아비의 구라 치는 재능을 물려받은 건가.

위스키 잔을 드는데 빗소리가 들렸다. 고개를 돌려서 밖을 보니 펑펑 내리던 눈이 어느새 비가 됐다. 부슬부슬 내리는 비가 아니라 땅바닥을 때려 부술 기세로 힘차게 쏟아지고 있었다. 마치 그날 밤 내리던 비처럼.

케이트가 어떻게 알아냈는지 모르겠지만 오른손의 상처 이야기를 했을 땐 정말 다 끝났다고 생각했다. 그렇지만 거기까지였다. 그날 나와 아랑에게 일어난 일은 결국 나만의 비밀로 남았다. 아랑이 나만의 그녀로 남았듯. 위스키를 한 모금 마시자 가슴에서 불타는 것 같은 통증이 화르르 일어났다. 왜 이러지? 와인과 섞어 마셨다고 이러나? 물을 한 잔 마셔 볼까?

물을 가지러 가려고 일어선 순간 다리가 푹 꺾였다. 아까 너무 오랫동안 묶여 있어서 그런 것 같아 잠시 그대로 바닥에 앉아서 다리를 주무르다 일어나려고 했다. 다리를 손으로 부여잡은 순간 코피가 뚝뚝 떨어졌다. 이제 가슴속에서 마치 활활 타는 밤송이가 빵글빵글 돌아다니며 심장을 할퀴어 대는 것처럼 무시무시한 통증이 날뛰고 있었다. 숨이 쉬어지지 않았다. 대체 왜 이러지? 뭘 잘못 먹었나? 아까 먹은 음식이 상했나?

그때 새우 미역국이 떠올랐다. 박 여사는 평소 홍합이나 쇠고기를 넣어 미역국을 끓였는데 오늘 보온병을 열어 보고 의외라고 생각하긴 했다. 새우 알레르기가 있는 지아는 국그릇에 수저조차 담그지 않아서 결국 나 혼자 먹었는데. 박 여사… 고열에 시달리던 날, 나를 보던 그 냉랭한 눈빛이 기억났다. 이건 박 여사 작품인가?

갑자기 웃음이 나왔다. 클클클클. 도저히 참을 수 없어 어깨를 떨며 실성한 놈처럼 웃어 댔다. 코피가 쉴 새 없이 흘러내렸다. 바보 같은 사람들. 내가 한 짓도 아닌데 내게 복수하겠다고 국에 독을 탄 박 여사도 웃기고, 내가 한 짓인데 그것도 모르고 가 버린 케이트도 웃기고. 지아, 아니 연우를 생각하면 짠했지만 그 씩씩한 모습을 보니 앞으로도 잘 살아갈 것이다. 미안해, 연우야. 널 사랑하지만 아랑은 영원히 나만의 아랑이어야만 했어….

사고 후 병원에서 깨어났을 때 신분증과 돈이 들어 있는 지갑과 함께 아랑의 목걸이를 병원 측이 돌려줬다. 사고 당시 내가 그 목걸이를 목에 걸고 있었다고 했다. 그걸 보고 심장이 멎을 것 같았다. 내가 왜 아랑의 목걸이를 하고 있지? 사고가 나고 몇 달이 지난 후 한식당에서 밥을 먹다가 아랑의 실종 사건을 한국 신문 한 귀퉁이에서 봤다. 그때 처음 알았다. 아랑이 실종된 걸. 그 기사를 보고 두려움이 점점 더 커졌다.

대체 왜 실종된 아랑의 목걸이를 내가 가지고 있는 걸까? 내가 기억 못 하는 일이 있었던 걸까? 그때부터 그 목걸이를 숨겨 뒀다가 재활훈련이 시작됐을 때 지팡이를 맞추면서 거기에 넣었다. 이유야 기억할 수 없지만 내게 남은 아랑의 유일한 물건이었으니까 무슨 일이 있어도 간직하고 싶었다. 그 후 재활이 끝나 마침내 일상으로 돌아갔을 때 한국에 있는 박 변호사 아저씨에게 아랑을 찾는 조사를 부탁했다. 그리고 노트에 쓰기 시작했다. 아랑의 꿈을 꿀 때마다, 아랑의 기억이 떠오를 때마다. 아랑이 층계에 올라가고, 그걸 내가 잡다가 계단이 무너져 버리는 꿈을 왜 매번 꾸는 건지. 결국 그 꿈의 마지막 부분을 보여 준 건 지아였다.

지아가 휘두른 지팡이에 맞아 정신을 잃었을 때 본 아랑은 이형과 떠나겠다고 내게 선언했다. 연우를 데리고 그 집을 떠날 거라고. 그러니 청혼 같은 엉뚱한 소리 하지 말고 미국 유학 가서 공부 열심히 하고 좋은 여자 만나라고. 내가 아무리 매달리고, 애걸하고, 눈물을 흘려도 아랑은 꿈쩍도 하지 않았다. 그때였다. 아랑이 목에 걸고 있던 목걸이를 벗어서 내게 걸어 준 게. 그리고 아랑이 말했다. 날 가족처럼, 피붙이처럼 사랑한다고. 하지만 남자로 사랑한 적은 단 한 번도 없었다고. 난 그저 동생일 뿐이라고. 답답한 마음에 아랑이 끓여 준 녹차 잔을 힘껏 내리치다 손을 다쳤을 때도 아랑의 반응은 평소와 달리 차갑기만 했다.

그때 연우가 우는 소리가 들려왔다. 아랑이 연우를 보러 계단을 올라가고 있을 때 내가 뒤에서 잡았다. 난 그저 아랑과 좀 더 이야기를 하고 싶었을 뿐인데. 잠깐만 내 이야기를 듣고 연우에게 가 보라고 하려던 것뿐인데. 내 팔을 뿌리치고 올라가려던 아랑이 발을 헛디뎌서 아래로 굴러 떨어졌다. 그때 아랑의 목에서 나던 뚝 소리.

이제 코뿐만이 아니라 눈에도 피가 흐르고 있었다. 눈

앞이 부옇게 흐려지고 있었다. 문이 열리는 것 같은 소리가 들렸는데 환청인가. 그때 내 뺨을 부드럽게 매만지는 손길이 느껴졌다. 점점 흐려지는 눈에 아랑이 보였다.

"미안해, 아랑. 정말 미안해. 그때 내가 일부러 그런 건 아니었어. 난 그저 당신을 잡고 싶었을 뿐인데."

"선우야. 선우야."

"아랑, 연우가 참 잘 컸어. 마치 당신을 보는 것 같았어. 당신이 그렇게 세상을 떠나고 나 너무 외로웠는데. 연우를 만나서 잠시나마 행복했어. 당신을 만나서 행복했던 것처럼."

아랑은 대답이 없었다.

에필로그

"이모, 아깐 왜 그랬어? 아까 뭔가 보였던 거지? 그런 거지?"

앞이 한 치도 보이지 않는 어두운 밤 쏟아지는 빗속에서 운전하느라 신경을 곤두세우고 있다가 비가 그치자 긴장이 조금 풀린 표정으로 연우가 나를 보며 물었다.

"그랬어. 선우를 치료할 때는 한 번도 보이지 않더니. 내가 그 자식 목을 조르는 순간 그게 보였어. 세상에, 하필 그런 순간에. 이제라도 보여서 다행이라고 해야 하나."

나는 한숨을 쉬었다.

"뭐가 보인 거야?"

연우가 조용히 물었다. 담담하기 그지없는 목소리였다. 하지만 나는 짐작할 수 있다. 저 속에서 지금 그 어떤 폭풍이 몰아치고 있을지. 나는 손을 내밀어 핸들을 잡지 않은 연우의 오른손을 꼭 잡고 대답했다.

"그날 밤 아랑이 선우에게 목걸이를 벗어 주던 모습을 봤어. 아랑은 정말 선우를 친동생처럼 아끼고 사랑했더구나. 아랑의 눈을 보니 알 수 있었어. 선우도 괴롭지만 수긍했고. 선우의 손이 다친 건 쥐고 있던 유리잔이 깨져서였어."

"그랬구나."

지아도 한숨을 쉬었다. 그때 뒷좌석에서 무슨 소리가 났다. 돌아보자 박 여사가 두 손을 부여잡고 덜덜 떨고 있었다.

"박 여사님, 괜찮으세요? 이따 서울 도착하면 우리 집에 가서 찬찬히 이야기해요."

내 말에 박 여사는 조용히 고개를 끄덕였다. 금방이라도 쓰러질 것 같은 표정이었지만 간신히 버티고 있는 듯했다.

나는 다시 앞으로 고개를 돌렸다.

"이모, 그런데 표정이 왜 그래? 아직도 마음에 걸리는 게 있어?"

세차게 퍼붓는 비에 운전하느라 신경이 잔뜩 곤두선 연우가 눈썹을 찡그리며 물었다.

"음. 아까 선우가 나를 보고 했던 말이 뭔지 생각하느라."

"선우가 뭐라고 했어?"

"별장 앞에서 차에 탈 때 거실 통창 앞에 서 있던 선우가 내 얼굴을 보면서 뭐라고 했어."

"그래? 그건 그렇고 여사님 괜찮으세요? 아까부터 안색이 너무 안 좋으세요."

연우가 룸미러로 박 여사를 힐끗 보고 말했다. 나는 뒷좌석에 앉아 있는 박 여사를 돌아봤다. 그녀는 이제 금방이라도 쇼크를 일으킬 것처럼 온몸을 떨고 있었다.

"어디 안 좋으세요? 조금만 참으세요. 서울에 가면 제가 진정제를 놔 드릴게요."

내가 말했다. "

"아닙니다. 아무것도 아니에요."

오늘 일이 박 여사로서도 감당하기 힘들었을 거란 생각이 들어서 나는 손을 뻗어 그녀의 어깨를 어루만져 주고 다시 앞을 바라봤다. 그리고 어두운 밤 풍경을 보다가 문득 손으로 무릎을 탁 쳤다. 너무 세게 치는 바람에 앗 소리가 절로 나왔다.

"뭐야. 왜 그래, 이모?"

"연우야, 차 돌려. 별장으로 다시 가."

"왜, 이모?"

"글쎄, 빨리 돌려. 중요한 일이야."

"뭐라고?"

"거기 가서 말할게. 차부터 돌려."

내 표정이 심상치 않았는지 연우가 즉시 차를 돌렸다. 뒷좌석에 탄 박 여사는 내 말을 듣고 사색이 됐지만 그걸 신경 쓸 때가 아니었다.

별장에 도착해서 정신없이 안으로 뛰어갔을 때 선우는 이미 눈과 코에서 쉴 새 없이 피를 흘리며 쓰러져 있었다. 연우가 울면서 그의 눈에 흐르는 피를 닦아 줬다. 그는 연우를 보며 떨리는 목소리로 몇 마디 하고 숨을 거뒀다.

"내가 제대로 들은 거 맞아? 방금 선우가 자백한 거야?"

연우가 벌벌 떨면서 물었다.

"그래. 이 자식이 15년 전 사고가 나기 직전에 날 보고 뭐라고 했어. 그때는 너무 경황이 없어서 무슨 말인지 못 들었어. 그 후로 쭉 그때 무슨 말을 했던 걸까 궁금했는데. 오늘 선우가 거실에서 서 있다가 떠나는 날 보고 말했어. 입 모양이 그때와 똑같았어. 이제야 알겠어. 선우가 그때 했던 말은…."

나는 한숨을 쉬었다. 그때 밖에서 차에 시동 걸리는 소리가 들렸다. 고개를 돌려 보니 우리와 같이 별장에 들어

온 줄 알았던 박 여사가 우리 차의 운전석에 앉아 있었다. 그녀는 잠시 나를 바라보더니 고개를 한 번 끄덕여 보이고 떠났다. 우리는 그 모습을 그저 바라볼 수밖에 없었다.

"선우가 했던 말은 이거야. '그건 사고였어요.'"

나와 연우는 한동안 아무 말도 하지 못했다. 날이 밝았을 때 우리는 경찰에 신고했다. 우리는 아랑의 목걸이를 비롯해서 자초지종을 설명했다. 물론 전부 다 말한 건 아니었다. 경찰은 박 여사를 수배했지만 그녀의 행방은 찾을 수 없었다. 경찰들이 선우 별장의 앞마당을 파헤쳐서 아랑의 시신을 찾아냈다. 우리는 아랑을 화장시키고 그 재를 미국으로 가져와 엄마의 무덤가에 뿌려 주기로 했다.

미국으로 돌아가기 전날 박재영이라는 변호사에게서 전화가 왔다. 선우가 얼마 전에 유언장을 작성해서 전 재산과 그동안 쓴 노트들을 지아에게 남겼다는 내용이었다. 지아와 만나고 있을 때 작성했던 것 같다. 연우는 그 유산을 미혼모 지원 단체에 전액 기부해 달라고 부탁하고, 노트들을 받아서 집으로 가져왔다.

"어떡할래? 가기 전에 읽어 보겠니? 아니면 미국으로 가져가서 읽어 볼래?"

"아니, 이제 이걸로 선우와의 모든 관계를 끊고 싶어. 미국 가기 전에 확실히 정리하려고 가져온 거야."

"그래, 네 거니까 네가 결정해."

우리는 마당 한가운데 드럼통을 놓고 거기에 선우가 쓴 10권의 노트를 넣고 석유를 뿌린 후 성냥불을 던졌다. 활활 타오르는 불길을 보며 나는 연우를 껴안았다. 연우는 불길을 보며 웃는지 우는지 모를 묘한 표정을 지었다.

너를 찾아서

초판 1쇄 발행 2022년 8월 24일

지은이 · 박산호
편집 · 함혜숙
디자인 · 오컴의 면도날
마케팅 · 손현정, 이지현
제작 · 제이오

펴낸이 · 함혜숙
펴낸곳 · 더라인북스
등록 · 제2021-000213
주소 · 서울시 마포구 동교로 142-8 세선빌딩 2층
전화 · 02-332-1671
팩스 · 02-325-1671
이메일 · thelinebooks@naver. com
인스타그램 · @thelinebooks
블로그 · blog. naver. com/thelinebooks